デュラララ!!×13

歪んだ恋の物語が、幕を閉じる。

異形《いぎょう》はただ、街を静かに見下ろしていた。

影の道を張り巡らせ、同じく異形の馬の背に乗り、空を駆《か》ける。

闇《やみ》から見下ろす街の景色《けしき》には、深夜を回っているというのに、未《いま》だに無数《むすう》の明かりが鏤《ちりば》められていた。

まるで星空と地上が逆さまになったかのような景色を眺《なが》めながら、異形は何も喋《しゃべ》らない。

漆黒《しっこく》の騎士《きし》鎧《よろい》。

首から離れ、鎧の脇《わき》に抱えられた頭部《とうぶ》は、確かに目を見開いていた。

しかし、その口は開く事はない。


異形が異形と呼ばれる所以《ゆえん》は、文字通り、異なる形をしているからだ。

首と胴《どう》が離れたまま生きられる人間はまずいない。

そういう意味で、確かに彼女は異形だった。

しかし、彼女の心の内は解《わか》らない。

人間であろうと、異形であろうと。

心には、元から形などないのだから。

十章　虎は死して皮を残す

過去　来神高校《らいじん》

「やあ、折原君《おりはら》。昨日《きのう》は派手《はで》に喧嘩《けんか》してたねぇ」

屋上へと続く階段の踊り場に寄りかかって雑誌を読んでいた折原臨也《いざや》の元に、中学時代からの友人である岸谷新羅《きしたにしんら》がやって来て、楽しそうに声を上げた。

対する臨也は、薄笑《うすわら》いのまま目を細めて、やや苛立《いらだ》たしげに答える。

「喧嘩？　何を言ってるんだか。あの単細胞《たんさいぼう》の化《ば》け物《もの》に殺されかけただけだ」

新羅の言う『喧嘩』というのは、平和島静雄《へいわじましずお》と折原臨也を引き合わせた後の、悪い冗談《じょうだん》のような殺し合いの事だ。

「なんなんだい、彼は。上手《うま》く誘導《ゆうどう》して事故《じこ》らせてやったのに、トラックに撥《は》ねられてもピンピンしてるなんて思わなかった」

「面白いだろ？　折原君は人間が好きだって言ってたからね、興味《きょうみ》あるんじゃないかと思って」

「あれは人間じゃない。野生《やせい》動物か、それこそ化《ば》け物《もの》だ」

「そうかなあ。でも、できる事なら二人には仲良くして欲しいんだけどね」

肩を竦《すく》めながら言う新羅《しんら》に、臨也《いざや》は忌々《いまいま》しげに眉《まゆ》を顰《ひそ》める。

「なんでさ」

すると、新羅は、あまりにもあっさりと答えた。

「だって、仲良くしない限り、君と静雄《しずお》君の相性《あいしょう》は最悪《さいあく》だよ？　昨日《きのう》の様子《ようす》を見た限りじゃ、人死《ひとし》にが出る。少なくとも、君達のどちらかは死ぬかもしれない」

「大袈裟《おおげさ》だな」

「まあ、君か静雄君のどっちかの性格が丸くなったりしたら解《わか》らないけどね」

「そもそも、引き合わせたのは新羅だろう」

呆《あき》れて言う臨也に、新羅は言う。

「どのみち同じ高校なんだ。僕が間に入った方が仲良くなりやすいと思ってさ。まあ、上手《うま》くいかなかったなら仕方ないや。殺し合いになったら僕の友達が一人か二人減《へ》るだけだ」

冗談《じょうだん》っぽく言うが、臨也は知っていた。

困ったように笑いながら新羅が何かを言う時は、大抵《たいてい》は本気《ほんき》だという事を。

「あっさりとしてるな」

「どっちかが……あるいは両方とも死んだりしたら寂しいとは思うけどね、僕は、それはそれで構わないよ」

「友達甲斐《がい》の無い奴《やつ》だ」

「しょうがないさ。僕は、世界中の人間が死んだとしても、愛《いと》しい彼女さえ生き残っていればいいんだから」

どこか遠くを見ながら言って、何を想像《そうぞう》したのか、顔をだらしなくニヤつかせる新羅。

「気持ち悪い奴だな。君に好かれた女性に同情《どうじょう》するよ」

愛しい彼女とやらに心当たりはあったが、敢《あ》えてそれを言及《げんきゅう》はしなかった。

呆れて雑誌を読み直し始める臨也に、新羅が唐突《とうとつ》に故事成語《こじせいご》を口にする。

「そうそう、『虎《とら》は死して皮を残し、人は死して名を残す』……って知ってるかい」

「？」

「静雄君はまさに虎だよ。静雄君が死んだら、彼が身に纏《まと》っていた皮……あの人間離《ばな》れした力が生んだ武勇伝《ぶゆうでん》が珍重《ちんちょう》されて、噂《うわさ》に尾ひれがついて、都市伝説《でんせつ》になるだろうね」

新羅は珍《めずら》しい虫を見つけた小学生のように興奮《こうふん》しながら、小学校時代の友人について、それこそ『珍しい虫』と同じように語り続けた。

「そう、ただの噂話《ばなし》じゃないよ、実在した都市伝説だ！　寧《むし》ろ、平和島静雄っていう人間は、死んだ後にこそ『人間を超える存在』として完成するのかもしれない」

楽しげに頷《うなず》く新羅の言葉に、臨也は自分が苛立《いらだ》つのを感じていた。

──あの男が、都市伝説《でんせつ》になって生き続ける?

──人間を超えた存在?

──馬鹿《ばか》馬鹿しい。あれは、ただの獣《けもの》だ。

昨日《きのう》派手《はで》な喧嘩《けんか》をしたばかりとは言え、平和島《へいわじま》静雄《しずお》という人間に対して無性《むしょう》に腹が立っている事に気付きながら、臨也《いざや》は問う。

「で、君はその怪物《かいぶつ》を解剖《かいぼう》でもして名を残すってわけかい」

「学術的興味《がくじゅつてききょうみ》として解剖はしたいけどね。男を解剖する趣味《しゅみ》があるわけじゃないし、それで名前を残すつもりはないかな。もちろん、女の子を解剖する趣味もない。だけど、僕が『彼女』を好きになったのは、確かに解剖が切っ掛けだったかもね」

「……?」

不穏《ふおん》な事を言う新羅に首を傾《かし》げたが、いつもの事かと思い直し、臨也は改めて尋《たず》ねかけた。

「じゃあ、あの虎《とら》が皮を残すとして、君は人として、どういう名を残す気なんだ? 俺《おれ》は君が、猟奇殺人鬼《りょうきさつじんき》として名を残すんじゃないかってワクワクしてるよ」

「人間として、か……」

少し考えた後、新羅は笑《え》みを消して、屋上の方から差し込む明かりを見上げながら口を開く。

「僕は──」

♂♀

現在　池袋《いけぶくろ》　建築途中《とちゅう》ビル上層部《じょうそうぶ》

先に動いたのは、どちらだっただろうか。

その瞬間《しゅんかん》を目撃《もくげき》した者は、誰《だれ》もいない。

あるいは、本人達《ほんにんたち》も理解してはいないだろう。

既《すで》に目の前の男を破壊《はかい》する為《ため》のシステムと化した平和島静雄のみならず——

人間としての理性《りせい》を保っていた、折原《おりはら》臨也でさえ。

夜明け前、とある建設途中のビルの屋上。

明確な切っ掛けすら解《わか》らないままに、その殺し合いは始まった。

長年啀《いが》み合っていた二人にとって、ある意味明確《めいかく》な区切りとなる殺し合い。それにしては、些《いささ》か素《そ》っ気《け》ない導入《どうにゅう》だったと言えるだろう。

しかし、そもそも彼らが互いを憎《にく》み合った理由が『なんとなく虫が好かない』という事から考えると、それは自然な成り行きだったのかもしれない。

学生時代から繰り返されていた、『喧嘩《けんか》するほど仲が良い』という言葉の信憑性《しんぴょうせい》を奪《うば》う壮絶《そうぜつ》な殺し合い。

相手への敬意《けいい》などなく、決闘《けっとう》などという高潔《こうけつ》な精神からも程遠《ほどとお》い争いだ。


そして、夜明け前に始まった、この壮絶な殺し合いにおいても——

やはり、二人は互いに敬意などというものは抱いていなかったし、間違っても『好敵手《こうてきしゅ》』などという友好《ゆうこう》的な解釈《かいしゃく》をした事など一度も無い。

だからこそ、建設途中《とちゅう》の上層階《じょうそうかい》で再会した時も、二人の間には会話すら存在しなかった。

平和島静雄《へいわじましずお》がビルを登る途中に掛かってきた臨也《いざや》からの電話。

それが、殺し合いの前に交《か》わされた、唯一《ゆいいつ》の言葉のやり取りだった。


十数秒前《まえ》。

静雄がゆっくりとビルの最上部《さいじょうぶ》、建設現場《げんば》への扉《とびら》を開けた時——

彼の鼻についたのは、気化《きか》したガソリンの臭《にお》いだった。

続いて、足元《あしもと》に流れる液体からそれが漂《ただよ》っている事に気付く。

だが、静雄は特に焦《あせ》る様子《ようす》を見せない。

次の瞬間《しゅんかん》、自分の周囲に勢いよく炎《ほのお》が広がった際も、静雄は顔色《かおいろ》一つ変えなかった。

予想していたわけでも、瞬時《しゅんじ》に打開策《だかいさく》を思いついたわけでもない。

身体《からだ》の中に押し込めていた怒りが、人としての常識的《じょうしき》な感覚を麻痺《まひ》させていたのだ。

普通ならば、それは致命的《ちめいてき》な隙《すき》なのだが——

「……」

無言《むごん》のまま開いたばかりのドアを毟り取り、それを思い切り踏み倒す。

やったのは、ただそれだけの事だった。

しかし、彼の常識外れの膂力《りょりょく》で行われたその行為は、足元に広がりかけていた炎を押し潰《つぶ》し、生まれた風圧《ふうあつ》で外から吹き込む風を押し戻す。

空気の渦《うず》に乗せられた炎は、まるで踊っているかのようだ。

静雄は踏み倒したばかりのドアを踏み台として跳躍《ちょうやく》し、炎の渦を勢い任せに突破《とっぱ》する。

服の一部に火が付きかけたが、完全に燃え移る前に、炎の領域《りょういき》の外へと飛び出す事ができた。

そして、熱や酸欠と言った副次的《ふくじ》な被害《ひがい》が静雄の身体に及ぶよりも先に——

クレーンに釣《つ》られた鉄骨《てっこつ》が、振り子のように静雄の身体へと襲《おそ》いかかる。

自家用車程度《じかようしゃていど》ならば軽々と貫《つらぬ》くであろう勢いで迫る鉄骨を前に——やはり、静雄の表情は変わらなかった。

先刻《せんこく》、フォークリフトを弾《はじ》き飛ばした時から、静雄《しずお》の右腕《うで》はぶらりと垂れ下がったままだ。

しかし、怒りは痛みを、常識《じょうしき》すらも麻痺《まひ》させる。

静雄は、残された左腕を下から振り上げ、アッパーカットの要領《ようりょう》で鉄骨《てっこつ》を迎え撃《う》った。

インパクトの瞬間《しゅんかん》、鉄骨がひしゃげ、静雄の足元《あしもと》を中心として建設現場《げんば》の床が歪《いびつ》な音を響《ひび》かせる。

その狭間《はざま》に居ながら、静雄は全くの無傷《むきず》だった。

弾き飛ばされた鉄骨が、ワイヤーから滑《すべ》り落ちて建設現場の一画《いっかく》へと落下《らっか》する。

落下地点《ちてん》に目を向けた静雄は、一人の男の姿《すがた》を目に留めた。

鉄骨が真横《まよこ》に落下したというのに、全く動じた様子《ようす》もない臨也《いざや》である。

状況の変化に動じていないのは同じだが、静雄との違いは、彼の表情は酷薄《こくはく》な笑《え》みで固定《こてい》されているという事と、計算で人を殺せるだけの理性《りせい》を持ち合わせているという事だった。

もっとも、臨也からすれば、『人』を殺すつもりなど毛頭無《もうとうな》かったのだが。

そして、臨也の手による怪物退治《かいぶつたいじ》が幕《まく》を開ける。

怪物が悪というわけでもなければ、臨也が正義《せいぎ》というわけでもない。

そもそも、善悪《ぜんあく》などを基準《きじゅん》にして、この殺し合いに何か意味があるわけでもなかった。

二人は、それぞれ別の意味で、正義や悪といった感覚とは程遠《ほどとお》い所にいるのだから。
無意識《むいしき》の内の牽制《けんせい》が終わり、彼らはただ、向かい合う。
ここまでは、殺し合いですらない。ただの挨拶《あいさつ》のようなものだ。
彼らが明確に対峙《たいじ》し、にらみ合い——
殺意《さつい》が二人の間に集約し、一斉《いっせい》に弾け飛ぼうとしている。

先に動いたのは、どちらだっただろうか。
後に誰《だれ》も答えを語る事ができない瞬間が訪れる。
明確な切っ掛けすら解《わか》らないままに、その殺し合いは始まった。
ドロリと煮詰《につ》まった空気を、熱く沸騰《ふっとう》させながら。

♂♀

池袋《いけぶくろ》　露西亜寿司《ロシアずし》

静雄と臨也が殺し合いを続ける最中《さいちゅう》——別の場所でも動きが起こっていた。

夜明けまであと数時間という、町も眠りにつく頃合《ころあ》い。

二十四時間営業《えいぎよう》のカラオケ店や、明け方までやっているバーや飲み屋、キャバレーなどがあるとは言え、流石《さすが》に人通《ひとどお》りも無くなる時間帯《たい》だったのだが――


「参《まい》ったな、こりゃ」

テーブルなどで窓の前にバリケードを作ったトムは、隙間《すきま》から外の様子《ようす》を覗《のぞ》き見る。

そこから見えるのは、目を赤く充血《じゆうけつ》させ、この店の前に集結《しゆうけつ》しつつある人の群だった。

暴徒《ぼうと》というわけでも、ましてや脳味噌《のうみそ》や血肉《けつにく》を求めるゾンビというわけでもない。

ただ、店の方を向いて静かに笑っているだけだ。

それが逆に、不気味《ぶきみ》で仕方なかった。

「俺《おれ》は、悪い夢でも見てんのか？」

トムが眉《まゆ》を顰《ひそ》めながら溜息《ためいき》を吐《つ》く横で、同じように隙間から外を窺《うかが》っていたスキンヘッドの男が口を開く。

「あれは……罪歌《さいか》憑《つ》きだな」

「はあ？　そこの兄《にい》さん……なんか知ってるんすか？」

「黄根《きね》だ」

「……ああ、田中《たなか》です。で、黄根さんは何か御存知《ごぞんじ》なんで？」

——黄根？

——黄根って……あの、元粟楠会《もとあわくすかい》の？

相手が筋物《すじもの》だと感じたのか、改まった調子で尋《たず》ねるトムに、スキンヘッドの男——黄根は、眉間《まゆね》に皺《しわ》を寄せながらもあくまで冷静に呟《つぶや》いた。

「……まあ、信じろって言う方が無理《むり》な話だから簡単に言うが、人を言いなりにしちまう催眠《さいみん》術《じゅつ》みたいなもんだ」

「……催眠術？」

訝《いぶか》しげに眉を顰めるトムだったが、外の状況を見るに、ゾンビだのなんだのと言われるよりはまだ納得《なっとく》できる話だと判断《はんだん》する。

「まあいいや、とにかく、催眠術なら、かけた奴《やつ》がいるって事ですよね？」

「話が早いな」

「このぐらいは呑《の》み込めねえと、今の仕事なんざやってられないもんで……。で、その催眠術師《し》に心当《こころあ》たりは……」

「使える奴は何人か思い当たるが、この店を取り囲むような奴に心当たりはないな」

黄根の答えを聞いて小さく溜息を吐き、トムは背後にいる露西亜寿司《ロシアずし》の店員達に声をかけた。

「なあ、あんたらはどうだ？　この店、なんかヤバイ事に巻き込まれてねえか？」

すると、デニスがジロリとトムを見ながら答える。

「さあな、あんたらの方はどうだ？」

「催眠術師《さいみんじゆつし》に恨《うら》まれる覚えはねえ筈《はず》なんだが……。ああ、そういや、さっき外で見かけた奴《やつ》、誰《だれ》だったかな……」

「あんたに直接恨みがなくても、静雄《しずお》絡《から》みって事もあるんじゃないか」

デニスの言葉に、トムはとりあえず会社の社長を思い浮かべ──続いて、部下《ぶか》である静雄とヴァローナの顔を連想《れんそう》した。

「……あー、まあ、あるかもしれねえけど、だからって、俺《おれ》ですか？」

「あんたは、自分が考えてる以上に人望《じんぼう》があるって事だろうよ」

冷静な表情のまま店内を片付けている店長《デニス》の言葉に、トムは思わず肩を竦《すく》める。

「そりゃ、買い被《かぶ》りってもんですよ」

すると、店の奥に行っていたサイモンが戻って来て、ニコやかな笑顔で言った。

「ヘーイ、今日《きょう》はこのままお泊《と》まり会ネ。花火《はなび》もたくさん用意したヨ？」

彼の手には、何か土のついた袋《ふくろ》のようなものが握られている。

どうやら、店の床下から何かを掘り出してきたようだ。

「おい、汚《よご》れたもんを店側に持ち込むな」

デニスが嫌《いや》な顔をするが、サイモンは笑いながら、袋の中から何かを取り出す。

そこから出て来たものを見て、トムは頬《ほお》を引きつらせ、黄根《きね》も僅《わず》かに眉《まゆ》を顰《ひそ》めた。

黒いヘアムースの缶《かん》に歪《いびつ》な取っ手とピンが据《す》え付けられたようなその代物《しろもの》が、明らかに寿司《すし》屋《や》に、あるいはそれ以前に、日本《にほん》の街中《まちなか》に存在すべきではないものだと気付いたのである。

黒い筒状《つつじょう》の物体——軍用《ぐんよう》のフラッシュグレネードを手にしたサイモンは、いつもと変わらぬ調子《ちょうし》で口を開いた。

「火事《かじ》と喧嘩《けんか》は江戸《えど》パープルよ。でも喧嘩良《よ》くないネ。顔がパープルよ。火事の代わりに花火を上げて、玉屋《たまや》も鍵屋《かぎや》もフレンドリーよ」

♂♀

池袋某所《いけぶくろぼうしょ》

「園原《そのはら》さん、大丈夫《だいじょうぶ》？」

「……はい、すいません」

「無理《むり》しない方がいいよ？　どこかで休む？」

園原杏里《あんり》の顔色が悪いのを観《み》て、隣《となり》を歩いていた三ヶ島沙樹《みかじまさき》が声をかける。

「大丈夫です……」

杏里《あんり》の声は明らかに何かに動揺《どうよう》している調子《ちょうし》だったが、答えは返らないと判断《はんだん》したのか、沙《さ》樹《き》はそれ以上追及《ついきゅう》する事はしなかった。


彼女達《たち》は現在、ある場所へと向かって歩を進めている。

タクシーを使う事も考えたのだが、場所が近いという事もあり、二人で徒歩《とほ》で街を行く事にしたのだが——池袋駅《いけぶくろえき》の傍《そば》を通った辺りから、杏里の心は強い不安に囚《とら》われていた。

彼女にとっては虫の知らせや野生《やせい》の勘《かん》よりも信憑性《しんぴょうせい》の高い、己《おのれ》の内側に眠る『罪歌《さいか》』のざわめきが強くなり続けている。

——何……これ……。

半年前《まえ》、贄川春奈《にえかわはるな》によって大量に罪歌が生み出された『リッパーナイト事件』の時ですら、ここまでのざわめきは感じなかった。

当時はまだ罪歌と向き合っていなかったという事もあるが、それを差し引いたとしても、杏里は明らかに異常な震えを身体《からだ》に宿した罪歌から感じ続けている。

それはまるで、罪歌同士《どうし》が共鳴《きょうめい》しているかのようだった。

巨大《きょだい》な鐘《かね》の内側に入って、外からの響音《ごうおん》が身体そのものに響く感覚に近い。

精神的な共鳴は杏里の心を激しく揺さぶり、彼女は軽い目眩《めまい》に襲《おそ》われていたのだ。

だが、ここで止まるわけにはいかない。

杏里は沙樹と話し合った結果、今起《いま》こっているであろう池袋のトラブルに、積極的に関わると決意したのだから。

竜ヶ峰帝人《りゅうがみねみかど》、紀田正臣《きだまさおみ》。

この二人に何か途轍《とてつ》も無い災厄《さいやく》が迫っているような事を、折原臨也《おりはらいざや》がほのめかしていた。

人間としては全く信用できない男だが、凶事《きょうじ》をほのめかす言葉だけは信憑性が高い気がする。

それが、杏里と沙樹の共通した意見だった。

——まさか……罪歌が騒《さわ》いでるのも、竜ヶ峰君達《くんたち》に関係があるんじゃ……。

自分以外《いがい》の誰《だれ》かの手によって、帝人や正臣が『罪歌』の一部に取り込まれてしまっていたら。

杏里はそんな想像《そうぞう》をしてしまい、ゾクリ、と背を震わせる。

幸いな事に、彼女の予想は外れていた。

もっとも、罪歌絡《がら》みではなかったというだけで——

帝人も正臣も、厄介《やっかい》なトラブルの中心にいる事には変わり無かったのだが。

♂♀

深夜　廃《はい》工場

「さてと、竜ヶ峰帝人《りゅうがみねみかど》の番号は、ど、れ、か、な、と……」

深夜の廃《はい》工場の敷地内《しきちない》に、場違《ばちが》いに暢気《のんき》な声が響《ひび》き渉《わた》る。

「あった、これか！　いやー、字で見るとすげえ威圧感《いあつかん》あるよな。竜ヶ峰帝人って」

暢気な調子《ちょうし》で携帯《けいたい》を弄《いじ》る六条千景《ろくじょうちかげ》に対し、その携帯の持ち主である紀田正臣《きだまさおみ》が溜息《ためいき》交じりで声を掛けた。

「だから、知らない奴《やつ》の番号にいきなり出るような奴じゃないですってば。人見知《ひとみし》りも激しい奴なんだし……」

聞いているのかいないのか、正臣の携帯の画面を見ながら、自分のスマートフォンに帝人の携帯番号《ばんごう》を打ち込んでいく千景。

「そりゃ、昔の竜ヶ峰帝人だろ？」

「……」

「そこまでぶっ壊《こわ》れちまってるなら、出るさ。俺《おれ》を信じろ」

自信に満ちた微笑《ほほえ》みを浮かべ、電話番号をプッシュする千景だが――

何秒待っても、通話《つうわ》が繫《つな》がる様子《ようす》はなかった。

「……」

「……」

「今の会話は無かった事にしないか」

「……ああ、解《わか》った」

気まずい空気が二人の間に流れるが、千景は何事もなかったかのように正臣に問いかけた。

「で、あいつってなんかSNSやってないの？　モクシィだのツイッティアだの。無視《むし》する前に、確実に目に入るような奴」

「あんた本当に行き当たりばったりだな……」

年上《としうえ》への敬意《けいい》も忘れて突っ込む正臣だが、再度溜息《ためいき》を吐き出しつつ、考え込む。

「あいつが見そうな場所……ダラーズ絡《がら》みの掲示板《けいじばん》とかなら……」

「あんまり大勢《おおぜい》に見られるのも不味《まず》いな」

「んー……SNSかぁ……なんかやってたとしても、俺とは繋がってないから……あっ！」

何かを思い出したように、正臣は千景から携帯を取り返し、慌《あわ》ててネットに接続した。

「あのチャットサイトなら、今でも毎日《まいにち》見てるかも……」

そして十数秒後《ご》。

携帯画面《がめん》に映し出されたチャット画面を見て、正臣はギョッとした。

田中太郎《たなかたろう》【何を言ってるのか解《わか》りません。鯨木《くじらぎ》って誰《だれ》ですか。一体《いったい》何を企《たくら》んでいるんですか】
矢霧波江《やぎりなみえ》【企んでいるのはお前の方だろう。どういうつもりだ】
矢霧波江【お前はどうして周りを見ようとしない】
矢霧波江【私は状況を終わらせたいだけだ。協力しろ】
矢霧波江【お前は何も知らないくせに、全ての事件に繋《つな》がってる】
矢霧波江【自覚しろ。お前が鍵《かぎ》だ】

♂♀

「なんだよ、これ？」

眉《まゆ》を顰《ひそ》める正臣《まさおみ》の後ろから画面を覗《のぞ》き、千景《ちかげ》が声をかける。

「おーおー、荒れてんなあ、なんだこのチャット」

「いや、いつもはこんなんじゃ……」

矢霧波江と名乗る女が田中太郎——竜ヶ峰帝人《りゅうがみねみかど》に対して物凄《ものすご》い勢いでまくし立てていた。

もちろんチャットの画面上《じょう》ではあるが、『まくし立てている』としかいえないカキコミが続いている。

「矢霧って……誠二《せいじ》の奴《やつ》と何か関係があるのか？」

同じ学校だった知人《ちじん》の顔を思い出しながら、正臣は混乱しつつもチャットのやりとりの先を読み進めた。

そして、暫《しばら》く読んだ所で、再び身体《からだ》を強ばらせる。

帝人だけではない。

もう一人、正臣に見覚《みおぼ》えのある者の名前が出て来たからだ。

♂♀

矢霧波江【お前の彼女の園原杏里《そのはらあんり》もだ】
矢霧波江【あの女が化《ば》け物《もの》だって知ってるだろ】
矢霧波江【日本刀《にほんとう》を持ったあの女を見た事が一度はある筈《はず》だ】
矢霧波江【切り裂《さ》き魔《ま》の事件の時、あの女が何をしたか教えてやろうか】

♂♀

廃《はい》工場

「……」

強ばったまま画面を先に進める事ができなくなった正臣《まさおみ》の代わりに、千景《ちかげ》が声を出す。

「おお、杏里《あんり》ちゃんか、確かに日本刀《にほんとう》持ってたな」

「いや……ちょっと待てよ、急に色々ありすぎて、頭がついてかねえって……」

「な？　友達の事って、知ってるようで意外《いがい》と知らないもんだろ？」

他人事《ひとごと》としてウンウンと頷《うなず》く千景だったが、ヒョイと携帯《けいたい》を取り上げ、アドレスを確認《かくにん》しながら自分のスマートフォンへと打ち込んでいく。

そして、悪戯《いたずら》を思いついた子供のように目を輝かせ、千景はチャットの入力欄《らん》に流暢《りゅうちょう》な指《ゆび》捌《さば》きで文章を打ち込み始めた。

♂♀

都内某所《ぼうしょ》　廃《はい》ビル

「帝人《みかど》さん！　帝人さん！」

既《すで》に深夜を回っているというのに、全く眠る様子《ようす》もなかった竜ヶ峰《りゅうがみね》帝人。

その耳に、後輩《こうはい》であり、自分をこの立場まで引きずり落とした張本人《ちょうほんにん》である黒沼青葉《くろぬまあおば》の声が響《ひび》いてきた。

帝人は手にしていた物を箱の中にしまうと、少し遅れて階段から上がってきた青葉の方に目を向ける。

「どうかしたの？」

普段《ふだん》の調子《ちょうし》で語りかける帝人に、青葉は携帯を手にしながら言った。

「あの、さっき、チャットが変な奴《やつ》に荒らされてたじゃないですか」

「ああ、その話は、もういいよ。明日《あした》、管理人の甘楽《かんら》さんに全部消《け》して貰《もら》うから」

「いや、荒らしてる奴の事じゃなくてですね……。俺《おれ》も気になって、あのチャットの様子見《み》てたんですけど……」

青葉は携帯の画面を見せながら、一つの人名《じんめい》を口にする。

「後から来た変な奴が、紀田《きだ》正臣さんがどうこうって……」

「……」

帝人《みかど》は僅《わず》かに眉《まゆ》を顰《ひそ》めると同時に、帝人は無言《むごん》のまますぐにノートパソコンを開き、無線式《むせんしき》のデータ通信端末《たんまつ》を介《かい》してチャットルームに接続した。
すると、そこには帝人に対する一方的な『メッセージ』が記されていた。

♂♀

チャットルーム

ろっちーさんが入室しました。
ろっちー【暴《あば》れてる所、失礼しまーす】
ろっちー【えーと、この書き込み、全員に見えてるのかな】
ろっちー【いや、チャットとかマジで懐《なつ》かしいんだけど。今もうみんなSNSじゃん？】
矢霧波江《やぎりなみえ》【誰《だれ》だ】
矢霧波江【関係無《な》い奴《やつ》は引っ込んでろ】
ろっちー【その名前、女の人でしょ？　可愛《かわい》い名前じゃん】
ろっちー【君とはいつかリアルでゆっくりお話ししたいから、ごめん、ちょっとだけ割り込ん

で話させてもらうよー。マジごめんね】
ろっちー【あながち、関係無いとも言えないからさ】
ろっちー【竜ケ峰《りゅうがみね》帝人君だっけ】
ろっちー【さっき、電話あったよね】
ろっちー【駄目《だめ》だよ、居留守《いるす》なんか使っちゃ】
ろっちー【知らない人の番号には出られない？　だったら、これでもう俺達《おれたち》知り合いだよな】
ろっちー【まあ、前にも一回会《あ》ってるんだけどさ】
ろっちー【そんな事より、電話には出た方がいいぞ】
ろっちー【これを見たら、この書き込みの5分ぐらい前の着信《ちゃくしん》にリダイヤルしてくれや】
ろっちー【でないと、紀田正臣《きだまさおみ》君がどうなっちゃっても知らないよー。マジで】
ろっちー【友達がこれ以上怪我《けが》すんの、嫌《いや》でしょ？】
矢霧波江【うるさい、そんな事はどうでもいい】
矢霧波江【後にしろ】
矢霧波江【竜ケ峰は、先に義務《ぎむ》を果たせ】
ろっちー【お姉《ねえ》さん、誠二《せいじ》君って元気？】
矢霧波江【なにを】
ろっちー【ほらほら、こんな所で暴れてるの、誠二君に見られたら大変でしょ】

矢霧波江《やぎりなみえ》【ふざけｒなんふぁだでｄぎじゃふｊｂｋｍ】
狂【あらあら、なんだか妙《みょう》な事になってきましたわね】
参【ハラハラします】

♂♀

廃《はい》工場

「おいおい、好き勝手《かって》書き込むにも程《ほど》があんだろ。っていうか、本当に、何がどうなっちまったんだよ、このチャットルーム」

このチャットルームとは半年ほどの馴染《なじ》みだが、それでも、正臣《まさおみ》にとっては重要な場所だ。

それがこんな形で崩壊《ほうかい》に向かっていて、正臣は強い胸騒《むなさわ》ぎに襲《おそ》われる。

彼が眉《まゆ》を顰《ひそ》めながら更《さら》に何か言おうとした瞬間《しゅんかん》、廃工場に携帯《けいたい》の着信音《ちゃくしんおん》が響《ひび》き渉《わた》った。

千景《ちかげ》はそのディスプレイに映った番号が、先刻《せんこく》自分で打ち込んだものと同じだという事を確《かく》認《にん》し、ニヤリと笑う。

「おい、お前のお友達からだぜ」

「……っ！」

あまりにも上手《うま》く事が運んだ事に驚きを隠《かく》せず、正臣は思わずその携帯を手にしようとしたのだが――

「っととと、待て待て、俺《おれ》が出なきゃ意味ねえだろ」

「いや、話なら俺が……」

「お前が無事《ぶじ》だって解《わか》ったら切っちまうだろ。俺が出る」

通話ボタンに指を伸ばしながら、千景はちらりと正臣を見て一言《ひとこと》付け加えた。

「あー……先に言っておくぞ。ごめんな」

「？」

正臣が眉を顰める横で、千景は電話を耳に当てる。

「よう」

『……あなたが、【ろっちー】さんですか？』

「まあな。こんなに早く見てくれて嬉《うれ》しいよ。まあ、俺達、前に一回会《あ》ってるけどな」

『……』

「俺の声、聞き覚えあるかい？」

軽い調子で語る千景に、受話器《き》の向こうから感情の薄い声が返った。

『六条《ろくじょう》……千景さんですよね』

「おお、よくできました。拍手喝采万々歳《はくしゆかっさいばんばんざい》だ。いやー、あの時は悪かったな。お前がダラーズのボスだって信じてやれなくってよ」

『……』

受話器《き》の向こうで帝人《みかど》が沈黙《ちんもく》するのを感じつつ、千景《ちかげ》は構わず会話を続ける。

「単刀直入《たんとうちょくにゅう》に言うぜ。お前の仲間……ダラーズの連中《れんちゅう》が、また俺《おれ》らにちょっかい出しやがってな。その落とし前をつけに来たってわけだ」

その物言《ものい》いを聞いて、正臣《まさおみ》は口を開き掛けたのだが——千景が手でそれを制する。

恐らくは、何か考えがあるのだろう。

正臣はとりあえず黙《だま》って話を聞こうと口を閉ざした。

ところが、千景は正臣の言葉を制した手をそのまま軽く握り、正臣のギプスを強めに小突《こづ》く。

「……っ!?　うぐがっ!?　あ……ぐぁっ……!」

骨に響《ひび》いた痛みが全身に波及《はきゅう》し、正臣は思わずうめき声を上げてしまった。

そんな正臣に携帯《けいたい》を向けた後、千景は声を低くし、携帯に言葉を滑《すべ》り込ませる。

「聞いた通りだ。お前とサシで会えねえってんなら、お友達は遠い所に行くことになるぜ」

数分後——

電話を切った千景は、カラコロと笑いながら正臣の頭をパシパシと叩《たた》く。

「おっし、とりあえず、行くべき場所は決まったぜ。人質《ひとじち》のお前を、とりあえず街ん中で引き渡す事になった。ま、落としどころとしちゃこんな所か」

「……いつから俺は人質になったんだよ。ああ畜生《ちくしょう》、マジで痛かったっての！」

抗議《こうぎ》の声を上げる正臣に、千景は肩を竦《すく》めて答えた。

「いやー、だからよ、やる前にちゃんと謝ったろ？」

「こんな真似《まね》しなくても、話ぐらい合わせられたってのによ……」

「悲鳴なんて、咄嗟《とっさ》の芝居《しばい》じゃ中々上手《うま》くできないもんだぜ？」

鼻唄《はなうた》混じりで言う千景に呆《あき》れ、正臣は溜息《ためいき》を吐《つ》きながら首を振る。

「ああ、もうどうでもいいっすわ。で、どこで俺を帝人に引き渡す事に？」

「おお、流石《さすが》に、俺も知ってる場所だわ。良く覚えてる」

準備《じゅんび》体操のように両腕《うで》をグルグルと回しながら、千景はあっけらかんとした調子で続けた。

「近くに、女子校があるとこだ」

♂♀

廃《はい》ビル

「まさか、一人で行く気じゃないですよね」

電話を切った後、無《む》表情のまま考え込んでいる帝人《みかど》に青葉《あおば》が声を掛ける。

「え？　いや……そういえば、人数《にんずう》の指定《してい》とかしてこなかったね」

「六条《ろくじょう》って言ったら、俺達《おれたち》が最初にちょっかい出した相手ですよ。帝人先輩《せんぱい》がいかなくても、俺らが紀田《きだ》先輩を取り戻してきますよ」

軽い調子で言う青葉に、帝人は少し考えた後、口を開いた。

「そういえばさ、君達にとって、紀田君ってどういう立ち位置なのかな」

「どうって……。先輩の友達でしょ？」

「君達にとっては、黄巾賊《こうきんぞく》のリーダーで、敵だったんでしょう？」

「兄貴《あにき》ならともかく、俺らが直接喧嘩《けんか》してたわけじゃないですからね」

肩を竦《すく》めた後、青葉は帝人に断言《だんげん》する。

「紀田先輩については恨《うら》みも無ければ親しみもないっていうのが正直な所なんで、帝人先輩が助けに行けっていうなら、俺らはそれに従いますよ」

「そっか、助かるよ。でも、正臣《まさおみ》は君達の事を良く思わないかもしれないよ。紀田君は、チャラチャラしてるみたいに見えるけど、昔からまっすぐな性格をしてたからね」

「……」

会話の中で、青葉は、帝人のとある変化に気付く。

――『正臣』だの『紀田君』だの、呼び方がフラフラ変わってるのが気になるな……。

どうでも良いかもしれないが、とても重要な事な気もした。

あるいは、帝人自身《じしん》が理解していないのかもしれない。

紀田正臣という個人に対して――あるいは、園原杏里《そのはらあんり》等も含めた知人全《ちじんすべ》てに対して――自分がどのような関係を結んでいたのか、もしくはこれからどうなりたいのかという事を。

帝人を見ながらそう推測《すいそく》した青葉は、暫《しば》し沈黙《ちんもく》した。

そして、帝人に見えない位置で、口《くち》の端《は》をニイ、と深く歪《ゆが》ませた。


――やっぱり、最高に面白いな。帝人先輩は。


青葉は目の前にいる壊《こわ》れた少年の背を見ながら、笑《え》みを静かに消して問いかける。

「ところで、なんであんな場所を指定したんですか？」

電話で帝人が言っていた『取引の場所』は、青葉も良く知っている場所だ。

夜中とはいえ、些《いささ》か人目《ひとめ》につき過ぎる場所である。

「……」

当然と言えば当然の事を問われた帝人《みかど》は、再び暫《しばら》く黙《だま》り込んだ。

まるで、パソコンが許容範囲《きょようはんい》を超えた重いデータを扱う時のように暫く固まった後、ゆっくりと、自分自身《じしん》に言い聞かせるように言葉を紡《つむ》ぐ。

「大事《だいじ》な、場所なんだ」

「大事な場所？」

「君も知ってると思うけど……始まりの場所なんだよ、僕と、ダラーズにとって」

ダラーズという単語《たんご》を、郷愁《きょうしゅう》の籠《こ》もった声で口にした後、少年らしく笑いながら続けた。

「でも、そこにはね、園原《そのはら》さんも紀田《きだ》君もいなかったんだ」

帝人の言葉は既《すで》に青葉《あおば》には向けられていない。自分がその場所を選んだ理由を、後付けで少しずつ考えているのではないか。

青葉には、そう感じられた。

しかし、そこは確かに、竜ヶ峰《りゅうがみね》帝人にとって特別な場所だった。

日常と非《ひ》日常が完全に入れ替わった、今の帝人にとっての始まりの場所。

『東急《とうきゅう》ハンズ前交差《こうさ》点《てん》』

サンシャイン前の大通りの起点《きてん》でもあり、終着点《しゅうちゃくてん》でもある場所。

帝人は自然と、その場所を指定《してい》していた。

少なくとも帝人にとっては、必然だったのだろう。

ダラーズの創始者《そうししゃ》として、そしてただの一員として——

あの日、あの場所に居なかった紀田正臣を迎える為《ため》に。

できる事ならば、杏里にもその場に居て欲しい。

そう考えたが、そこまで我《わ》が儘《まま》は通せないと、帝人は渇望《かつぼう》を抑え込んだ。


彼は理解していたからだ。

その場所でこの後、恐らく血生臭《ちなまぐさ》い事が起こるであろうと。

杏里の抱える秘密《ひみつ》が、若者同士《どうし》の潰《つぶ》し合いなどよりも遥かに血生臭い事に気付きかけながら、
それでも帝人は、杏里を巻き込む事を否定した。

あるいはそれは、少年の中に残った幼い意地《いじ》のようなものだったのかもしれない。

♂♀

池袋《いけぶくろ》　某《ぼう》マンションバー

を固めていた。

一方で、幼さという言葉からは程遠《ほどとお》い職種《しょくしゅ》の人間が、帝人《みかど》と同じ『画面』を見ながら、表情

「……」

「こりゃあ、どうだい」

粟楠会幹部《あわくすかいかんぶ》の、赤林《あかばやし》だ。

右目《みぎめ》の古傷《ふるきず》が妙《みょう》に疼《うず》くのが気になった彼は、マンションの一室を改造《かいぞう》した隠《かく》れ家的《がてき》バーで、

独自《どくじ》に情報収集《しゅうしゅう》を続けていたのである。

そんな赤林が目を留めたのは、ダラーズ周りの掲示板《けいじばん》や使い走りである『邪《ジャ》ン蛇《ジャ》カ邪《ジャ》ン』か

らの報告メールでもなく——世話《せわ》をしている少女に紹介《しょうかい》された、池袋《いけぶくろ》の住人《じゅうにん》が集まるチャッ

トルームだ。

妙《みょう》に裏の情報が集まるチャットであり、後見人《こうけんにん》として姪《めい》っ子《こ》のように世話をしている少女が

元気である事を確認《かくにん》する意味でも、赤林は日に一度は覗《のぞ》くようにしている。

そのチャットルームが、今、妙な事になっていた。

「どうしました、赤林さん」

余程珍《よほどめずら》しい表情をしていたのだろう。初老《しょろう》のマスターが赤林に話しかける。

「いや、仕事のトラブルさ」

「そうでしたか」

マスターはそれ以上尋《たず》ねない。

赤林の職業を知ってか知らずか、深入《ふかい》りするべきではないと判断《はんだん》したのだろう。

だが、赤林は軽い調子《ちょうし》で、ヘラヘラと笑いながら言葉を続けた。

「いやあ、なんていうかさ、思ってたのとは別の方向から一撃《いちげき》食らっちまった感じだよ」

そんな事を言いながら、改めてスマートフォンの画面を見る。

チャットでは矢霧波江《やぎりなみえ》と名のる女が暴《あば》れており、竜ヶ峰帝人《りゅうがみね》を糾弾《きゅうだん》していた。

それだけならまだ『ダラーズ絡《がら》みのトラブル』として冷静に見る事ができたのだが、赤林の心をざわめかせたのは、同時に、自分をこのチャットに誘った少女の本名《ほんみょう》が晒《さら》されていた事である。

♂♀

矢霧波江《やぎりなみえ》【あの首無《くびな》しの化《ば》け物《もの》はどこにいる】
矢霧波江【お前の彼女の園原杏里《そのはらあんり》もだ】
矢霧波江【あの女が化け物だって知ってるだろ】
矢霧波江【日本刀《にほんとう》を持ったあの女を見た事が一度はある筈《はず》だ】

矢霧波江《やぎりなみえ》【切《き》り裂《さ》き魔《ま》の事件の時、あの女が何をしたか教えてやろうか】

♂♀

普通ならば、頭のおかしい者が支離滅裂《しりめつれつ》な事をわめき立てていると受け取る事だろう。

しかし、赤林《あかばやし》は理解した。

理解できてしまった。

波江という女がわめき立てている単語《たんご》と、園原杏里《そのはらあんり》に明確な繫《つな》がりがある事を。

『化《ば》け物《もの》』

『日本刀《にほんとう》』

『切り裂き魔事件』

ジグジグと、右目の古傷が疼《うず》きだす。

傷を中心として、焼け付くような痛みが脳味噌《のうみそ》に襲《おそ》いかかり——まるで、嵌《は》め込んだ義眼《ぎがん》そのものが高熱《こうねつ》を放っているかのようだ。

だが、赤林はサングラスを外して右目を軽く手で押さえ、どこか寂しげな笑《え》みを浮かべる。

——落ち着けって。

——思春期《ししゅんき》のガキじゃああるまいし。

そして、彼は過去を懐《なつ》かしむ。

男としては少々遅すぎた、熱く、痛々しい初恋《はつこい》の思い出を。

自分の右目と心を刺《さ》し貫《つらぬ》いた、とても人間とは思えない女。

不思議《ふしぎ》な刃《やいば》を身体《からだ》に宿し、切り裂き魔として赤く目を輝かせていた。

赤林は、今でもハッキリと、その初恋の女性を思い出す事ができる。

刀そのものであったその女は、刀で腹を刺されて死んだという。

しかし、赤林は知っている。

直接見《み》たわけではないが、確信《かくしん》している。

彼女――園原沙也香《さやか》は、夫の首を刎《は》ね、自らの腹を貫いたのだと。

だが、彼女の身体に宿っていた『刀』はどこに消えたのか？

事件現場《げんば》から凶器《きょうき》は見つからなかったという。だからこそ、自らの腹を貫いたようにしか見えない傷痕《きずあと》でも、自殺とは考えられなかったのだろう。

警察の司法解剖《しほうかいぼう》で何か異常はあったのだろうか。

異常があったとしても、あまりにも異常なので公表しなかったのかもしれないが――

あの『刀』は園原沙也香が死んだ後も健在《けんざい》であり、誰《だれ》かが受け継《つ》いでいるのではないか。

だとするならば、その可能性《せい》が最も高いのは、園原杏里に他ならない。

これまでにも何度か考えたこともあるが、根拠《こんきょ》のない下らない妄想《もうそう》だと、赤林はその都度《つど》自分自身《じしん》を笑い飛ばしてきた。

ところが、このチャットの数行《すうぎょう》を見ただけで、明確な根拠《こんきょ》が生まれてしまった。

自分の目を刺《さ》し貫《つらぬ》いた刀が、沙也香《さやか》の娘《むすめ》である杏里《あんり》に受け継《つ》がれている。


グワ、と、顔の右半分《はんぶん》が熱くなる。

推測《すいそく》が事実であるという空気が色濃《いろこ》くなった瞬間《しゅんかん》、それまで冷め切っていた自分の血が沸騰《ふっとう》したかのような錯覚《さっかく》を覚えた。

だが、昂《たか》ぶりはそこで止まる。

赤林《あかばやし》は右目の疼《うず》きを力尽《ちからず》くで抑え込み、感情を過去の記憶《きおく》の中に押し戻した。

――落ち着けってんだよ。

――杏里ちゃんが、お袋《ふくろ》さんの形見《かたみ》を受け継いでた。

――ただ、それだけの話じゃあねぇか。

血気盛《けっきさか》んな頃《ころ》の自分だったならば、既《すで》に店を飛び出していたかもしれない。

娘の中で、自分が惚《ほ》れた女の一部が生き続けていると考えて。

だが、実の娘ほどに歳《とし》が開いた杏里に歪《ゆが》んだ恋慕《れんぼ》を抱く程《ほど》、赤林の心は若くなかった。

――俺《おれ》が惚れたのは、園原《そのはら》沙也香って名前の……イカした女だ。

——あの小五月蠅《こうるせ》ぇ刀なんかじゃねぇ。

右目を切られた瞬間に流れ込んできた鬱陶《うっとう》しい『愛の言葉』を思い出しながら、赤林は残った酒を呷《あお》り、マスターに声をかける。

「なあマスター」

「どうしました」

顔を向けてきたマスターに、赤林はヘラリと笑いながら問いかけた。

「惚れた女がいたとしてさぁ、結局フラれちまって、その女は別の誰《だれ》かと結婚したとするぜ」

「はい」

「その娘さんが、なんか、厄介事《やっかいごと》に巻き込まれて危ない目にあってたとするぜ。それを助けたいって思っちまうのは、未練《みれん》ってもんだと思うかい」

「……」

少し考えた後、マスターは磨《みが》いていたグラスを棚《たな》に戻し、淡々《たんたん》とした調子で答えた。

「その子の母親に未練があっても無くても、知り合いの子供が危ない目にあってるのに、無視《むし》するような人じゃあないでしょう。赤林さんは」

「こりゃ、買いかぶられたもんだねぇ。あ、お勘定《かんじょう》頼むよ」

赤林は笑いながら席を立ち、懐《ふところ》から財布《さいふ》を取り出す。

マスターに聞くまでも無い事だった。

足を踏み出す言い訳《わけ》にしたに過ぎない。

しかし、赤林《あかばやし》は心の底からマスターに感謝しつつ、ゆっくりと店の外に歩み出た。

社会の裏側《うらがわ》の『大人《おとな》』である彼なりのやり方で、今回の事件に首を突っ込む為《ため》に。

♂♀

川越街道某所《かわごえかいどうぼうしょ》

「……このマンションです」

「本当に、そんなに頼りになる人がいるの？」

杏里《あんり》の言葉を聞き、沙樹《さき》は疑うわけではなく、確認《かくにん》の意味合《あ》いを込めてそう尋《たず》ねた。

「はい、とても頼りになる……人……です」

人、という所で僅《わず》かに首を傾《かし》げながら答えた後、杏里はマンションを見上げる。

彼女にとっては、何度も訪れている場所だ。

竜ヶ峰《りゅうがみね》帝《かど》人と園原《そのはら》杏里。二人の共通の知人《ちじん》であり、恩人《おんじん》でもある存在——セルティ・ストゥルルソン。

帝人と正臣《まさおみ》を取り巻くトラブルは、もはや自分一人が何かをすれば止められるという範囲《はんい》を超えている気がしてならない。そもそも、今、二人がどこにいるのかすら解《わか》らないのだ。

巻き込むわけにはいかないが、誰《だれ》か相談できる相手が欲しい。

そう考えた時に最初に思いついたのが、セルティだった。

とはいえ、既《すで》に時間は深夜を回っている。

少女二人で出歩いている事自体《じたい》が世間《せけん》からは褒《ほ》められたものではないのだが、杏里に関しては、少なくとも暴漢《ぼうかん》や不良《ふりょう》に襲《おそ》われる心配はなかった。

彼女は、生半可《なまはんか》な暴力《ぼうりょく》では太刀《たち》打ちできない『凶器《きょうき》』を身体《からだ》の内に秘めているのだから。

ただ、杏里達はともかく、セルティの都合《つごう》がある。

夜中に突然押《お》しかけては不味《まず》いと思い、ここに向かう途中《とちゅう》、何度か電話をしたのだが——普《ふ》段《だん》は夜中でもすぐに返事がくるセルティから、今回に限って何の返信も無かった。

「もう、流石《さすが》に寝てるんじゃないかな」

「そうですね……。あっ」

杏里はそこで思いつき、自分の携帯《けいたい》電話を操作《そうさ》する。

「チャットルームになら、いるかもしれません」

「チャット？」

「はい……私がよく行くチャットルームがあって、メールよりも、そこでやり取りする事が多いんです」

「そっか。じゃあ、私は正臣《まさおみ》に連絡《れんらく》してみるね。昨日《きのう》は出てくれなかったけど、日付が変わったから今日《きょう》は出てくれるかもしれないし」

そう言って、沙樹《さき》は携帯《けいたい》を取りだそうとバッグを開き始めた。

恐らく正臣は、彼女を巻き込まないように敢《あ》えて連絡を断っているのだろう。

杏里はそう思ったが、出る可能性もゼロではないだろうと、敢えて止める事なく自分の携帯に目を落とした。

「えっ……」

そこで、彼女は表情を固まらせる。

「どうしたの？」

傍目《はため》にも、尋常《じんじょう》ならざる事が起こったと理解できたのだろう。携帯に伸ばした親指《おやゆび》を止めたまま、沙樹は杏里に尋《たず》ねかけた。

「そんな……」

矢霧波江《やぎりなみえ》と名乗る女が、帝人や自分の名前を出しながら大暴《おおあば》れしている。

一体何《なに》が起こっているのか即座《そくざ》には受け入れられず、杏里は暫《しば》し放心《ほうしん》した。

すると、その画面を横から覗《のぞ》き込んだ沙樹が、不思議《ふしぎ》そうに首を傾《かし》げる。

「あれ？　園原《そのはら》さんの見てるチャットって……もしかして、甘楽《かんら》さんが管理してる所？」

「えっ？」

沙樹の口からチャット管理人の名前が出て来た事に驚き、杏里は思わず声を上げた。

「三ヶ島《みかじま》さん、このチャットを知ってるんですか⁉」

「うん。サキってハンドル、私。ついでに言うと、バキュラが正臣だよ？」

「……っ」

あまりに唐突《とうとつ》な事実を突きつけられ、全身を強ばらせる杏里。

しかし、沙樹は悪意もないまま、更《さら》に杏里を混乱させる言葉を吐き出した。

「甘楽さんって、折原臨也《おりはらいざや》さんだけど……知ってて参加してるの？」

「……。……？　……⁉　……え？」

言葉の意味が呑《の》み込めず、杏里は口をパクつかせる。

立て続けに叩《たた》き込まれた情報に全くついていけない上に、彼女の心の中では、先刻《せんこく》から響《ひび》く『罪歌《さいか》』のざわめきが強くなるばかりだ。

本当に目眩《めまい》を起こしふらつきかけた杏里だったが――

そんな彼女に、懐《なつ》かしい声がかけられる。


「杏里ちゃん……？」

つい先日も耳にしたばかりの声ではあるが、今の杏里《あんり》にとってそれは、本当に懐《なつ》かしい声に感じられた。

中学時代、クラスメイトにイジメられていた時などに、いつも助けてくれた少女の声。

額縁《がくぶち》の内側にいた自分と、額縁ごと受け入れてくれた親友。

自らを寄生虫《きせいちゅう》だと言い切る園原《そのはら》杏里が、か、つ、て、寄、生、し、て、い、た眩《まぶ》しい宿主《やどぬし》。

幻聴《げんちょう》ではないかと思った杏里が顔を上げると、そこには見知った顔があった。

「張間《はりま》……さん……？」

本来ならば、こんな場所でこんな時間に会う筈《はず》がない相手だ。

思わず名前を呟《つぶや》いた杏里に、張間美香《みか》が駆《か》け寄ってくる。

「どうしたの!?　こんな時間に……」

ハッキリとした声で問いかけられ、杏里は戸惑《とまど》いながら答えた。

「私は、セルティさんに相談したい事があって……。張間さんこそ、どうして……？」

張間美香はこのマンションに鰰《はたはた》の三五八漬《さごはちづ》けなどの作り方を教えに来た事がある。共に鍋《なべ》を囲んだ事もあり、セルティや新羅《しんら》と知り合いという事は杏里も知っていたのだが、流石《さすが》にこんな夜中に鉢合《はちあ》わせするのは普通ではない。

「あー……ちょっと、色々あったんだよね。いや、今も色々と起こってる最中《さいちゅう》なんだけど……」

「？」

言葉を濁《にご》す美香に杏里が首を傾《かし》げていると、彼女の背後からドヤドヤと人影《ひとかげ》が近づいて来た。

「あれあれ？　杏里ちゃんじゃないっすか」

「……よう、園原の嬢《じょう》ちゃんか……」

「無理《むり》すんなよ門田《かどた》！」

ワゴン組の面子《メンツ》だが、狩沢《かりさわ》の姿《すがた》はない。

杏里はその事に不安を覚えたが、それ以上に気になったのは、門田の顔色《かおいろ》が悪く、歩くのも辛《つら》そうだという事だった。

その背後には、年上《としうえ》の女性に肩を抱えられた矢霧誠二《やぎりせいじ》の姿《すがた》なども見受けられる。

誠二もふらついているが、門田とは違い、顔色そのものは悪くなかった。

「……あれ、園原さん。どうしたんだい……う……」

「誠二！　まだ鎮静剤《ちんせいざい》が抜けきってないんだから無理《むり》しないで！　あんな妖刀《ようとう》に依存《いぞん》されてる女は放っておきなさい！」

「妖刀……？　姉《ねえ》さん、何を……」

——え？

今しがたの会話で、またしても杏里が混乱する。

更《さら》に追い打ちをかける形で、顔色の悪い門田が、気丈《きじょう》に表情を引き締めて杏里に言った。

「暫《しばら》く、街から離れた方がいい」

「えッ？」

「前に、嬢《じよう》ちゃんを襲《おそ》った切《き》り裂《さ》き魔《ま》が居たろ。あの、目ぇ真《ま》っ赤《か》にした奴《やつ》だ……」

「……っ！」

ザワリ、と、杏里《あんり》の全身を悪寒《おかん》が走り抜ける。

罪歌《さいか》のざわめきではない、彼女自身《じしん》が感じた『怖《おそ》れ』によるものだ。

贄川春奈《にえかわはるな》か、鯨木《くじらぎ》かさねか、あるいは鯨木が『罪歌を売る』と言っていた第三者か。

正体《しようたい》は分からないが、罪歌に取り憑《つ》かれた切り裂き魔が再び街に現れたと確信《かくしん》した杏里は、震える手を強く握り込んだ。

そんな彼女に、門田《かどた》は、絶望的な一言《ひとこと》を付け加える。

「あいつと同じ、目ぇ真っ赤にした連中《れんちゆう》が出たんだが……数が、や、やばい」

♂♀

池袋《いけぶくろ》　繁華《はんか》街《がい》

「……なに、これ」

狩沢絵理華《かりさわえりか》は、携帯《けいたい》を握りながら街の暗がりに身を潜《ひそ》める。

ビルの間の狭い路地《ろじ》から、そっと顔を出して外の大通《おおどお》りを覗《のぞ》き込んでいた。

彼女の視線の先にあるのは、人の群。

昼間に比べれば少ないのだが、深夜を回っているにしては多すぎる数だ。

彼女は、こんな光景《こうけい》に覚えがある。

一年半前《まえ》の、ダラーズの初《はつ》集会だ。

だが、街を歩く人達の雰囲気《ふんいき》は、ダラーズの集会とは大きく異なる。

皆、何処《どこ》に向かうわけでもなく漫然《まんぜん》とその場に立っており、何かの指示《しじ》を待つ機械人形《きかいにんぎょう》のようにも感じられた。

何より異常だったのは――

彼らの目が、全て赤く染まっていたという事だ。

狩沢も、門田と同じものを思い出していた。

半年前の、切り裂き魔事件。

その時に渡草《とぐさ》の車で跳《は》ねた切り裂き魔が、丁度《ちょうど》あのような雰囲気《ふんいき》だった。

あの数日後《ご》に数十人が斬《き》り付けられた『リッパーナイト事件』が起こった為《ため》、あれで解決したとは考えていなかったが、流石《さすが》にこのような光景《こうけい》に出くわすのは想定外《そうていがい》だった。

「どうせ二次元《じげん》に迷い込むなら、パニックホラーよりもスポーツ漫画《まんが》の方がいいんだけどなー」

狩沢《かりさわ》は、彼女らしい愚痴《ぐち》を呟《つぶや》きながら、状況を整理する。

そもそも彼女がここにいるのは、病院から消えた門田《かどた》を探して街を走り回っていた際、偶然《ぐうぜん》この異常に気付いたのである。

赤い目をした集団は、時折《ときおり》近づいて来る一般人《いっぱんじん》に近づき、それこそゾンビのように爪《つめ》などで相手を軽く引っ掻《か》いたりしていた。

痛みを覚えて、文句《もんく》を言おうと一般人が振り返ったりしたのだが——その数秒後《ご》には、同じように目を充血《じゅうけつ》させ、集団に加わっているという始末《しまつ》である。

狩沢は離れた場所でその様子《ようす》を窺《うかが》っていたのだが、赤い集団の何人かがこちらに気付いて近づいて来た為《ため》、一旦《いったん》逃げて身を隠《かく》し、現在の状況に落ち着いた。

物陰《ものかげ》に隠れながら様子《ようす》を窺っている最中《さいちゅう》、遊馬崎《ゆまさき》から何度か着信《ちゃくしん》があったが、会話する事で目立つのと周囲への注意力《りょく》が落ちるのを避ける為、彼女は敢《あ》えて通話《つうわ》を拒否《きょひ》している。

「ま、電話の音とかって死亡フラグだしねー」

小声《こごえ》で余裕《よゆう》のありそうな言葉を呟《つぶや》くが、彼女は実際八方塞《はっぽうふさ》がりに近かった。

携帯《けいたい》メールで『門田さんは無事《ぶじ》っす。闇医者《やみいしゃ》先生のマンションに来るか、自宅《じたく》に隠れてろって門田さんが言ってます』という内容のメールは受け取っている。

とりあえず門田が無事という事には安堵《あんど》したのだが、果たして、この通りから無事に逃げ出す事はできるだろうか？

周囲に注意しながら、『割と大ピンチ。もしもの事があったら、ハードディスクと同人誌《どうじんし》はゆまっちにあげる』と返信し、集団の隙《すき》を窺い続けた。

——なんか爪とかで引っかかれてるけど……。

——あれにやられたら、私も切り裂き魔《きりさきま》になっちゃうのかな。

狩沢の頭に、杏里《あんり》の事が思い浮かぶ。

今の集団のような『異常な充血』とは違い、本当に目を赤く光らせながら日本刀《にほんとう》を振り回していた少女の姿《すがた》を思い出し、何か関連があるのだろうという事は確信《かくしん》する。

かつて彼女が切り裂き魔に狙《ねら》われたのも、何か関係があるのかもしれない。

だが、狩沢は杏里を疑いも恨《うら》みもせず、ただ、困ったような笑《え》みを浮かべた。

——どうせならこんなゾンビみたいなのじゃなくて、杏里ちゃんの日本刀でばっさりと切られて、私も日本刀使《づか》いになりたかったなー。

——んー、やっぱり、日本刀より大きな鎌《かま》がいいかな。死神《しにがみ》みたいな奴《やつ》。

素《す》で危機感《ききかん》がないのか、あるいは不安を塗り潰《つぶ》す為か、いかにも彼女らしい事を考えながら。

♂♀

「なんだ……？」

狩沢《かりさわ》のいる区画《くかく》とは離れた場所で、その集団を見かけた少年が携帯《けいたい》電話を取り出した。

彼はブルースクウェアの一員《いちいん》であり、青葉《あおば》に言われて『取引』に使う場所の様子《ようす》を見に来たのだが――

「おい、青葉、今日《きょう》って祭かなんかか？」

『どうした？』

「夜中《よなか》だってのに、随分《ずいぶん》と人が集まってる」

『まさか、Ｔｏ羅丸《とらまる》の連中《れんちゅう》か？』

青葉に言われて、少年は再度《さいど》集団を見る。

しかし、暴走族《ぼうそうぞく》のメンバーらしき者の姿《すがた》は見受けられず、殆《ほとん》どがサラリーマンや飲み会帰《がえ》りの若者といった一般人《いっぱんじん》だ。

「いや、普通の連中《れんちゅう》だよ。リーマンとかＯＬとか……学生服《ふく》の奴《やつ》らもちらほら混じってる」

『こんな時間に？　一応、もう少し様子を見といてくれ』

「了解《りょうかい》。なんか解《わか》ったら電話する」

少年はそのまま電話を切り、60階通りへと近づいて行く。
そして、少年は気付く。
ある方向に向かうにつれて、集団の密集度《みっしゅうど》が高くなっているという事に。
――なんだ?
東急《とうきゅう》ハンズの傍《そば》の交差点《こうさてん》から、ボウリング場の入ったビルの合間。
丁度《ちょうど》、ロシア人がやっている寿司屋《すしや》の周辺あたりに人が集まっていた。
少年は、そこで何か立てこもり事件でも起こっているのだろうかと近づき――
通行人《にん》とすれ違った瞬間《しゅんかん》、手の甲《こう》に鋭い痛みを感じる。
「っつ……」
見ると、手の甲に小さな傷ができている。すれ違った男の何かに引っかかったらしい。
文句《もんく》を言おうかどうか迷いつつ、少年は背後を振り返った。
そして、自分の傷痕《きずあと》が疼《うず》く事に気付く。

……

立ち止まり、傷を観察する。

……る

なんの事は無いかすり傷だ。

愛　　してる　　る

血は既《すで》に止まりかけている。

してる　愛　る　愛してる　愛　して

しかし、疼《うず》きは止まらず、更《さら》に増してきているように感じられた。

　愛してる愛してる愛してる愛してるあなたを那須島《なすじま》先生を私が愛愛愛

そして、少年は気付く。

　愛してる愛してる愛してる貴方《あなた》の肉も髪《かみ》も魂《たましい》も血も声も記憶《きおく》も未来も何もかも愛してる疼きは痛みなどではなく、身体《からだ》から響《ひび》く声であるこ愛してる愛してる愛してる愛してる愛して愛して愛して愛して愛し愛し愛しててるるるるる愛愛愛愛愛愛愛愛愛愛愛愛愛愛愛愛愛愛愛愛愛愛……………………………――――――――――――――――――――

「……ああ、青葉《あおば》か？」

異常に充血《じゅうけつ》し、真《ま》っ赤《か》になった目を虚《うつ》ろに輝かせながら、少年は電話をかけていた。

『どうだった』

「ああ、なんかアイドルのゲリラコンサートがあったみたいで、興奮《こうふん》した連中《れんちゅう》がまだ残ってるだけだよ。逆に、何をするにもいい隠《かく》れ蓑《みの》になるぜ」

『そうか、じゃあ、帝人先輩《みかどせんぱい》にもそう伝えておくよ』

電話が切れたのを確認《かくにん》した少年は、目の前に立つ男に目を向けた。

「ご苦労ご苦労、いい演技だったじゃないか」

「はい……ありがとうございます、母《かあ》さん」

男に対して母さんと言った後、少年はフラフラと離れ、そのまま群衆《ぐんしゅう》の中へと紛《まぎ》れていく。

そして、それを見送った男——那須島隆志《たかし》は、クックツと笑いながら、横に立つ男女に声をかけた。

「こりゃ面白い。竜ケ峰帝人《りゅうがみねみかど》君が、わざわざここに来てくれるそうだ。しかも、埼玉《さいたま》の暴走族《ぼうそうぞく》のリーダーに、紀田正臣《きだまさおみ》というオマケ付きとはな」

「はい、母さん」

「え、竜ケ峰帝人がですか？」

女——贄川春奈《にえかわはるな》は虚《うつ》ろな目でそう答えただけで、男——四十万《しじま》は不思議《ふしぎ》そうに眉《まゆ》を顰《ひそ》めた。

その疑念《ぎねん》に答える事もなく、少年から面白い情報を手に入れた那須島は、楽しそうに笑う。

——『何か有用な情報があれば教えろ』

自らの支配下《か》である罪歌達《さいかたち》にそういう命令《めいれい》を下し続けていた所、先刻《せんこく》の少年が色々と情報を持ってきたのだ。

ダラーズの創始者《そうししゃ》である竜ケ峰帝人は、那須島も注目《ちゅうもく》していた。今日《きょう》の夕方には罪歌の支配下におくか、四十万のように脅《おど》して従わせられるだろうと考えていたが、まさか、向こうからこの場所に来るとは嬉《うれ》しい誤算《ごさん》である。

更《さら》に、そこに奇妙《きみょう》な縁《えん》が繋《つな》がった。

「紀田正臣《きだまさおみ》ねえ。こんなところで名前を聞く事になるとはな」

まだ教師《きょうし》をやっていた頃《ころ》、園原杏里《そのはらあんり》へのセクハラを目撃《もくげき》され、それをネタに脅《おど》された。

今さら教師としてどうこう言う気はないが、『年下《としした》のガキに舐《な》められた』という苛立《いらだ》ちと恨《うら》みだけはしっかりと残っている。

「面白い、奴《やつ》を支配して裸踊《はだかおど》りでもさせるか。それを録画してネットに上げた後に『支配』を解けば、奴はどんな顔をするかな?」

下卑《げび》た事を考えて一頻《ひとしき》り笑った後、那須島《なすじま》は視線を露西亜寿司《ロシアずし》の方に向けた。

「一気に店を潰《つぶ》してやろうかと思ったが、下手《へた》に騒《さわ》ぎを大きくして警戒《けいかい》されてもまずいな」

中にいる平和島静雄《へいわじましずお》の上司《じょうし》をどう手中《しゅちゅう》に収めるかを考えながら、とりあえず荒事《あらごと》は控える事にする。

那須島は、露西亜寿司の前に立たせている『罪歌憑《さいかつ》き』数人《すうにん》に、一昔前《ひとむかし》に流行《はや》った携帯《けいたい》電話の妨害装置《ぼうがいそうち》を持たせていた。更に言うなら、市販《しはん》のものを強力に改造《かいぞう》した代物《しろもの》であり、あと数メートル近づけば、自分達《たち》の携帯電話も使えなくなる程《ほど》だ。

店の電話線も既《すで》に切断済《せつだんず》みであり、ブロードバンドやケーブルテレビの配線《はいせん》はそもそも見当たらない。

外部に連絡《れんらく》が取れない状態を作り出し、露西亜寿司という空間に対して圧倒的優位《あっとうてきゆうい》に立っている那須島。

だが、彼の心が完全に余裕《よゆう》に満ちているわけではない。

平和島静雄という存在を、強く警戒《けいかい》し続けていた。

過去に自分がボロボロにされたトラウマもあるが、どうも『罪歌』という存在自体《そんざい》、平和島静雄という人間を特別視《とくべつし》しているらしい。

だからこそ、ここで彼のアキレス腱《けん》である上司を手中に収めておく必要があるのだが——ここに突然あの怪物《かいぶつ》が現れたら全てが台無《だいな》しである。

那須島はとある番号に電話をかけるが、反応は無かった。

「ちっ……あの情報屋《や》め、肝心《かんじん》な時に使えない奴だ」

自分が彼の事務所から金を持ち逃げした過去を棚《たな》に上げ、那須島は舌打《したう》ちをする。

彼は続いて、これから裏切《うらぎ》って商売を乗っ取ろうとしている相手——澱切陣内《よどぎりじんない》の秘書《ひしょ》へと電話をかけた。

那須島の知る限り、彼女の情報網《もう》は信用できる。平和島静雄の動向《どうこう》ぐらいなら掴《つか》めるかもしれない。

そう考えたのだが、やはり彼女も電話に出なかった。

「糞《くそ》、どいつもこいつも使えない奴だ」

深夜に電話をかけるという自らの非常識《ひじょうしき》すら目に入っていない那須島《なすじま》。

当然ながら、彼は知らなかった。

折原臨也《おりはらいざや》と、澱切《よどぎり》の秘書《ひしょ》——鯨木《くじらぎ》かさねが、同じビルの中にいるという事を。

そして、肝心《かんじん》の平和島静雄《へいわじましずお》も、そのビルにいたという事も。

♂♀

建築途中《とちゅう》ビル　下層《かそう》

静雄と臨也が殺し合いを繰り広げているビルの下層。

建築中《ちゅう》とはいえ、下層部《ぶ》の基礎《きそ》は既《すで》に完成しており、所々内装《ないそう》も済んでいる状態だ。

とはいえ、廊下《ろうか》部分だけ点灯《てんとう》している蛍光灯《けいこうとう》に照らし出されたフロアは、まだ殺風景《さっぷうけい》と言うに相応《ふさわ》しく、廃《はい》ビルと大した違いはない。

そんな中で、若い女性が三人対峙《たいじ》している。

とはいえ、華《はな》やかな空気でも姦《かしま》しい空気でもなく、互いの身体《からだ》にはそれぞれ均等《きんとう》にダメージが蓄積《ちくせき》されていた。

「ははっ、やるねえ、お二人さん」

頬《ほお》や腕に傷を負いつつも楽しげに言うのは、格闘家《かくとうか》のような風体《ふうてい》をした女、写楽美影《しゃらくみかげ》である。

「正直、舐《な》めてたよ。ごめん」

言われた側の女性陣《じん》——ヴァローナと鯨木かさねは、無表情《むひょうじょう》のままそれぞれの反応を見せた。

「通例《つうれい》なら臓腑《ぞうふ》が奮迅《ふんじん》すべき事象《じしょう》ですが、現在は貴女《あなた》との交戦《こうせん》を否定します」

「私も彼女と同感《どうかん》です。貴女と闘《たたか》う理由がありません」

三《み》つ巴《どもえ》の戦いというわけではなく、ビルの上に向かおうとするヴァローナと鯨木を、美影が妨害《ぼうがい》しているという構図《こうず》。

しかしながら、ヴァローナと鯨木は上手《うま》く連携《れんけい》できる程《ほど》の間柄《あいだがら》ではない。

鯨木の代わりにスローンが居たならば、ヴァローナは戦力《せんりょく》を三倍にも四倍にも増幅《ぞうふく》させる事ができたのだろうが、彼女は鯨木がまともに闘えるというのもつい先刻《せんこく》知ったばかりだ。

ただ、弱いわけではない、寧《むし》ろ彼女も人間離《ばな》れした力を持っているというのは理解している。

美影も、これまでの拳《こぶし》のやりとりでそれを実感したらしく、不敵《ふてき》な笑《え》みを鯨木に向けた。

「しっかし、人は見かけに寄らないってのは本当だね。あんたみたいな頭脳明晰《ずのうめいせき》って感じの人が、こんなに強いとは思わなかったよ」

「買い被《かぶ》りです。頭脳明晰なら、そもそもこんな場所にはいませんし、私が強い存在だと言うのならば、今とは違う人生を歩んでいた事でしょう」

「人としての強さとか、そういう面倒《めんどう》なもんはどうでもいいよ」

続いて美影《みかげ》は、ヴァローナの方を見ながら言葉を続ける。

「ヴァローナだっけ。あんたとも、怪我《けが》してない時にサシでやってみたかったよ。まあ、万全《ばんぜん》なら銃《じゅう》とか使うんだろうけどさ」

言われたヴァローナは、目を細めて口を噤《つぐ》む。

確かに彼女は、ビルの屋上から落とされた鉄骨《てっこつ》によって全身に怪我を負っている。その上、その時に持っていた銃も鉄骨の下敷《したじ》きとなってしまっていた。

とはいえ、ヴァローナは理解している。

例え万全の状態であったとしても、目の前の女は侮《あなど》れないと。

生半可《なまはんか》な武装《ぶそう》では、返り討《う》ちに遭《あ》う可能性も充分にある。

現に、連携《れんけい》がとれていないとはいえ、二人がかりでも彼女という『壁』を突破《とっぱ》できなかった。

格闘術《かくとうじゅつ》に長《た》けたヴァローナの連撃《れんげき》の合間《あいま》に、鯨木《くじらぎ》の人間離《ばな》れした速度の一撃《いちげき》が飛ぶ。

駆《か》け出しの格闘家程度《ていど》ならば、屈強《くっきょう》な男の肉体を持っていたとしても仕留《しと》められる即席《そくせき》のコンビネーションだ。

だが、美影《みかげ》はヴァローナの連撃を全て掌底《しょうてい》でいなし、鯨木の一撃を紙一重《かみひとえ》で躱《かわ》す。

更《さら》には、二人の攻撃《こうげき》が切り替わる瞬間《しゅんかん》、それぞれに反撃《はんげき》の蹴《け》りまで叩《たた》き込む始末《しまつ》だ。

そんな攻防《こうぼう》が進む中、美影も無傷《むきず》というわけにはいかなかったが、お互いに決め手に欠け、事実上の膠着《こうちゃく》状態となってしまっている。

静雄《しずお》が人間を超えた魔人《まじん》であるとするならば、この女は特殊《とくしゅ》な技術の集合体《しゅうごうたい》だ。

普段《ふだん》ならば、ヴァローナは歓喜《かんき》していた事だろう。

人間として『強さ』を突き詰めたこの女を壊《こわ》す事ができれば、あるいは自分が完膚《かんぷ》なきまでに壊されれば、人間の強さを計る事ができると。

だが、長年の望みが叶《かな》うかもしれない相手を目の前にしたというのに、今のヴァローナはそれを喜ぶ気にはなれなかった。

そんなヴァローナに睨《にら》まれ、階段の前に陣取《じんど》る美影は、笑いながら言う。

「言っておくけどさ。あんた達が行こうが行くまいが、何も変わらないよ？」

見に行けないのが残念だとばかりに苦笑《にがわら》いし、言葉を続けた。

「多分、そういう次元の喧嘩《けんか》じゃない」

彼女の言葉にビル全体が頷《うなず》いたかのように、鈍い振動音《しんどうおん》が上層階《じょうそうかい》から響《ひび》いて来る。

「上で暴《あば》れてるのは、身体《からだ》が人間辞《や》めちゃった奴《やつ》と、脳味噌《のうみそ》が人間辞めちゃった奴だからね」

美影の言葉に、ヴァローナが確信《かくしん》を持って言った。

「勝負が成立する必然性が皆無《かいむ》です。静雄先輩《せんぱい》に勝てる可能性は皆無です。彼の心拍《しんぱく》を停止させるのは、私の所行《しょぎょう》による方針です」

「あんた、随分《ずいぶん》とけったいな日本語《にほんご》使《つか》うね……」

呆《あき》れながら手をぶらつかせ、美影は不敵《ふてき》な笑《え》みを浮かべる。

「ささて、どうかな。私もぶっちゃけ、臨也《いざや》があの怪物《かいぶつ》に勝てる要素《ようそ》はないと思ってたんだけどさ……。あいつの実力って、実は見た事ないんだよね」

「？」

「あいつは、笑いながら人を破滅《はめつ》させる奴《やつ》だけど、自分の暴力《ぼうりょく》で人を直接『壊《こわ》す』って真似《まね》はしないのさ。人が大好きだとか抜かしてるからねぇ」

美影《みかげ》は、その現場を見る事ができないのが心底悔《しんそこくや》しいとばかりに、視線を一瞬《いっしゅん》だけ天井《てんじょう》に向け、言った。

「だから、あいつが本当に人を殺すのに全力を尽くすのって、初めてなんじゃないかな」

♂♀

建築途中《とちゅう》ビル　上層部《じょうそうぶ》

「ああ……いい眺《なが》めだ」

臨也は、星《ほし》一つ無い夜空からゆっくりと視線を下ろし、そんな独《ひと》り言《ごと》を呟《つぶや》いた。

「星がない空の下に広がる夜景《やけい》は、最高だと思う。人間の営みの結晶《けっしょう》だからね」

あくまでも、独り言として夜の闇《やみ》に消えていく言葉。

折原臨也《おりはら》は、建築現場の中央で膝をついている男とは、何一つ会話をしていないのだから。

苦悶《くもん》の表情で膝《ひざ》をついているのは、平和島静雄《へいわじまじずお》。

通常ではありえない光景《こうけい》が、そこにあった。

臨也が全くの無傷《むきず》で建築現場の鉄骨《てっこつ》上部に腰をかけているのに対し、見下ろされる形となっている静雄は、全身にいくつもの傷を負っている。

臨也の手によって仕掛けられた、ワイヤーや釘打《くぎう》ち機《き》などのトラップによるものだ。

一般人《いっぱんじん》なら軽く絶命《ぜつめい》する仕掛《しか》けだったが、どれも静雄にとってはかすり傷である。

決して、平和島静雄という存在が膝をつく理由にはならない筈《はず》なのだが——現実として、今、静雄はビルの床に膝をついている。

「……」

静雄に言葉は無く、苦悶《くもん》の表情を浮かべながら斜め上に座す臨也を睨《にら》み付けていた。

言葉を出すつもりもなかったのだが、それ以前に、静雄は呼吸すらままならない状態だったのである。

魔人《まじん》の如《ごと》く頑強《がんきょう》な肉体から自由を奪《うば》ったのは、痛みでも失血《しっけつ》でもなかった。

最初に彼に襲《おそ》いかかったのは、目眩《めまい》と眠気。

絶対に眠気を感じるような状況ではないのに、それが湧《わ》き上がったという『異常』に気付いた時には、もう遅かった。

全身の筋肉《きんにく》から力が抜け、立つ事すらままならなくなったのである。

酸素欠乏症《さんそけつぼうしょう》。

俗《ぞく》に『酸欠《さんけつ》』と呼ばれる状態に陥《おちい》った、ただ、それだけの事だった。

密閉《みっぺい》空間でもない、建築中《ちゅう》の鉄骨《てっこつ》の一部にビニールなどが貼《は》られているだけのこの空間で、そのような事態《じたい》が起こるという奇妙《きみょう》な現象《げんしょう》は、臨也《いざや》の仕掛けた罠《わな》に他ならない。

火も、クレーンによる奇襲《きしゅう》も、その他のトラップも、全てはそれを覆《おお》い隠《かく》す為《ため》の布石《ふせき》に過ぎなかった。

建築中のビルに設置されていた消火《しょうか》システム。消火用《よう》の炭酸《たんさん》ガスタンクからの配管《はいかん》を弄《いじ》り、この建築現場《げんば》に急速《きゅうそく》に充満《じゅうまん》させたのである。

風向きや空気の流れを予測《よそく》し、最も酸素濃度《のうど》が薄くなる地点に静雄《しずお》を誘導《ゆうどう》するのは、臨也の計算が無ければ不可能《ふかのう》だ。

これまでに無い殺意《さつい》に満ちながらも――あるいは、本気《ほんき》の殺意を纏《まと》っているからこそ、臨也の集中力《りょく》は頂点《ちょうてん》に達していたのかもしれない。

一体どれほどのガスを流し込んだのか、屋外《おくがい》であるにも関わらず、静雄の立っていた空間は酸素濃度が危険域《いき》まで低下した。

静雄はそれに気付かずに呼吸をしてしまい、全身の自由を奪《うば》われたのである。

あと少し酸素濃度が下がっていれば、このまま昏倒《こんとう》していた可能性もあった。

仮にこれが屋内の密閉《みっぺい》された空間だったならば、静雄は酸欠で絶命《ぜつめい》していたかもしれない。

だが、暴《あば》れ狂《くる》う静雄の前で『密閉された空間』を作り出す事が不可能に近いと判断《はんだん》し、臨也はこのような作戦に出たのだ。

銃《じゅう》も刃《やいば》も通じない魔人《まじん》を如何《いか》に殺すか。

臨也が導いた答えの一つが、『窒息死《ちっそくし》』だった。

その結果として——トラックに跳ねられてもピンピンしていた怪物《かいぶつ》が、今は力無《ちからな》く膝《ひざ》を突いている。

しかし、臨也の顔には喜びも余裕《よゆう》もない。

『平和島《へいわじま》静雄は、まだ生きている』

その事実は、自分の命を奪《うば》う脅威《きょうい》が目の前にあるという事に他ならなかった。

ビル風等《など》が無く、完全な無風《むふう》状態だったならばという思いはあるが、屋外で一時的に行動の自由を奪《うば》える程《ほど》の効果を出せた事は僥倖《ぎょうこう》と見るべきだろう。

酸欠から完全に回復するまで、あと何分か、あるいは何秒か。

通常の人間の常識《じょうしき》が通用しないだけに、臨也《いざや》の顔に余裕《よゆう》の笑《え》みが浮かぶ事はない。

普段《ふだん》は不敵《ふてき》な笑みを浮かべながら逃げ回っていた臨也だが、彼の笑みが浮かばないのは、目の前の人間に対する嫌悪《けんお》感が極まっていた事と――

本能《ほんのう》が理解していたからだろう。

一つでも動きを間違えれば、自分は即座《そくざ》に絶命《ぜつめい》するであろうという事を。


――俺《おれ》が死ぬのは、別に構わない。

――だけど、その結果として、この化《ば》け物《もの》が生き残るのは駄目《だめ》だ。

――俺がいない世界で、こんな化け物が、人間達《たち》にまじって生きる。

――化け物が人間のフリをして、力で人間をねじ伏せる。

――愛も希望も悪意《あくい》も策謀《さくぼう》も知恵《ちえ》も技術も経験も。

――人間が積み重ねてきたものを、こいつは全て台無《だいな》しにする。


「……うん、そうだね」

自然と、口から言葉が零《こぼ》れていた。

どす黒い感情の溢《あふ》れる目を細めながらそれは、果たして独《ひと》り言《ごと》なのかどうか――それは、誰《だれ》にも解《わか》らない。

言葉を発した、臨也本人《ほんにん》でさえも。

「理屈《りくつ》があろうと無かろうと、やっぱり殺すべきだ」

臨也は表情から完全に感情を消し去り、鉄骨《てっこつ》の上に立ち上がりながら、ある物を取り出した。

どこかの店の名前が入った、昔ながらのマッチ箱だ。

かつて自宅《じたく》でチェスの駒《こま》などを焼いたそのマッチを擦《す》り、生まれた火種《ひだね》を下に落とす。

既《すで》に、酸素《さんそ》を奪《うば》う為《ため》の消火用《しょうかよう》ガスは風に散った後の空間。

静雄《しずお》の周りには、別のガスが充満《じゅうまん》している。

最初に屋上に入った時から流れ続けていた、可燃性《かねんせい》のガスだ。


落ちてくるマッチを睨《にら》み付けながら、静雄は周囲に充満するガスの臭《にお》いも感じ取る。

しかし、今の彼に冷静に状況を分析《ぶんせき》する理性《りせい》があるのかどうか、それは誰《だれ》にも解《わか》らない。

ただ一つ確かなのは、彼はまだ酸欠《さんけつ》によるダメージから回復しきれておらず、足がまともに動かない状態だ。

上半身《じょうはんしん》の自由は利くようになったが、立てない以上、飛んで逃げたり、先刻《せんこく》のようにドアを蹴《け》り倒して風を起こすという真似《まね》もできない。

空に飛ぶ事もできず、周囲はガスに塞《ふさ》がれ、まさに八方《はっぽう》塞がりの状態だ。


そして、マッチの火がガスの層へと到達《とうたつ》し——

星一つ無い夜空が、赤く眩《まばゆ》く照らし出された。

♂♀

池袋《いけぶくろ》某所《ぼうしょ》

深夜という事もあり、空の一部が赤く染まるのを目撃《もくげき》した人間は、極々《ごくごく》限られていた。

限られていたとはいえ、元々の人口が多い事もあり、人数だけで見れば、数百人もの人間がそれを目撃していたのだが――

不思議《ふしぎ》な事に、その明かりは、すぐに闇《やみ》の中に消える事になる。

遠目《とおめ》に見て一瞬《いっしゅん》輝いたビルの屋上が、ほんの数十秒で再び闇に閉ざされてしまったのだ。


ただ、目撃者の多くは、ある違和感《いわかん》に気付かなかった。

件《くだん》のビルの上部から、航空機《こうくうき》除《よ》けの点滅灯《てんめつとう》まで消えていたという事に。


何が起こったのか気付いたのは、ほんの数人だけだった。

建築途中《とちゅう》のビルを真下《ました》から見上げていた、岸谷森厳《きしたにしんげん》とエゴールの二人。

そして——遠く離れた建物の窓からビルの方を見ていた、目を真《ま》っ赤《か》に充血《じゅうけつ》させた男だ。

どのような拘束《こうそく》から無理矢理抜け出したのか、男の身体《からだ》はあちこちの皮がめくれ、所々の肉が削《けず》れている。

最低限《さいていげん》の止血処理《しけつしょり》はしているようだが、服を染める血が痛々しい。

目を赤く染め、まるで愛《いと》おしい者を見るように、彼はその光景《こうけい》を目にしていた。

同時に、何が起こったのかも理解していた。

一キロメートルほど先にある、建築途中のビルの屋上。

空から降りてきた『影』が、周囲に飛び散ろうとしていた炎を掬い取り、そのまま闇の中に消し去ってしまった。

一見すると、急速《きゅうそく》に明かりが萎《しぼ》んだようにしか見えない。

だが、異形《いぎょう》が織りなす『影』を誰《だれ》よりも長く観察し、誰よりも深く関わってきた男には、遠目だろうと一瞬でその『消火《しょうか》』を理解する事ができた。

夜空そのものが意志《いし》を持ち、火を消したとしか思えない異常な状況。

それを理解しつつもなお、男は歓喜《かんき》した。

理解したからこそ、誰よりも誰よりも歓喜した。

身体《からだ》の内側から湧《わ》き上がる罪歌《さいか》の『愛の言葉《呪い》』。

自分を罪歌憑《つ》きに変貌《へんぼう》させた鯨木《くじらぎ》の『大人《おとな》しくしていて下さい』という命令《めいれい》。

その両方を、自らの『愛』でねじ伏せながら――

男は、己《おのれ》の圧倒的《あっとうてき》な『愛』を捧《ささ》げる相手の名を口にした。

呻《うめ》くように、歌うように、男は喉《のど》の奥から愛の言葉を絞《しぼ》り出す。


「セル……ティ……」


名前を呟《つぶや》いただけだが、それは確かに、男にとって愛の言葉だった。

かつての赤林《あかばやし》のように、自ら傷を抉《えぐ》り、罪歌の『呪《のろ》い』を追い出したわけではない。

贄川春奈《にえかわはるな》がそうしたように、男は、自らの内側で愛を唱《うた》い狂《くる》う罪歌を支配したのだ。

春奈とは比べものにならない速度で罪歌をねじ伏せる事ができたのは――罪歌が『人を愛する』のに反するように、彼が『人でないもの』を愛していたからかもしれない。

自分の身に何が起こったのか、理解しているのかいないのか。

罪歌にその身を斬《き》られた男――岸谷新羅《きしたにしんら》。

彼は、赤い目のまま暗い空を見つめ、静かに笑った。

まるで、街を覆《おお》う夜の闇《やみ》そのものを愛するかのように。

♂♀

過去　来神《らいじん》高校

「じゃあ、あの虎《とら》が皮を残すとして、君は人として、どういう名を残す気なんだ？　俺《おれ》は君が、猟奇殺人鬼《りょうきさつじんき》として名を残すんじゃないかってワクワクしてるよ」

「人間として、か……」

新羅は笑《え》みを消して、屋上の方から差し込む明かりを見上げ——

その光の奥に、全てを吸い込むような『影』を想像《そうぞう》しながら、答えた。

「僕は、何も残さなくていいよ」

「人は死して名を残す、じゃなかったのかい。虎でも人間でもなければ、君は何になるつもりだい？」

「そうだね。人でも虎でもなければ、良く解《わか》らない妖怪《ようかい》にでもなるのかな」

やはり冗談《じょうだん》にしか聞こえない口調《くちょう》で喋《しゃべ》りながら、新羅は困ったように笑う。

「だけど、彼女と一緒《いっしょ》にいられるなら……僕は自分が人間じゃなくなっても構わないよ」

チャットルーム

狂【おやおや、まあまあ。波江《なみえ》お姉《ねえ》様ときたら、田中太郎《たなかたろう》さんがいらっしゃるまでずっと暴《あば》れ続けるとおっしゃってた割には、急に書き込みが無くなってしまいましたわね】
参【不思議《ふしぎ》】
参【おなかがすいたのかも】
狂【そんな微笑《ほほえ》ましい理由でしたら良いのですが】
狂【それにしても、ろっちーさんとやらは何者なのでしょうね？　この掲示板《けいじばん》は完全に招待制《しょうたいせい》の筈《はず》ですから、どなたかの知り合いという事になるのでしょうけれども。それとも、紀田正臣《きだまさおみ》さんという方が実はここの参加者で、ろっちーさんに脅《おど》されてここのアドレスを教えてしまった……という可能性もあるのではないでしょうか？　ああ、紀田正臣さんとは一体……？】
参【しらじらしい】
参【痛い】
参【つねられました】
狂【それにしても、ろっちーさんも波江さんも、退室《たいしつ》していないという事は、まだこちらを御《ご》覧《らん》なのでしょうか？】

参【ドキドキです】

ろっちー【お、どもどども】

参【どうもです】

狂【あらあら、まだ残っていらしたのですね。沈黙《ちんもく》して居ないフリをして会話を覗《のぞ》き見だなんて、なかなかの策士《さくし》ですわね】

矢霧波江《やぎりなみえ》さんが退室《たいしつ》されました。

狂【あら、波江お姉《ねえ》様。もうギブアップですの？　それとも何か急用《きゅうよう》でもあったのでしょうか】

参【ボッシュートです】

ろっちー【ごめんなさいです。今、友達とパーティーの打ち合わせしてまして】

ろっちー【ところで君達、女の子？】

ろっちー【だったら、パーティーまでもうちょっと時間あるから】

ろっちー【それまでここで楽しくお喋《しゃべ》りしててもOKなんです？】

ろっちー【OKなんなんです？】

狂【あらあら、そんなに軽々しくネットでレディに声をかけるものではありませんよ？　もしかしたら、ネカマという奴《やつ》かもしれないではありませんか】

参【性別不詳《せいべつふしょう》】
参【ミステリアス！】
ろっちー【いやー、解《わか》りますよ。君ら、ネカマじゃないでしょ。両方とも女の子だ】
狂【面白い推理《すいり》ですが、証拠《しょうこ》はあるのですか？　探偵《たんてい》ごっこなさるより、ラブコメ小説作家《さっか》になった方が宜《よろ》しいかと存じます。インターネットは互いの顔が見えない現代《げんだい》社会の輝かしい闇《やみ》、こんな露骨《ろこつ》な喋り方をする私が本当に女性であるという根拠《こんきょ》はなんですの？】
ろっちー【勘《かん》です】
ろっちー【可愛《かわい》い女の子達っていうのは、文章見《み》てるだけで解っちゃうから】
参【怖《こわ》いよう】
参【チャラ男さんです】
ろっちー【否定できないなー】
狂【変わった殿方《とのがた》ですのね。おっと失礼。貴女《あなた》が女性という可能性《せい》を考慮《こうりょ》していませんでした】
ろっちー【さてはて、どっちかな？　現代社会の輝かしい闇を背負《せお》う俺《おれ》ってカッコイイ？】
狂【その匿名性《とくめいせい》も、さっきの騒動《そうどう》でもうお終《しま》いですわね。波江お姉様がここの参加者の実像《じつぞう》を無碍《むげ》に晒《さら》してしまったのですから。このチャットは、本当は知り合い同士《どうし》なのに、お互いがお互いの正体《しょうたい》を知らないという奇妙《きみょう》なバランスの上にこそ成立しておりましたのに。それも全て台無《だいな》し、リセット、ノーサイドノーゲームノーフューチャーですわね】

参【寂しいです】
ろっちー【その口ぶりだと、君は参加者の正体《しょうたい》とか知ってたみたいじゃんすか】
狂【ええ、私達もまた、全てを知りながら観察者《しゃ》として振る舞う事で優越感《ゆうえつかん》を得る、その貴重《きちょう》な遊戯《ゆうぎ》の場を失ってしまう事になります。口惜《くや》しいですが、これも運命《うんめい》のなせる事だと思えば仕方ないかもしれません】
参【悲しいです】
ろっちー【そんな事ないんじゃない？】
ろっちー【お互いの顔が見えないからこそ言える事は多いですけど、お互いを知ってるからこそ言える事ってのも結構《けっこう》あるじゃないですか？】
狂【あら、例えばどのような事でしょう？】
ろっちー【愛の告白《こくはく》とか】
参【凄《すご》い】
ろっちー【まあ、お互いをよく知らないまま告白しちゃってエラい目にあう事もあるけど】
ろっちー【いやまあ、俺《おれ》はここのチャットの事、全然知《し》らないけど】
ろっちー【せっかく終わりに立ち会えたって事で、君達の事をもっとよく知りたいな】
狂【本当に好き勝手《かって》な事をおっしゃいますのね。貴方《あなた》は一体何者《なにもの》なのですか？】
参【誰《だれ》ですか】

ろっちー【通りすがりの悪い人ですよ】

ろっちー【これから、池袋《いけぶくろ》で悪いパーティーですー】

ろっちー【夜が明けるまで、家の外には出ない方がいいですよ】

狂【あら、どこかの誰かと同じような事をおっしゃいますのね。せっかく、この特別な場所が壊《こわ》れてしまった儚《はかな》さと寂しさを紛《まぎ》らわせる為《ため》に、街に繰りだそうとしておりましたのに】

参【シンクロです】

ろっちー【それは失礼】

ろっちー【だけど、ここは別に特別な場所じゃないですよ】

ろっちー【外も、このチャットルームと一緒《いっしょ》です】

ろっちー【街中《まちなか》ですれ違うだけの人達も、匿名同士《とくめいどうし》みたいなもんなんですから】

ろっちー【どこに知り合いが潜《ひそ》んでるか、解《わか》ったもんじゃありませんし】

ろっちー【それこそこの掲示板《けいじばん》みたいに、突然《とつぜん》ぶち壊れる事だってあるかもしれませんからね】

ろっちー【じゃ、また】

ろっちーさんが退室《たいしつ》されました。

十一章　竜に翼を得たる如し

過去　来神《らいじん》高校　渡り廊下

「やあ、もう歩いても平気《へいき》なのかい……って、聞くだけ野暮《やぼ》だね」

「……なんだ、新羅《しんら》か。あのゴキブリ野郎《やろう》はどこだ。奴《やつ》が自分から転校《てんこう》したいと抜かすまでぶちのめしてやる」

渡り廊下で新羅が軽く挨拶《あいさつ》をした所、静雄《しずお》は苦虫《にがむし》を噛《か》み潰《つぶ》した顔でそう返した。

新羅は肩を竦《すく》め、静雄の身体《からだ》を冗談交《じょうだんま》じりに気遣《きづか》う。

「トラックに跳《は》ねられたっていうのに、自分の身体の心配よりも人を殴《なぐ》る算段《さんだん》かい？　まあ、臨也《いざや》が出てくるまで校舎を破壊《はかい》し続けるとかしないだけ、人間としては丸くなったのかな」

溜息《ためいき》を吐《つ》き、新羅は静雄の髪《かみ》を見て言葉を続けた。

「正直、君に再会した時は金髪《きんぱつ》になってたから驚いたよ。とうとうグレちゃったのかってね」

「……うるせえな。好きで染めてるわけじゃねえよ」

「じゃあ、なんで？　好きじゃないのに染めるだなんて、どんな我《わ》が儘《まま》も力で押し通しそうな君が珍《めずら》しいじゃないか」

「中学の時の先輩《せんぱい》に言われてな……まあ、どうでもいいだろ、んなこたぁ。あの蚊《か》とんぼ野郎《やろう》は何組だ」

こめかみをひくつかせながら、昨日《きのう》会ったばかりの男に対して敵意《てきい》を剥《む》き出しにする静雄《しずお》。

「退学《たいがく》になるつもりかい。せめて学校では我慢《がまん》しなよ」

ケラケラ笑いながら言う新羅《しんら》に、静雄は舌打《したう》ちをしながらも渋々納得《しぶしぶなっとく》した。

ただし、今度は新羅本人《ほんにん》に対して怒りの目を向けながら問いかける。

「で、あんなゴミムシ野郎をどういうつもりで俺《おれ》に紹介《しょうかい》しやがった……？」

「やだなあ、中学時代にできた唯一《ゆいいつ》の友達だから、小学校時代唯一の友達である君に紹介しただけだよ」

「一つ忠告《ちゅうこく》してやる。ダチは考えて選べ」

「え、静雄君がそれ言っちゃう？」

新羅は笑いながら、改めて昔馴染《むかしなじ》みの友人に忠告した。

「とりあえず、学校の中では大人《おとな》しくしときなよ。入学早々《そうそう》退学なんて事になったら、君の家族にも迷惑《めいわく》がかかるだろ？」

「……」

家族の事を持ち出されて、静雄は更《さら》に苦《にが》い虫を噛《か》み潰《つぶ》した表情で唸《うな》り、渋々納得する。

「わーったよ。あいつをぶっ殺すのは、放課後《ご》にしとくわ」

「まず殺すって選択肢《し》を消さない？　何がそんなに気にくわないのかな」

「……俺はな、ああいう、口八丁《くちはっちょう》で人を丸め込んで、テメーじゃ何もしねえような奴が大嫌《だいきら》いなんだよ」

「ああ、なるほどね」

会ったばかりの人物の性格について断言《だんげん》する静雄だが、新羅は反論《はんろん》しなかった。臨也《いざや》がその通りの人間であると理解していたからだ。

しかし、反論する代わりに、新羅はヘラヘラと笑いながら言う。

「でもさ、それを言ったら、僕だって口先《くちさき》だけの人間だよ」

「確かに、手前《てめえ》にもしょっちゅう苛《いら》つかされるぜ」

ジロリと睨《にら》まれ、新羅は思わず後退《あとずさ》った。

「ちょ、怖《こわ》い顔しないで。ドウドウ、ドウドウ、ビークールビークール」

そんな昔馴染みに、静雄は眉間《みけん》に皺《しわ》を寄せたまま言葉を続ける。

「だがな、手前は糞《くそ》くだらねえ冗談《じょうだん》とかは抜かすが、やたらめったら嘘《うそ》はつく奴じゃねえ。その分、あのノミ蟲《むし》よりはマシなだけだ」

「買い被《かぶ》りだよ、僕はそんな純真無垢《じゅんしんむく》な存在じゃあないし、必要とあらば嘘だってつくさ」

「……堂々《どうどう》と俺《おれ》に『解剖《かいぼう》させろ』とか抜かす大馬鹿野郎《おおばかやろう》が、どんな時に嘘《うそ》が必要だってんだ?」

何気ない日常会話《かいわ》のつもりで静雄《しずお》が紡《つむ》いだその言葉に、新羅《しんら》は暫《しば》し考え込む。

「んー。……そうだね。僕には一人、好きな女の人が居るんだ」

「あぁ?」

「僕はね、その人への愛を貫《つらぬ》く為《ため》なら、いくらでも嘘もつくし、悪党《あくとう》にもなるよ」

「ああ、そうかよ。まあ、惚《ほ》れた女のために悪党になるってんなら、勝手《かって》になってろ」

惚気話《のろけばなし》を聞かされたと思い、うんざりしながら返す静雄だったが——

新羅は、手を左右に振りながら真顔《まがお》で否定した。

「いや、その人の為に、っていうのはちょっと違うかな。僕の為さ」

「あん?」

「僕が悪意《あくい》で嘘をつくとしたら、その人に対してだと思う」

「なんだそりゃ」

一際《ひときわ》深く眉間《みけん》の皺《しわ》を寄せる静雄。

周囲の生徒達は、彼を怖《こわ》がって渡り廊下にすら近づかない状態だ。

「うん。僕は、その人の事が本当に好きなんだ。正直、愛っていうよりは独占欲《どくせんよく》に近いと思う。だから、もしもその人が僕から離れていきそうになったら……。僕は、どんな悪党になってもいいから、その人を引き留めようとすると思う。人だって殺すかもしれない」

流石《さすが》に静雄も押し黙《だま》り、少し考えてから言葉を返す。

「……いや、駄目《だめ》だろ。人殺《ひとごろ》しなんざしたら、普通は余計《よけい》に嫌《きら》われるだろ」

「ああ、だからさ。その事をずっと彼女に隠《かく》し続けると思う。……いや、もしかしたら、『君のせいで僕は人殺しになったんだ！』って嘘をついて、罪悪感《ざいあくかん》を覚えて貰《もら》うかもしれない。そうしたら、ずっと僕と一緒《いっしょ》にいてくれるかもしれないからね」

「割と最悪《さいあく》だな、お前」

大きな溜息《ためいき》を吐き出した後、静雄は哀《あわ》れみを籠《こ》めた視線を新羅に向けた。

「お前よお、そういう事を馬鹿《ばか》正直に言っちまうから、友達少《すく》ないんだと思うぜ」

「静雄君に言われるとは思わなかったけど、まあ否定はしないよ」

「相手に迷惑《めいわく》かける愛なんてあるかよ。そりゃ、愛だとしても、相当歪《ゆが》んでるぜ」

「もちろん、そんな事態《じたい》にならないに越した事はないんだけどね？　僕だって、普通に恋愛してさ、『もう何も要《い》らない、ただ相手の為に尽くすだけで幸せだー』……って言える生活が送れるなら、それが一番だと思う」

ウンウンと頷《うなず》きながら、新羅は全く悪びれずに語る。

静雄はそんな昔《むかし》馴染《なじ》みの言葉を聞き、うんざりしながら答えた。

「ああ、お前に惚れられたって女にゃ、心底同情《しんそこどうじょう》するぜ。バレた時は、刺《さ》される覚悟《かくご》ぐらいはしとけよ」

「うーん……でも、その人、凄《すご》く優しいからさ、なんだかんだで、僕の事を許してくれるかもしれない」

「本当に脳味噌《のうみそ》が花畑《はなばたけ》だな、手前《てめえ》は……」

話すのも疲れたとばかりに、静雄《しずお》は小さく首を振る。

「まあいいさ。そん時は、俺《おれ》がその女の代わりに空の果てまでぶっ飛ばしてやるから安心しろ」

突き放すような静雄の言葉に対し、新羅《しんら》はニコニコと笑ったまま、本気《ほんき》とも冗談《じょうだん》ともつかない言葉を吐き出した。

「そうしてくれると助かるよ。死なない程度《ていど》に手加減《てかげん》もしてくれると、もっと助かる」

「僕は、君ほど頑丈《がんじょう》じゃないからね」

♂♀

現在　建築途中《とちゅう》ビル

マッチの火を引き金として、可燃性《かねんせい》のガスが周囲を熱と光、そして鈍い破壊音《はかいおん》を撒《ま》き散らしながら燃え上がる。

臨也《いざや》は鉄骨《てっこつ》の上部に立っていたが、下からの熱波《ねっぱ》を浴びないよう、マッチを落とすと同時に安全圏《けん》まで退避《たいひ》していた。

それでも、ガスへの引火《いんか》による爆発《ばくはつ》は凄《すさ》まじく、荒れ狂《くる》う熱風《ねっぷう》が臨也の傍《そば》を通り抜ける。

風に煽《あお》られて落ちぬように、臨也は鉄骨の柱《はしら》を押さえてその身を守った。

その為《ため》、静雄がどうなったのかを直接目《め》で見る事ができない。

静雄ならば、全身を焼けただれさせながらも酸欠《さんけつ》から復活《ふっかつ》して襲《おそ》いかかってくる怖《おそ》れがある。

少なくとも、足が竦《すく》んでいた状態では逃げる事はできまいと踏んでいたのだが——

臨也はそこで、違和感《いわかん》に気が付いた。

周囲の闇《やみ》が、一際《ひときわ》色濃くなっているという事に。

「……？」

通常の夜の闇とは違う。

炎《ほのお》の明かりが直接夜空《よぞら》に吸い取られている。そう表現しても良い程《ほど》の異常な暗さだ。

都会は地上の光で星が見えないとは良く言うが、今の状況はまるで、空が地上の光を全て消し去っているかのようだ。

光だけではない。炎による熱を帯びた風も、いや、炎そのものすら闇の中に消えて行く。

空から伸びてきた影が、炎を捕《と》らえ、喰らっていた。

そして臨也は、その『影』に見覚《みおぼ》えがある事を思い出す。

「……」

臨也《いざや》は、その不思議《ふしぎ》な『影』の正体《しょうたい》に気付き、目を細めながら呟《つぶや》いた。

「記憶《きおく》は無い様子《ようす》だったけど……どういうつもりなのかな？　あの怪物《かいぶつ》は」

一瞬《いっしゅん》だけ、彼は夜空に目を向ける。

そこには星すら浮かんでおらず、ただ、異常な闇《やみ》だけが広がっていた。

しかし、そちらにあまり気を向けるわけにはいかない。

今、自分は殺し合いをしている最中《さいちゅう》なのだから。

臨也はその事を踏まえた上で、『影が殺し合いの邪魔《じゃま》をするかもしれない』という疑念《ぎねん》から、最低限《さいていげん》の警戒《けいかい》だけを向けて平和島静雄《へいわじましずお》の姿《すがた》を探す事にした。

影の力が及んだ結果だろうか、火は燃え広がらずに集束《しゅうそく》しつつある。

だが、炎《ほのお》の中に、人の影は見当たらなかった。

――どこだ？

目を凝《こ》らし、黒焦《くろこ》げになっているであろう男の姿を探す臨也だったが――

足元《あしもと》から鈍い揺れを感じ、思わず鉄骨《てっこつ》を握り締める。

――地震《じしん》？

鈍くも激しい、地球そのものが震えているかのような揺れだ。

――いや、違う。

普通の人間なら、地震だと判断《はんだん》した事だろう。

だが、彼は知っていた。

このタイミングでたまたま地震が起こったという偶然《ぐうぜん》よりも、揺れの原因として遥かに可能性《せい》が高い事が一つだけあると。

鉄骨の柱《はしら》の角《かど》を握りながら、臨也は集束しつつある炎の中心を睨《にら》み付ける。

そして、気が付いた。

炎の中心。

先刻《せんこく》まで、静雄が跪《ひざまず》いていた辺りに、大きな影が見える。

しかしそれは、燃え焦げた人型《ひとがた》などではなく——

床に開けられた大きな穴と、その周囲に広がる蜘蛛《くも》の巣状《すじょう》のひび割れだった。

ゾワリ、と、臨也の背に悪寒《おかん》が走る。

——あの化《ば》け物《もの》め。

——上半身の力だけで、床を殴り破ったのか、、、、、、、、、、、、、、？

静雄は確かに、直前の酸欠《さんけつ》によってその場に膝《ひざ》をついていた。

上半身《じょうはんしん》はまともに動けたようだが、立ち上がるまでに回復していたとは思えない。

足を用いない筋肉《きんにく》の動きだけで、床に穴を開ける程《ほど》の打撃《だげき》を繰り出した。

拳《こぶし》か肘《ひざ》打ちか、あるいは頭《ず》突きなのかは解《わか》らない。

確かなのは、先刻《せんこく》熱と光と共に広がった破壊音《はかいおん》は、爆発《ばくはつ》によるものではなく、その一撃《いちげき》によって床が崩《くず》れる音だったという事だ。

——穴に落ちて逃げたのか⁉

——いや、それとも……。

可能性《せい》は二つある。

一つは、床を殴《なぐ》って穴に落ちる事で炎《ほのお》を逃《のが》れた可能性。

もう一つは、バッタが床を蹴《け》りつけて高く跳び上がるように、床を殴った反動《はんどう》で、自分の身体《からだ》を炎の中心から弾《はじ》き飛ばしたという可能性。

どちらにせよ、導き出される答えは一つだ。

臨也《いざや》は鉄骨《てっこつ》の上で身体を前に傾け、自分の掴《つか》む鉄骨の柱《はしら》の根元《ねもと》に目を向ける。

そして、そこには——

「……」

服のあちこちを、あるいは皮膚《ひふ》や髪《かみ》の一部を焦《こ》がしながら、憤怒《ふんぬ》の形相《ぎょうそう》で鉄骨の根元を掴んでいる平和島静雄《へいわじましずお》の姿《すがた》があった。

——まずい！

その場から飛び逃れようとした臨也だが、一際《ひときわ》大きな揺れによってタイミングを崩《くず》される。

周囲の鉄骨が拉《ひしゃ》げ、ビルの壁の基盤《きばん》そのものが破壊《はかい》され始めた。

静雄は自分の抱える鉄骨を無理矢理《むりやり》骨組みから引き剥《は》がし、普段《ふだん》電柱《でんちゅう》等《など》を振り回すのと同じ要領《ようりょう》で抱え上げる。

破壊された足場《あしば》から落下《らっか》しかける臨也の目に映ったのは、その鉄骨が自分目《め》がけてフルスイングされる光景《こうけい》だった。

「くっ……」

本能《ほんのう》か計算か、臨也は咄嗟《とっさ》に身を捻《ひね》り、足の裏でその鉄骨を受け止めようとする。

そし次の瞬間《しゅんかん》、靴底《くつぞこ》と鉄骨が接触《せっしょく》し――

投手も野手《やしゅ》も居ない夜空《マウンド》へと、臨也の身体が勢い良く打ち出された。

♂♀

池袋某所《いけぶくろぼうしょ》
「……なんか、妙《みょう》じゃねえか？」

取引場所《とりひき》に向かう途中《とちゆう》、千景《ちかげ》がそんな事を言い出した。

それに対して、横を歩いていた正臣《まさおみ》が相槌《あいづち》を打つ。

「確かに、なんか、人通りが多いな」

「ああ……もうすぐ明け方って感じがしねぇや」

彼らは『取引』の時間よりも早めに現地に潜《ひそ》み、帝人《みかど》がどれほどの人数を連れてくるかを探ろうとしていた。

手近《てぢか》なビルの飲食店《てん》か、もしくはそうした深夜《しんや》営業の店の非常階段《かいだん》などから様子《ようす》を窺《うかが》おうと考えていたのである。

だが、現地《げんち》に向かう途中《とちゆう》で、二人は奇妙《きみよう》な空気を感じ取っていた。

池袋《いけぶくろ》に慣れ親しんだ正臣だけではなく、埼玉《さいたま》が拠点《きよてん》である千景ですら違和感《いわかん》を覚えている。

「なーんか、嫌《いや》な予感がするんだよなあ。この背中がざわつく感覚がよお、俺《おれ》のチームにヤーさん達が絡《から》んできた時と一緒《いつしよ》なんだわ」

「怖《こわ》いこと言わないでくれよ……」

頬《ほお》を引きつらせつつも、正臣は怖《お》じ気《け》づく事はなく歩み続けた。

ただ、大きな不安が一つある。

「泉井《いずみい》の野郎《やろう》が、チヤチヤ入れてこなきゃいいんだが……」

駐車場《ちゆうしやじよう》で千景に強烈《きようれつ》な一撃《いちげき》を入れられていたものの、あれで簡単に引き下がるような輩《やから》とも思えなかった。

「そもそも、あんな奴《やつ》らまで引き入れてるなんて……」

「ダラーズはなんでもアリなんだろ？　小学生まで参加してるって聞いたぜ」

「だからって……」

黄巾賊《こうきんぞく》が内部に入り込んでいた泉井達《たち》によって崩壊《ほうかい》しかけた時の事を思い出し、正臣は強く歯噛《はが》みする。

「ま、あのグラサン野郎は気を付けた方がいいな。ありゃ、敵だと見なせば街中《まちなか》だろうが平気《へいき》で火炎瓶《かえんびん》投げてくるタイプだ」

軽い調子《ちょうし》でとんでもない事を言った後、千景は改めて街を見渡した。

二人はまだ遠巻《とおま》きに繁華街《はんかがい》を見ているだけで、直接人混《ひとご》みには近づいていない。

昼間なら堂々《どうどう》と人混みに紛《まぎ》れられると考えたのだが、わざわざ異常な状況に近づく程《ほど》に無警《むけい》戒《かい》ではなかった。

「で、この状況に心当たりとかあるか？　今日《きょう》がワールドカップの試合かなんかなら納得《なっとく》もできるんだけどよ」

「いや、ていうかなんか……みんなおかしくないか？　同じ所を行ったり来たりしてるだけっていうか……」

正臣は街の様子に気味《きみ》の悪さを通り越したおぞましさを感じ取り、背中に汗《あせ》を滲《にじ》ませる。

――まさか、これでもダラーズが絡《から》んでるんじゃねえだろうな。

――あそこにいるのが全員ダラーズ……って可能性も、あるよな……。

――いや、でもなあ……。

ダラーズ初集会《はつしゆうかい》の伝説《でんせつ》は正臣《まさおみ》も耳にしていたが、それにしても様子《ようす》がおかしい気がする。

「しょうがねえ、念《ねん》の為《ため》、この辺のビルにお邪魔《じやま》しようぜ」

そして、千景《ちかげ》はそのまま手近《てぢか》なビルの中へと入ろうとした。

「屋上まで出れりゃいいんだが」

「ノープラン過ぎだろ」

正臣《まさおみ》は呆《あき》れた溜息《ためいき》を吐き出しながら、手近にあった別のビルに視線を向ける。

「あっちにしようぜ。あのビルの屋上なら見晴《みは》らしもいいし、簡単にあがれる」

「屋上まで行った事あんのか？」

「昔、ブルースクウエアとやりあった頃《ころ》に色々とな。例の折原《おりはら》っつー最悪《さいあく》なアドバイザーが、屋上とかやけに詳《くわ》しくてよ」

過去の抗争《こうそう》の事を思い出し、正臣は苦々《にがにが》しげにそう語った。

すると、千景はカラカラと笑って正臣の肩を叩《たた》く。

「お、いいねえ非行《ひこう》少年。過去の罪はこの際《さい》目をつぶっておいてやろうじゃないか」

「……あんたもこれからするんだろうがよ、不法侵入《ふほうしんにゆう》」

♂♀

ワゴン車内

車体の片面に、遊馬崎《ゆまさき》によるアニメ絵の装飾《そうしょく》が成された渡草《とぐさ》のバン。

普段《ふだん》は四人前後《ぜんご》でゆったりと寛《くつろ》ぐスペースが、現在は倍《ばい》以上の人口密度《みつど》となっていた。

運転席《せき》の渡草に、助手席には怪我《けが》人である門田《かどた》。

中央座列《ざれつ》には波江《なみえ》と美香《みか》が誠二《せいじ》を真《ま》ん中《なか》に挟《はさ》む形で座っており、後部座席《ざせき》には遊馬崎、杏里《あんり》、沙樹《さき》が並んで座っていた。

いつもの乗車メンバーである狩沢《かりさわ》が加われば、定員オーバーとなってしまう。

しかし、彼女は現在この場にいない。

街中《まちなか》で門田を探している最中《さいちゅう》に、連絡《れんらく》が途絶《とだ》えてしまっていた。

そこで、彼女を探しに行くべく、門田達《たち》は池袋《いけぶくろ》の繁華《はんか》街《がい》、サンシャイン方面へと向かう事にしたのだが――

「やっぱり、嬢《じょう》ちゃん達は残った方がいい」

門田が自分の怪我《けが》を棚《たな》に上げ、最後部《さいこうぶ》の女子二人にそう告げる。

「新羅《しんら》のお袋《ふくろ》さんに俺《おれ》からも頼んでみるから、暫《しばら》く匿《かくま》って貰《もら》ったらどうだ」

しかし、杏里《あんり》はいつにもなく強い眼差《まなざ》しで首を振った。

「いえ……私も、行きます。行かなくちゃいけないんです」

後部座席《ざせき》からルームミラー越しに見つめてくる杏里の目を見て、門田《かどた》は諦《あきら》めたように溜息《ためいき》を吐《つ》く。

杏里は当初、状況についていけず混乱していたが、『狩沢《かりさわ》が危ない』という話を聞いた瞬間《しゅんかん》から、積極的に『自分も行く』と言いだしたのだ。

「狩沢と、なんかあったのか？」

「狩沢さんは……私が辛《つら》かった時に、色々と助けてくれたんです」

杏里は顔を僅《わず》かに下げ、ここ数日の狩沢とのやり取りを思い出す。

もしも彼女がいなかったら、折原臨也《おりはらいざや》の『言葉』だけで自分の心は壊《こわ》されてしまっていた事だろう。

その事を思い出し、杏里は改めて狩沢への感謝の気持ちを噛《か》みしめる。

だからこそ彼女は覚悟《かくご》した。

自分自身《じしん》に関わる、全ての疼きと向き合おうと。

杏里が再び顔を上げた時、門田は僅かに眉《まゆ》を顰《ひそ》めた。

「？　どうした、門田……あ？」

そろそろ出発しようとエンジンキーに手を伸ばした渡草《とぐさ》が、門田につられる形でミラー越しに杏里を見て、思わず声をあげる。

「お、おい、嬢《じょう》ちゃん、目ぇどうした？」

渡草の言葉に、他の面子《メンツ》も揃《そろ》って杏里の方に目を向けた。

すると、そこには明らかな異常が一つ。

園原《そのはら》杏里の目が、赤く光っていた。

眼鏡《めがね》のレンズを通した赤い光が、まるで人魂《ひとだま》のように車の中で揺らめいている。

門田や遊馬崎《ゆまさき》は、かつて公園で杏里が目を赤く光らせながら闘《たたか》う姿《すがた》を見た事があった。

しかし、結局その時も杏里に対して深く追及《ついきゅう》する事はせず、今後も自分達から聞くつもりはなかったのだが——

杏里はその赤い光の中から強い眼差《まなざ》しを皆に向け、ハッキリと告げる。

「街にいる切り裂き魔《きりさきま》は、私と関係があるんだと思います」

そして、彼女は呼吸を整えた後、いつものオドオドした声を喉《のど》の奥に一度溜《た》め込み、強い意志《いし》を持って吐き出した。

「だから……私が行かなくちゃいけないんです」

♂♀

いくつかの飲食店《てん》が入ったビルの屋上。

千景《ちかげ》と正臣《まさおみ》はやや開《ひら》けた屋上からそっと街を見渡し、改めて街の状況を確認《かくにん》した。

深夜だというのに、やはり異常に人が多い。

しかも、これから自分達《たち》が向かう予定の区画《くかく》——すなわち、東急《とうきゅう》ハンズ前に人が多く集まっている。だが、そこに一番密集《みっしゅう》しているわけではなく、寧《むし》ろその前の角《かど》からボウリング場に向かう通りが中心となっているようにも感じられた。

「こっからじゃビルが邪魔《じゃま》で見えないな……露西亜寿司《ロシアずし》あたりでなんかあったのか?」

「なーんか、あの連中《れんちゅう》、動きが妙《みょう》なんだよな。本当に、動きが機械《きかい》的っつーか、ループしてるっつーか……なんか、ゲームの背景《はいけい》のキャラみてえじゃね?」

暢気《のんき》に言う千景とは逆に、正臣はその異様《いよう》な光景《こうけい》に焦《あせ》りを覚える。

「糞《くそ》……何がどうなってんだ……」

「なんか、目ぇ赤くねえか?　あいつら」

某《ぼう》商業ビル　屋上

「え？」

「こっからじゃよく見えないけどよ……つーか、高速が邪魔《じゃま》で道路際《ぎわ》が良く見えねえなここ」

彼らの位置からでは、地面との間にある首都《しゅと》高速の高架《こうか》道路が邪魔となって、60階通りと音《おと》羽《わ》通りが交《まじ》わる部分が良く見えなかった。

「アムラックスビルかサンシャインぐらい高けりゃハッキリ見えるんだろうけどなあ」

正臣は顔を横に向け、高速を挟んでハンズの真向《まむ》かいにあるアムラックスビルを見る。

しかし、アムラックスビルの屋上に忍《しの》び込むのは無理《むり》そうな上、サンシャインの展望台《てんぼうだい》が24時間営業だったとしても、行き来に数倍《すうばい》の時間がかかる事だろう。

「ま、60階通りの様子《ようす》が少し見れるだけでもマシだろ」

そのまま街の様子を見続けていた千景だが、そこに一つの異変《いへん》を見つける。

ハンズ前の辺りに、明らかに一般《いっぱん》人とは趣《おもむき》の異なる集団が現れたのだ。

彼らは皆、青いニット帽《ぼう》や目出《めだ》し帽《ぼう》を被《かぶ》っており、夜の群衆《ぐんしゅう》の中に妙《みょう》な特異点《とくいてん》を生み出している。

その『青』に染まった少人数のまとまりを見て、正臣は屋上の手すりを強く握り締《し》めた。

「来やがった……。ブルースクウェアの連中《れんちゅう》だ」

♂♀

露西亜寿司《ロシアずし》前

「……お客さんが来たか？」

東急《とうきゅう》ハンズ前に一台のバンが停まり、その中から奇妙《きみょう》なサメの目出《めだ》し帽《ぼう》を被《かぶ》った少年達《たち》が現れたのを見て、那須島《なすじま》がニヤリと笑う。

「あいつらにはまだ手を出すな。ちゃんと罪歌《さいか》で乗っ取った連中《れんちゅう》をコントロールしろよ？　タイミングは俺《おれ》が指示《しじ》する。変に隙《すき》を作って寿司屋の連中に逃げられても困るしな」

「……はい、母《かあ》さん」

虚《うつ》ろな目で頷《うなず》く春奈《はるな》の頭を撫《な》でながら、那須島はニイ、と笑う。

「竜ケ峰帝人《りゅうがみねみかど》かぁ。名前だけ目立つ奴《やつ》だったから、どんな面《つら》かもう忘れちまったよ」

かつての教え子の事を思い出そうとするが、自分の担当《たんとう》とは別のクラスという事、それ以前に男子という事もあり全く顔を覚えてはいなかった。

「まあ、そんな特徴《とくちょう》の無い奴がダラーズのボスとはねぇ。最近のガキはどうなってんだ」

クックツと笑いながら、虚ろな目の春奈や、怯《おび》えた目の四十万《しじま》を見回して言葉を続ける。

「教育がなってないよなあ、そう思うだろ？」

元《もと》教師の皮肉《ひにく》げな言葉に、四十万も春奈も、何も言葉を返さなかった。

♂♀

雑居《ざっきょ》ビル　屋上

「で、どれが竜ヶ峰帝人だっけか。女の面なら一度見《み》りゃ忘れないんだがな……」

千景《ちかげ》の言葉に、正臣《まさおみ》が街の一点を凝視《ぎょうし》しながら答える。

「糞《くそ》……帝人と似た体格の奴らが、何人か目出し帽被ってて、どれが誰《だれ》だか……」

かなり遠目《とおめ》ではあるが、帝人の純朴《じゅんぼく》な顔はブルースクウェアの面々の中では明らかに浮いているだろう。夜という事を踏まえても、視力のいい正臣なら、かろうじて判断《はんだん》できる距離だ。

「なるほど、取りあえず不意打《ふいう》ち一発でトップが狙《ねら》われるのを避けたわけか。それか、もしかしたらまだ本人は車の中かもな……。って、高速が邪魔《じゃま》で車が見えねえぞオイ」

「あいつら、車をよく使ってたから、歩きや自転車じゃ来てないと思うぜ」

「駄目《だめ》だ、見えねえ。高速道路め……料金高《たか》いんだよ畜生《ちくしょう》」

全く関係無《な》い文句《もんく》を言い出す千景に対し、正臣が別の違和感《いわかん》を口にする。

「そういや、ここに登ってくる前……高速の下の大通り見たけどよ、なんか、いつもより車も少なかった気がするな……」

とはいえ、この屋上から見下ろした所で確認《かくにん》はできず、高架《こうか》上の高速道路《どうろ》を『我関《われかん》せず』とばかりに走り続けている車の群が見えるだけだ。

「人は多いのに車は少ないってか？　ますます妙《みょう》だ」

「やっぱり、何かおかしいっすよ、今日《きょう》の池袋《いけぶくろ》……」

「とりあえず、変な動きしてる連中《れんちゅう》も、青い連中《れんちゅう》と絡《から》んだりはしてねえみたいだけどな」

千景《ちかげ》は小さく溜息《ためいき》を吐《つ》いた後、くるりと正臣《まさおみ》に背を向ける。

「ま、そろそろ約束の時間だし、行ってくるわ。お前はここで待ってろ」

「お、おい、俺《おれ》が行かなくてどうすんだよ」

「お前は切《き》り札《ふだ》っつーか主役だろうがよ。俺が連中の覆面《ふくめん》をひっぺがしてやるから、お前は屋上から見て、友達を見つけたら降りてこい。あの中にいないようだったら、俺が連中に居場所《い》を聞き出して電話してやる」

高速道路に視覚《しかく》情報を遮《さえぎ》られ、相手の正確な人数《にんずう》すら解《わか》らない。

それにも関わらず、『自分が負ける』という選択肢《し》は欠片《かけら》も考えていないような調子《ちょうし》で言う千景の背を見て、正臣は思わず声を掛けた。

「六条《ろくじょう》さん」

「あん？」

「……あの、ありがとうございました」

「礼《れい》は後で言えよ。今言われるとよ、映画とかだと俺死ぬパターンだろこれ」

苦笑《にがわら》いしながら手をあげ、千景は階段を降りていく。

「それにな、礼を言う事になるかどうかは解らねえぞ」

「えっ？」

眉《まゆ》を顰《ひそ》める正臣に、千景は肩を竦《すく》めながら言った。

「勢い余って、お前の友達までぶちのめしちまうかもしれないからな」

♂♀

住宅街《がい》
間宮愛海《まみやまなみ》は、復讐者《ふくしゆうしや》だ。
折原臨也《おりはらいざや》にありとあらゆる嫌《いや》がらせをする為《ため》に生きていると言ってもいい。
本来、自殺オフで死ぬ筈《はず》だった彼女が今も生き続けていられる原動力《げんどうりよく》は、自分の決意《けつい》と絶望《ぜつぼう》を侮辱《ぶじよく》した臨也への憎《にく》しみに他ならなかった。

そういう意味では、彼女は臨也《いざや》に生かされていると言ってもいい。

愛海《まなみ》自身もその事に気付いているが、特に何も思う所はなかった。

臨也が絶望しながら死んでいく顔が見られれば、自分の人生はそれで充分である。

彼女はそう割り切っていたからこそ、なんの躊躇《ためら》いもなく凶行《きょうこう》に走る事ができた。

白昼堂々《はくちゅうどうどう》、池袋《いけぶくろ》の駅前に生首《なまくび》を投げ込むなどという真似《まね》が。

セルティ・ストゥルルソンの首という存在を世の中に知らしめ、臨也のアドバンテージを一つ奪《うば》った。

具体的にそれが臨也をどう苦しめるのか、そこまでは計算していない。

ただ、嫌《いや》がるだろうと思ったからやっただけだ。

そして今も、同じような理由で、後先《あとさき》を考えない行動に走っている。

「……次は、ここか」

冷めた調子で独《ひと》り言《ごと》を呟《つぶや》き、住宅街《がい》にある小さなビルを見上げていた。

澱切陣内《よどぎりじんない》。

折原《おりはら》臨也と敵対《てきたい》しているブローカー。

そんな男の隠れ家《かくが》の一つとして、臨也の事務所のパソコン内に登録《とうろく》されていた情報だ。

彼女はその他、臨也のパソコンからあらゆる情報を盗《ぬす》み出し、ポケットの中のUSBメモリに溜《た》め込んでいる。

臨也と敵対している澱切にそのデータをタダで渡そうと、彼女は澱切のアジトを一軒一軒《いっけん》見《み》て回っていたのだ。

しかし、十軒以上回《まわ》ったが、未《いま》だに人の気配《けはい》がする建物には出会わない。

何軒かは中に忍《しの》び込みもしたが、結果はなしのつぶてだった。

かなり危険な事をしているという自覚はあるが、彼女は澱切に見つかって殺されても構わないとさえ思っている。

臨也が警戒《けいかい》する程《ほど》の『敵』。

その人物に、臨也のデータが全て渡《わた》るのならば僥倖《ぎょうこう》だ。

臨也本人《ほんにん》が苦しむ姿《すがた》を見られないのは残念だが、ここで殺されるのならば自分の『生きるエネルギー』はそれまでだったという事だろう。

歪《いびつ》な理論《りろん》で己《おのれ》を正当化《か》させながら、このビルでも同じように忍び込もうとした彼女だが——

ふと、裏口《うらぐち》のドアの傍《そば》まで来て足を止めた。

曇《くも》り硝子《ガラス》の奥で、電気が点《つ》くのが見えたのである。

「……」

警戒しつつ、彼女が様子《ようす》を窺《うかが》っていると——

内側から鍵《かぎ》が開く音が聞こえ、開かれた扉《とびら》から若い男が顔を出した。

パジャマのあちこちに赤いシミを作り、片足にギプスのようなものを引き摺《ず》っている。

どう見ても尋常《じんじょう》ではなく、殺人《さつじん》事件に巻き込まれた被害者《ひがいしゃ》か、あるいは返り血を浴びた加害《かがい》者《しゃ》という雰囲気《ふんいき》だ。

更《さら》に言うなら、眼鏡《めがね》の奥の目が異常に充血《じゅうけつ》している。

「……罪歌憑《さいかつ》き」

ぼそりと呟《つぶや》いた愛海《まなみ》に、恐怖心《きょうふしん》は無かった。

罪歌憑きという事は、贄川春奈《にえかわはるな》の手先《てさき》だろうか。

自分の行動を読んだ臨也《いざや》が、先回《さきまわ》りして澱切《よどぎり》のアジトに向かわせていたのかもしれない。

彼女はそう考えたが、すぐにその予想は違うかもしれないと考えた。

何故《なぜ》なら、男の顔には見覚《みおぼ》えがあったからだ。

折原《おりはら》臨也に復讐《ふくしゅう》するため、彼の全てを調べていた時に写真で見かけた事がある。

——確か……闇医《やみい》者《しゃ》の……。

——新羅《しんら》、そう、岸谷《きしたに》新羅だ。

手駒《てごま》をいくつも持ち合わせる折原臨也だが、友人と言うべき人間はその闇医者一人だけだったと記憶《きおく》していた。

その男が何故《なぜ》、こんな所に？

「……やあ、こんばんは。びっくりしないで。怪《あや》しくないよ」

ヘラヘラと笑いながら、片足を引き摺《ず》って歩いてくる男。

松葉杖《まつばづえ》の代わりのつもりか、手にはビル内で手に入れたと思《おぼ》しきモップを握っている。

「岸谷……新羅さん」

「あれ、どうして僕の名前を知ってるんだい？」

赤い目のまま首を傾《かし》げる新羅。

やはり、贄川の手先というわけではないらしい。

すると愛海は、別の事を考え始めた。

――折原臨也の、友達。

――友達が死んだりしたら、あの男は苦しむだろうか？

懐《ふところ》に忍《しの》ばせたアイスピックに意識《いしき》を向けながら、愛海はそんな物騒《ぶっそう》な事を思う。

一方の新羅は、明らかに『罪歌』に取り憑かれている目をしているのに、普通の人間のように愛海に向かって手を振った。

「もしかして、過去に診察《しんさつ》した事とかあったかな？　だとしたら、一つお願いがあるんだけど」

そう言って近づいて来る新羅に、愛海はアイスピックを取り出すかどうか迷い、アイスピックに手を伸ばしたまま相手に問いかける。

「ねえ、岸谷さんって、折原臨也って知ってる？」

「ん？　一応《いちおう》友達だけど？」

「私、友達っていうのが良く解《わか》らないんだけどさ……。あいつがこの前ナイフで刺《さ》された時、どう思った?」

血の染《し》みた寝間着《ねまき》の男に対する質問ではなく、彼女も傍目《はため》には充分に異常だったのだが——

新羅《しんら》は真面目《まじめ》にその問いについて考え、思い出しながら答えを返す。

「えーと……『どうせ自業自得《じごうじとく》だろう』って思ったかな」

「……」

「電話来《き》た時も、『あっそう』って言って切っちゃったしね。悪い事したかな?」

「いいえ。全部あいつが悪いから、当然の対応だと思う」

愛海《まなみ》は大きく息を吐き、懐《ふところ》のアイスピックから手を離した。

新羅の語った事は紛《まぎ》れもない事実なのだが、あまりにも『友達』という単語《たんご》のイメージからかけ離れた内容に、殺す事に意味はないと考えたのである。

そもそも、臨也は目の前で友人が死んだとしても笑ってそれを眺《なが》めそうな男だ。

だからこそ、自分もここまで憎《にく》しみを抱いているのだろう。

愛海はそう考え、改めて目の前の男を見る。

そして、冷静に一言《ひとこと》口にした。

「あの、怪我《けが》、大丈夫《だいじょうぶ》ですか?」

「あ、うん。ありがとう。凄《すご》く痛いけど、大丈夫」

目の前の少女がセルティの首を世間《せけん》にさらけ出した本人《ほんにん》だと知らぬまま、新羅は申《もう》し訳《わけ》なさそうに申し出る。

「ええと、こんな事を言うのはなんなんだけど……携帯《けいたい》電話、貸して貰《もら》っていいかな」

「……はい？」

「ちょっと、行かなきゃいけない所があるんだけど、携帯が無くてさ……。タクシー会社と、義母《かあ》さんか父《とう》さんに電話しないと……いや、父さんは無いな」

眼球を真《ま》っ赤《か》に染めながらブツブツ呟《つぶや》く不気味《ぶきみ》な光景《こうけい》だったが、愛海は少し考え、新羅に肩を貸すことにした。

「あ、いや、いいよいいよ、一人で歩けるから」

「痛いんでしょう」

「駄目《だめ》だよ、女の子が夜中にこんな怪《あや》しい人に肩を貸したりしちゃ」

妙《みよう》な事を気遣《きづか》う赤目《あかめ》の男に、愛海は無表情のまま答える。

「いえ、いいんです。その代わりに、聞きたい事がありますから」

「？」

「折原臨也《おりはらいざや》の事です」

機械《きかい》のように淡々《たんたん》と、抑揚《よくよう》の少ない声で尋《たず》ねる愛海。

「あの男が本当に嫌《いや》がる事、何か知っていたら教えて下さい」

「なんで？」

「できるだけ苦しめて、殺したいからです」

何《なに》一つ包み隠《かく》さない女の言葉を聞き、新羅《しんら》は足を引きずりながら小さく笑った。

「それはなんていうか、嫉妬《しっと》とかそういう類《たぐい》の感情かい？　愛だね、愛」

「違います」

怒りも笑いもせず、愛海《まなみ》は無機質《むきしつ》な否定《ひてい》の言葉を返す。

「あいつの……嫌《いや》がる事ねえ……アイタタタ」

身体《からだ》の節々《ふしぶし》が痛むのか、新羅は歩きながら時折《ときおり》うめき声を上げていた。

しかし顔は薄笑《うすわら》いを浮かべたままで、赤い眼と相《あい》まって奇妙《きみょう》なピエロのようにも見える。

とりあえず大通りでタクシーを拾う事にした新羅は、そこに向かうまでの間、過去を思い出しながら少女の疑問に対する答えを紡《つむ》ぎ出した。

「そうだね……臨也《いざや》は、基本的に人間には絶望しない。だから、人間関係《かんけい》だとか、人間の汚《きたな》い部分を見せるとか、裏切《うらぎ》りとか、死別《しべつ》とか、そういうのは嫌がらない」

「……」

「だけどね、僕は、それは臨也の心が強いからじゃないと思う。寧《むし》ろ逆さ」

「？」

眉《まゆ》を顰《ひそ》める愛海。

新羅はそんな彼女に肩を借り、ゆっくりと夜道を歩みながら語り続ける。

「あいつは冷血漢《れいけつかん》みたいに思われてるけど、実は誰《だれ》よりも人間らしいし、心は脆《もろ》いんだよ。人からの愛だの裏切りだのを詰め込んだら、簡単に壊《こわ》れるぐらいにね。だから、最初から全部受け流して、人間を愛する事にしたんだと思う。解《わか》るかい。受け入れる、でも、受け止める、でもない。受け流すんだ」

「受け流す……？」

「そう、鯉《こい》のぼりとか吹き流しみたいなもんだよ。一見《いっけん》広い口を開けて、大きな器《うつわ》で全てを笑いながら受け入れるように見えるけど……。実際は、底がないただの筒《つつ》さ。だから、いくらでも口の中に入っちゃうんだ。そりゃなんでも愛せるさ」

そんな友人の気質《きしつ》をどう思っているのか、新羅は変わらぬ微笑を浮かべたまま、愛海に対して言った。

「ああ、ごめん。あいつの本質じゃなくて、嫌がる事だったね」

新羅はそこで一旦《いったん》目を瞑《つむ》り、軽い溜息《ためいき》と共に口を開く。

「たぶん……純粋《じゅんすい》に痛かったり熱かったり苦しかったり、そういうのが嫌なんだと思うよ」

♂♀

池袋《いけぶくろ》　某《ぼう》オフィスビル内

「かはっ……」

咳《せ》き込むような形で、臨也《いざや》の呼吸が復活《ふっかつ》した。

吐き出された空気には、血の飛沫《しぶき》が混じっている。

状況を摑《つか》もうとする理性《りせい》に対し、猛烈《もうれつ》な痛みが襲《おそ》いかかった。

「……っ！」

一瞬《いっしゅん》、自分が何者なのか、どうしてこんな場所にいるのかすら忘れてしまう。

猛烈な痛みはもはや熱とも区別が付かず、全身が焼けただれているのではないかと錯覚《さっかく》した。

苦痛《くつう》が全身を走り続け、気絶《きぜつ》する事すら許されない。

——生きては、いるな。

臨也は根性論《こんじょうろん》などを唱《とな》えるタイプではない。

だが、否定もしない。

彼は気力を振り絞《しぼ》り、痛みを無理矢理《むりやり》抑え付けて脳味噌《のうみそ》を働かせた。

──何が起きた。

──俺《おれ》は、鉄骨《てっこつ》の上から……落ちて……。

10数秒前の記憶《きおく》すら曖昧《あいまい》になる衝撃《しょうげき》。

まるで10年前の事を思い出すかのように必死《ひっし》に記憶を辿《たど》り、なんとか答えに辿り着いた。

──そうだ、あいつに、打たれたんだ。

──あの化《ば》け物《もの》が、鉄骨をバットにして、野球のボールみたいに、俺を。

「……化け物め」

忌々《いまいま》しげに、その言葉を口にする。

相手が人間であれば、臨也は自分が致命傷《ちめいしょう》を負わされていようと、賞賛《しょうさん》の言葉で相手の武力《ぶりょく》を讃《たた》えるだろう。

だが、臨也はもはや平和島静雄《へいわじましずお》を人間とは認識《にんしき》していない。

ただ、ただ、忌々しい痛みと苦しみが全身を蝕《むしば》み続けているとしか思えなかった。

どうやら、自分は建物の中にいるらしい。

打ち出された後、背中に衝撃があり、ガラスが割れたような音が聞こえた気がする。

「……」

仰向《あおむ》けに倒れたまま周囲を見渡すと、いくつかの事務机《じむづくえ》などが見えた。

どうやら、どこかのオフィスの中らしい。

――運が、良かったよ。

静雄《しずお》に打ち出された後、自分は窓ガラスを割りながら向かいのビルに突っ込んだらしい。窓ガラスがクッションになったのか、いくつかの破片《はへん》が服を破ってはいるものの、奇跡的《きせきてき》に動脈《どうみやく》などは傷つけていない。

全身の細かい切り傷から血を流しつつ、臨也《いざや》は割れた窓ガラスの方に目を向けた。

外の様子《ようす》は分からない。

だが、一つだけ確信《かくしん》を持って言える事がある。

――あいつは、俺《おれ》にトドメを刺《さ》しに来る。

死刑宣告《しけいせんこく》であるかのような事実は、同時に臨也の心を震《ふる》わせた。

――つまり、まだ、終わりじゃないって事だ。

そう考えた次の瞬間《しゅんかん》――

上の方で、ガラスが砕《くだ》ける音が聞こえてきた。

考えられる事は一つ。

平和島《へいわじま》静雄が、ビルの向かいから跳躍《ちようやく》してきたのだろう。

車すら蹴《け》り転がす彼の脚力《きやくりよく》があれば、狭い路地《ろじ》ぐらいの距離は軽々《かるがる》と跳躍すると予想できた。

ただ、同じ脚力があったとしても、落ちたら真《ま》っ逆《さか》さまという高層《こうそう》ビルの合間《あいま》でそんな真似《まね》をする者は少ないだろうが。

――落ちれば良かったのに。

臨也は一瞬《いっしゅん》そう考えたが、同じ高さから落下《らっか》したフォークリフトを跳《は》ね飛ばした事を思い出し、考え直す。

――……いや、落ちたぐらいじゃ、死なないかもな。

――それに、自滅《じめつ》に期待してどうしようっていうんだ。

――あの化《ば》け物《もの》は、俺が退治《たいじ》しなくちゃ意味が無いだろう。

安易《あんい》なことを考えた自分に軽く歯軋《はぎし》りした後、臨也はニイ、と笑いながら言った。

「そうだよね」

拳《こぶし》を強く握る事で、神経《しんけい》が繋《つな》がっている事を確認《かくにん》する。

そして、全身の痛みに耐えながら、ゆっくりと立ち上がった。

「俺は、怪物《かいぶつ》退治に来たんだったよ」

彼の気力を呼び戻したのは、あまりにも一方的に身勝手《みがって》な、人間への愛の力かもしれない。

しかしながら、彼の心の中には、その『愛している人間』の顔は、誰一人《だれひとり》として思い浮かぶ事はなかった。

育ててくれた両親の顔も。

自分を慕《した》う妹達の顔も。

秘書《ひしょ》としてこき使った弟《おとうとず》好きの女の顔も。

初めて自分の本質《ほんしつ》を見抜《みぬ》いてきた頭のおかしな友人の顔も。

これまでに破滅《はめつ》させてきた者達の絶望《ぜつぼう》に満ちた顔も。

あるいは、気まぐれに助けた事で感謝してきたお人好《ひとよ》し達の顔も。

今まさに、破滅と日常の境界線上《きょうかいせんじょう》にいる少年達《たち》の顔も。

誰一人《だれひとり》、彼の心に浮かぶ事はない。

それでも、彼は人間を愛していた。

虚無《きょむ》にも似た空白《くうはく》の人間像《ぞう》を抱きながら、折原臨也《おりはらいざや》は、それでもなお立ち上がる。

「逃げる為《ため》じゃない」


平和島静雄《へいわじましずお》が階段を降りた時、オフィスのドアは開け広げられたままになっていた。

「……」

言葉はない。

普段《ふだん》ならば「どこに行ったノミ蟲《むし》がぁ！」と叫ぶようなシーンなのだが、今は明らかに『普段』とは違う状況だ。

叫ぶ声すらも全て自分の中に溜《た》め込み、折原臨也という一人の人間を排除《はいじょ》する為のエネルギーへと変換《へんかん》させている。

ゆっくりとオフィスの中央に踏みだし、その中央辺《あた》りの床に、血の染《し》みができている事に気が付いた。

怒りや憎《にく》しみが臨也一人《ひとり》に向いているにも関わらず、彼がまだ怒り狂《くる》う獣《けもの》と化していない理由は、これまでに過ごしてきた、あるいは望んできた日々の積み重ねかもしれない。

うっかり跳びすぎてしまい、一つ上の階のガラスを割ってビルに入って来た静雄だったが、そのまま床を突き破って下に行くという真似《まね》はしなかった。

電気が消えている事から、誰かを巻き込むという事は考えがたい。

それでも、怒りに満ちた静雄の本能《ほんのう》が警告《けいこく》していた。

何度も何度も折原臨也とぶつかりあってきたからこそ、彼は知っていたのである。

姿《すがた》を見ながら殺さない限り、臨也は決して死なないであろうという事を。

ガレキに埋《う》もれさせたところで、死体《したい》を見るまでは安心はできない。

姿が見えない状態こそが、折原臨也の『間合《まあ》い』である。

知識《ちしき》としては理解していなくても、長年殺し合《ころ》いのような喧嘩《けんか》を続けて来た静雄は、それを自然と理解していた。

目に見える形で仕留《しと》めなければ意味がない。

例えコンクリート詰《づ》めにして海の底に沈めようと、海面から姿を消す瞬間《しゅんかん》まで生きていたのならば決して安心はできない。

もし本当に死んだとしても、『不安』だけが街の中に生き続ける。

後にガレキの中から死体《したい》が発見されたとしても、人々は思う事だろう。

——あの死体は、本当に折原臨也《おりはらいざや》のものだったのだろうか?

と、やはり不安が形を持って、折原臨也を知る者達の中でシコリとなって生き続けるのだ。

それを払拭《ふっしょく》する為《ため》に、平和島静雄《へいわじましずお》はここに居る。

目の前で折原臨也が世界から排除《はいじょ》されるのを確認《かくにん》する為《ため》に。

もはや静雄にどこまで理性《りせい》が残っているのかは解《わか》らないが、仮に普段《ふだん》の静雄だったならば、次のように言う事だろう。

ここに居るのは、臨也に苦しめられた皆の為ではない。

あくまでも、自分の我《わ》が儘《まま》の為だと。

しかし、臨也の悪意《あくい》の対象《たいしょう》が自分一人《ひとり》だけだったならば、このような状況にはなっていないというのも事実だ。

大事《だいじ》な仲間であるヴァローナを初めとして、粟楠茜《あわくすあかね》や新羅《しんら》、セルティやトムなど、自分の周りにいる者達にまで臨也の悪意が絡《から》みつつある状況が、静雄をここまで追い詰めたのである。

ある意味で、それは皮肉《ひにく》な事だった。

罪歌《さいか》の群と戦い、自分の力に対する意識《いしき》が変わる前の静雄だったなら。

粟楠茜と出会い、守る為の力の使い方を覚える前の静雄だったなら。

自分の暴力《ぼうりょく》に取り込まれ、自ら周囲と距離を置いていた頃《ころ》の静雄だったなら。

彼は、ここには立っていなかったかもしれない。

あるいは、立っていたとして、いつもと同じような、叫び喚《わめ》きながらの追いかけっこになっていたのかもしれない。

しかし、そうはならなかった。

平和島静雄は人を受け入れ、人と繋《つな》がり、だからこそ――それを傷つけられた事に苛《さいな》まれ、これまでにない怒りを己《おのれ》の内に溜《た》め込み、こうして爆発《ばくはつ》させている。

それが悲劇《ひげき》にしか繋がらないとしても、もはや彼を止められはしなかった。

ある意味で、人との繋がりこそが、平和島静雄という魔人《まじん》に生まれた、唯一《ゆいいつ》にして最大の弱点となったのである。


そして――

現在、静雄にとっては最も気にくわない展開に陥《おちい》っていた。

折原臨也の姿《すがた》が見えない。

血の染《し》みだけを残して、オフィスから消えてしまっていたのである。

不意《ふい》打ちをするつもりかもしれない。

静雄は周囲をグルリと見渡《みわた》した後、片手でヒョイヒョイと事務机《づくえ》を持ち上げていく。

しかし、どこかに隠《かく》れている様子《ようす》は見られない。

何か先刻《せんこく》の火炎《かえん》やガスのようなトラップを仕掛けている時間も無かった筈《はず》だ。

「……」

静雄《しずお》はオフィスの外に出て、ゆっくりと周囲を見渡《みわた》した。

非常口《ぐち》を示す緑色《みどりいろ》のパネルの他に、光っている場所が一つ。

エレベーターのランプだ。

無言《むごん》のままそちらに近づき、静雄はそこに光っている明かりが移動している事を確認《かくにん》する。

ランプは、エレベーターがこの階からどんどん下へと向かっている事を示していた。

もちろん、このエレベーターの動きは囮《おとり》であり、まだこの階に潜《ひそ》んでいる可能性《せい》もある。

ただ、その場合も、結局は逃げる行動の一環《いっかん》という事に他ならない。

「逃げる為《ため》じゃない」と自ら呟《つぶや》いた臨也《いざや》が、ビルから姿《すがた》を消しつつあるという奇妙《きみょう》な現実。

静雄は臨也のその呟きを聞いてはいないが、彼が本気《ほんき》で自分を殺すつもりだという事は感じ取っていた。

何を企んでいるのか解《わか》らない臨也に、もはや何も考えられない状態となっている静雄は、ゆっくりとした足取《あしど》りでオフィス内に戻る。

そして、割れた窓から顔《たく》を出した。

ここで臨也が後ろから突き落としてくる事や、エレベーターに気を取られている隙《すき》に上の階に上り、首にロープか何かをかけるという方法もあるにはある。

しかし、そうした事が通じないであろうとも臨也は理解していた。

だからこそ彼は——今、静雄の視界に捕らえられたのである。

エレベーターは囮でもなんでもなく、純粋《じゅんすい》にこのビルから外に出る為のものだった。

薄暗《うすぐら》い路地裏《ろじうら》を走る、いつもの黒い服を身に纏《まと》った影を見ても、静雄は微塵《みじん》も表情を動かさない。

そして、さもそれが当然の行動であるかのように、割れた窓のサッシに足を掛け——

階段を降りるような調子《ちょうし》で、空中へと一歩踏《ふ》み出した。

♂♀

路地裏
「おや、折原《おりはら》君じゃあないか。そんなに急いでどうしたのかね？」
「……」

ガスマスクを被《かぶ》った森厳《しんげん》が、ビルから出て来た臨也《いざや》に対してそんな言葉をかけるが、臨也は軽く一瞥《いちべつ》しただけで、何も言わずに走り去ってしまった。

「ふうむ……どうしたものかなエゴール君。年下《としした》の人間に無視《むし》されるというのは想像《そうぞう》以上に心に堪《こた》える事に気付いたぞ」

「まさか、今まで無視された事無《こと》かったんですか？」

「何故《なぜ》、さも『無視された事があって当然』のように語っているのかね？　しかも、彼は私の息子《むすこ》の数少ない親友であり、真偽《しんぎ》はどうあれ、かつて息子をナイフで刺《さ》して警察沙汰《ざた》になった男だぞ⁉　もっと私に対して色々と……」

愚《ぐ》にもつかない事をダラダラと話し始めた森厳をよそに、エゴールはビルの上に目を向けている。

「……なっ！　エゴール君まで私を無視するというのかね⁉　君は年下というのみならず、私に金で雇《やと》われた手駒《てごま》という事を忘れて貰《もら》っては困る！　だが安心したまえ！　私は金で雇った手駒とも友人になり、新妻《にいづま》といちゃいちゃしてる写真を年賀状《ねんがじょう》に貼《は》り付けて送る事ができる程《ほど》の関係を築ける度量《どりょう》の広い人間なの……うおおお⁉」

話の途中《とちゅう》でエゴールに襟首《えりくび》を摑《つか》まれ、片手でヒョイと引き寄せられる森厳。

彼はその勢いのまま、壁に軽く叩《たた》きつけられ悲鳴をあげる。

「ゴっ⁉　何をするのかね！　もしや新妻への嫉妬《しっと》か⁉」

「すいません、でも……」

抗議《こうぎ》の声を上げた森厳に、エゴールが答えたその瞬間《しゅんかん》——

人間が一人、数秒前《まえ》まで森厳がいたあたりへと降ってきた。

「……っ⁉」

「そこ、危なかったもので」

驚く森厳を前に、下り立った男は無言《むごん》のまま駆《か》けていく臨也の影を認める。

「……」

そして次の瞬間、表情を変えないまま、勢い良く走り出す。

エゴールはそんな彼の後ろ姿《すがた》を見送った後、肩を竦《すく》めながら呟《つぶや》いた。

「……まるで、ターミネーターですね」

「うむ。ところで、一応その、気まずいんだが君に礼《れい》を言った方がいいかね？」

「別にどうでもいいです。奥さんが美人《びじん》なので嫉妬したのは事実ですから」

爽《さわ》やかな笑顔でそんな事を言うエゴールだったが、彼はふと、道の端《はし》で呆然《ぼうぜん》としてへたり込んでいる一人の中年《ちゅうねん》に目を向けた。

「どうします、彼」

「ん？」

促《うなが》された森厳が顔を向けると、そこでは矢霧清太郎《やぎりせいたろう》がブツブツと何か呟いている。

「行ってしまった……私の……首が……デュラハンが……。私の……首……首……」

放心状態《ほうしん》となっている旧友《きゆうゆう》に近づき、森厳《しんげん》はヒラヒラと手を振ってみた。

しかし反応は無いので、森厳はガスマスク越しに溜息《ためいき》を漏《も》らす。

「現実と乖離《かいり》した存在に心を奪《うば》われた結果がこれか、憐《あわ》れなものだな」

「息子《むすこ》さんの未来がこうなると言わんばかりですね」

エゴールの皮肉《ひにく》に、森厳は小さく首を振った。

「いやあ、新羅《しんら》の場合は、この程度《ていど》で壊《こわ》れたりはせんよ。寧《むし》ろ、『逆境《ぎやっきょう》こそ愛の試練《しれん》』とでも抜かしてよりアクティブになり、周りが見えなくなる事だろう」

「それはそれで嫌《いや》な末路《まつろ》ですね。……何をしているんですか？」

森厳はエゴールの話を聞きながら、懐《ふところ》からマジックを取り出していた。

「うむ、ポケットを漁《あさ》ったらペンがあったのでな。清太郎《せいたろう》が正気《しようき》に戻るまでに何か落書《らくが》きをしようと思ってな。……むう、このご時世《じせい》、今さら額《ひたい》に『肉』では少々型《かた》にはまり過ぎてしまうな。何かアバンギャルドなアイディアはないかね、エゴールく……」

振り返りながら尋《たず》ねようとした森厳だが、エゴールの顔を見て言葉を止める。

「ほう」

興味深《きようみぶか》そうな声を漏らす森厳。

彼の視線の先にあったエゴールの顔は、普段《ふだん》と変わらない表情をしていた。

しかし、今の彼には、明確に異常な点がある。

彼の白目《しろめ》の部分が充血《じゅうけつ》で赤く染まっており、どこか遠くを見つめていた。

あからさまに不気味《ぶきみ》なその光景《こうけい》を見て、森厳は淡々《たんたん》と言葉を紡《つむ》ぐ。

「やはり君、どこかで罪歌《さいか》に斬られていたか。しかし、そう強く支配されているわけではなさそうだな。という事は、園原《そのはら》君あたりか」

一人で納得《なっとく》した後に、森厳は改めてエゴールに問いかけた。

「で、罪歌周《まわ》りで何か動きでもあったのかね」

「何時《なん》間か前から気になっていたのですが……別の『母《かあ》さん』の『子』や『孫《まご》』の気配《けはい》が、妙《みょう》に色濃《いろこ》くなってますね」

話を聞いて、森厳は数回ウンウンと頷《うなず》き、諦《あきら》めたように首を振る。

「……うむ。正直、ややこしいことこの上ないな」

♂♀

ワゴン車内

「これが……その、『罪歌』です」

要点《ようてん》についての説明を終えた杏里《あんり》が、証拠《しょうこ》だとばかりに、手《て》の平《ひら》から僅《わず》かに日本刀《にほんとう》の先端《せんたん》を覗《のぞ》かせた。

「へえー、凄《すご》い。どうなってるの？」

隣《となり》に座っていた沙樹《さき》が興味深《きょうみぶか》げにその手を見つめ、渡草《とぐさ》はミラー越しにチラリと見えた刃《やいば》を見て、信じられないとばかりに口をアングリ開けている。

「ふーん、変わってるなあ」

誠二《せいじ》はそもそもあまり興味《きょうみ》が無さそうで、波江《なみえ》は波江で、

「誠二は気にしなくてもいいことよ」

と、弟の髪《かみ》を指で梳《す》いているだけだ。

車内でもっとも劇的《げきてき》な反応をしたのは遊馬崎《ゆまさき》で、手から刃が出るのを見て暫《しばら》く震えていたのだが——

「おお……おおおおおおお……」

奇妙《きみょう》な呻《うめ》きを上げたかと思うと、杏里の手首をガシリと握って、マジマジとその刃を見つめて涙を流し始める。

「あ、あの……？」

戸惑《とまど》う杏里を前に、遊馬崎は感激《かんげき》の叫びをあげた。

「約束の日ここに来たれりっすよ！　いつか俺《おれ》にも異能《いのう》の力を得るチャンスが来ると思ってい

たっす！　それで、それで！　この罪歌《さいか》は俺も持てるんすか⁉　持てるなら俺は来たるべき『敵』との戦いの日の為《ため》に、今から居合《いあ》い道場《どうじよう》に通う事も吝《やぶさ》かではないっすよ！」

興奮《こうふん》しながら言う遊馬崎に、杏里はあたふたと言葉を返す。

「あの、ええと……。まず、刀を持つと、『罪歌』が人間を愛そうとする呪《のろ》いが染《し》みこんできます」

するとそこで、遊馬崎の動きがピタリと止まった。

「人間って、三次元《じげん》の？」

「三次元？」

首を傾《かし》げる杏里に、門田《かどた》が助け船を入れる。

「……マンガのキャラクターとかじゃなくて、実際に生きてる人間だけか、って話だ」

「ええと……罪歌がマンガや小説に興味を持った事は……無いと思いますけど……」

次の瞬間《しゅんかん》、遊馬崎はションボリとしながら杏里の手を離した。

「そうっすか……じゃあ、俺が妖刀《ようとう》を持つ案は却下《きゃっか》でいいっす」

「えっ？」

そもそも持つ持たないの話は本気《ほんき》だったのかと思いつつ、杏里は遊馬崎の思考《しこう》についていけずに混乱する。

遊馬崎はそんな杏里に対して、申《もう》し訳《わけ》なさそうに言った。

「俺《おれ》は、二次元《じげん》キャラとの架《か》け橋《はし》にならいくらでもなるっすけど、三次元の恋愛の仲立《なかだ》ちをする程《ほど》にヒマじゃないんすよ」

そんな遊馬崎《ゆまさき》に、運転席《せき》の渡草《とぐさ》が呆《あき》れながら言った。

「……それなら、お前がその妖刀《ようとう》の力でいい女とかを彼女にすればいいんじゃねえか？」

「え？　三次元の子を彼女にして、何かいい事あるんすか？」

「お前のその基準《きじゅん》の明確さは、マジで凄《すげ》ぇと思うわ……」

渡草が呆《あき》れ半分感心《はんぶんかんしん》半分といった調子《ちょうし》で告げる。

「あああ、でもそれはそれとして！　妖刀なんていう二次元への道標《みちしるべ》を見る事ができた喜び、早く狩沢《かりさわ》さんと分け合いたいっすよ！　一刻《いっこく》も早く助けに行きましょう！　何してんすか渡草さん！　ハリーハリーアップアップランランラン！」

窓をバンバンと叩《たた》く遊馬崎に、渡草が叫ぶ。

「うるせぇ！　窓に指紋《しもん》つけんな！　俺だって急いでるけどよ！　赤《あか》信号なんだからしょうがねえだろ！」

運転席と後部座席《こうぶざせき》でそんなやり取りが続く中、門田《かどた》が改めて後ろを振り返り、杏里《あんり》に尋《たず》ねかけた。

「確認《かくにん》しときたいんだが……。狩沢がもしもその『罪歌《さいか》』ってのに乗っ取られてたとしても、園原《そのはら》の嬢《じょう》ちゃんならなんとかできるのか？」

「……はい。狩沢さんか、街にいる罪歌憑《つ》きの人達の『母親』……大本《おおもと》の人を見つけて、私の罪歌で呪《のろ》いを上書《うわが》きしてから解放すれば、普通の人に戻る筈《はず》です」

「そうか……じゃあ、万《まん》が一《いち》の時は、よろしく頼む。すまねえ」

後ろを振り返りながら頭をさげる門田に、杏里は慌《あわ》てて手を振った。

「そんな……巻き込んでしまったのは私の方ですから」

「おいおい、嬢ちゃんは何もしてねえんだろ？　誰《だれ》の仕業《しわざ》かは知らねえが、嬢ちゃんが気に病む事じゃねえさ」

「でも……」

少しだけ悲しげに俯《うつむ》き、杏里が言う。

「もしも罪歌の『母親』が見つからなかったら、狩沢さんを少し傷つけてしまう事になりますから……」

手《て》の平《ひら》に生じた刃《やいば》を悲しげに見つめる杏里に、門田が問いかけた。

「……そんな、生き死にがどうこうってほど斬《き》るのか？」

「い、いえ、指先《ゆびさき》だけでも大丈夫《だいじょうぶ》だと思います」

「じゃあ、問題ないさ。狩沢もそれで怒るような奴《やつ》じゃねえしな」

門田は軽く笑いながら、杏里を元気づけるように続ける。

「俺がいいって言ってんだ。責任は、俺がとるさ」

言葉の中に温《あたた》かい優しさを感じ、杏里《あんり》はミラー越しに門田《かどた》の顔を見ながら言った。

「……あの」

「ん？」

「ありがとう、ございます」

「礼《れい》を言うのはこっちだって言ってるだろ」

笑いながら言う門田の声を聞き、杏里は、自然と狩沢《かりさわ》の顔を思い出した。

狩沢が『私だけは杏里ちゃんを許してあげる』と言った時と同じ優しさを感じる。

門田や狩沢はいつも一緒《いっしょ》にいる為《ため》、互いに影響《えいきょう》しあっているのかもしれない。

──なのに、私は……。

──竜ヶ峰《りゅうがみね》君や紀田《きだ》君と、いつも一緒にいたのに、何もできなかった……。

──私も、変わろうとしなかった……。

だからこそ、ここで動かなければならない。

その覚悟《かくご》をしたからこそ、このバンの中で皆に事情を打ち明けたのだが──

周囲の反応は、杏里が怖《おそ》れていた物とは程遠《ほどとお》かった。

自分の秘密《ひみつ》を知られたら、化《ば》け物《もの》扱いされたり、自分が切《き》り裂《さ》き魔《ま》の犯人ではないかと疑われたり、最悪《さいあく》の場合は中世《ちゅうせい》の魔女裁判《まじょさいばん》のような目にあうのではないかとすら想像《そうぞう》していたのである。

　しかし、思ったよりも『普通』の反応が返ってきた事に、杏里は逆に戸惑《とまど》いを隠《かく》せなかった。

「あの……私の事、怖《こわ》くないんですか？」

　思わず、そんな言葉が口をつく。

　すると、遊馬崎《ゆまさき》は杏里が何を言っているのか解《わか》らないという感じで首を傾《かし》げ、続いて波江《なみえ》が鼻で笑った。

「蔑《さげす》む理由にはなっても、貴女程度《あなたていど》を怖《おそ》れる理由になるわけないでしょう？」

「姉《ねえ》さん、蔑む理由もないよ」

「あ……ご、ごめんなさい誠二《せいじ》！　今のは言葉のあやで、本心《ほんしん》じゃないの！」

　非難《ひなん》するような弟の視線に気付き、慌《あわ》てて否定する波江。

　続いて沙樹《さき》が、微笑《ほほえ》みながら言った。

「ビックリはしたけど、怖いとは思わないかなあ」

　あまりにも普通に言う沙樹に、杏里が思わず言葉を返す。

「でも、私は……人間じゃないんです……」

　すると、そこに門田が割り込んできた。

「あのな、嬢《じょう》ちゃん」

「は、はい」

「その言葉、セルティの前でも言えるのか？」

「……！」

真剣な調子《ちょうし》で言う門田《かどた》に、杏里《あんり》は何も言い返せなかった。

「あいつは、嬢《じょう》ちゃんよりずっと人間離《ばな》れしてるけどな、この中じゃ嫌《きら》ってる奴《やつ》はいないぜ」

その瞬間《しゅんかん》、波江《なみえ》が不満げに何かを言いかける。

「あら、私は——」

「姉《ねえ》さん、空気を読んで」

「……わ、解《わか》ったわ誠二《せいじ》。姉さんは空気が読める女だから安心して」

そんなやり取りは取りあえず黙殺《もくさつ》して、門田は杏里に語り続けた。

「初めて見たときはともかく、今のセルティが怖《こわ》がられてねえのは、俺達《おれたち》があいつの事を知ってるからだ。あいつが今までに何をしてきて、何に喜んで、何に悲しむのかって事をよ。まあ、新羅《しんら》ほどじゃねえけどな」

「……」

「人が何かを怖がるのは、相手の中身《なかみ》が見えねえからだ。平和島静雄《へいわじましずお》みてえな爆弾野郎《ばくだんやろう》だって、アイツがどんな事に怒るかって事をきちんと理解してる人間なら、怖がらずに付き合えるさ」

静雄の例を経由《けいゆ》し、再び杏里に話を戻す。

「園原《そのはら》の嬢ちゃんを俺らが受け入れてるのは、嬢ちゃんがどんな奴かを知ってるからだ」

「あ……」

「上辺《うわべ》だろうが本心《ほんしん》だろうが、嬢ちゃんが人に対して積み重ねてきた事の結果だぜ？　もっと自信持《も》てよ」

世間話《せけんばなし》のような調子で言う門田の言葉が、杏里の心に染《し》み渡った。

それに続けて、これまで黙《だま》っていた美香《みか》が前の座席からこちらを振り向き、杏里に対して頭を下げる。

「杏里ちゃん……ごめん！」

「え？　え？　は、張間《はりま》さん？」

「実は私、知ってたの。杏里ちゃんが、その刀に取り憑《つ》かれてるって事……」

「!?」

唐突《とうとつ》な告白《こくはく》に、杏里の心は一瞬《いっしゅんま》真っ白《しろ》になった。

「詳《くわ》しい事は長くなるから言えないけど……結果だけ言うとね、私は、杏里ちゃんじゃなくて、誠二を取ったの……。杏里ちゃんが悩んだりしてるって知ってたのに、私はずっと、誠二の方だけ向いてたの……！」

何の説明にもなっていない言葉に、車内が呆《ほう》けた空気に包まれる。

美香の事情を知っている波江と誠二も、特にフォローはしなかった。

それどころか、波江はここぞとばかりに美香を貶《おとし》めようとする。

「誠二《せいじ》、こんな友達の事を放っておくような女はクズよ。しかも、こんなその場の勢いで許されようだなんていうタイミングで告白《こくはく》するなんて最低ね。すぐに別れた方がいいわ」

「姉《ねえ》さんはどうなのさ」

「私は友達なんていないから大丈夫《だいじょうぶ》よ！」

「姉さんは前向《まえむ》きだなあ」

そんな会話が紡《つむ》がれるのを聞きながら、杏里《あんり》は自分でも驚くほどすんなりと納得《なっとく》していた。

張間美香《はりまみか》は何でもできる人間、それが杏里の印象《いんしょう》である。

ストーカー気質《きしつ》な事さえ除けば、まさしく杏里が抱く『完璧《かんぺき》な人間』そのものだった。

だからこそ、彼女が罪歌《さいか》の事まで知っていたという事に対して、強い違和感《いわかん》は感じない。

そして、美香が罪歌の事を知りながらも放っておいたという事にも、特に驚きはなかった。

園原《そのはら》杏里ではなく、矢霧誠二《やぎりせいじ》を選んだ。

彼女の正直な言葉だろう。

杏里は知っている。

美香は、それこそ自分の命よりも誠二の事を優先《ゆうせん》するのだろうと。

だからこそ、杏里にとってはそれは、許す許さない以前の話だった。

ただ、一つだけ不安がある。

彼女は美香の顔を見て、赤い瞳《ひとみ》を光らせたまま、恐る恐る尋《たず》ねかけた。

「あの……張間さんは、私の事……怖《こわ》くないんですか？」

杏里の問いに、美香は微笑《ほほえ》みながら力強い言葉を放つ。

「あのね、杏里ちゃん」

「はい」

「次にそんなこと聞いたら、怒るよ？」

杏里には、その一言《ひとこと》だけで充分だった。

かつて虐《いじ》められていた時に助けてくれた、気の強い少女。

誠二の出現によって、自分の前から離れてしまったと思っていた少女は、今でも確かにそこにいたのだ。

杏里の心の奥が、額縁《がくぶち》の内側の世界が、何かに大きく揺さぶられる。

気が付けば――額縁の内側に、このワゴン車が入り込んでいた。

あるいは、額縁の大きさそのものが広がったのかもしれない。

「ありがとうございます……。本当に……ありがとうございます……！」

皆に感謝の言葉を告げると同時に、赤く輝く瞳《ひとみ》から、ボロボロと涙が零《こぼ》れ落ちた。

「ほらほら、泣いちゃ駄目《だめ》だよ。うれし涙は、帝人《みかど》君や紀田《きだ》君の為《ため》にとっておきなってば」

優しい言葉と共に、美香が冗談《じょうだん》めかして言う。

「他の車から中を見られたら、渡草《とぐさ》さん達がワゴン車に女の子達を攫《さら》ってるみたいじゃない」

「そういう時だけ門田《かどた》じゃなくて俺《おれ》を代表者みたいに言うの、やめてくんないかな……」

美香《みか》と渡草の会話につられ、車内の皆も呆《あき》れたように笑い出した。

杏里《あんり》も笑いながら、静かに決意《けつい》する。

自分が得られたこの繋《つな》がりの中に、絶対に竜ヶ峰《りゅうがみね》帝人《みかど》と紀田《きだ》正臣《まさおみ》の二人も引きこもうと。

結果として、二人の少年はそれを望んでいないかもしれない。

独《ひと》りよがりの我《わ》が儘《まま》かもしれない。

それでも、この我が儘だけは押し通そう。

杏里はより深く自分自身《じしん》と向き合いながら、罪歌《さいか》の刃《やいば》を手《て》の平《ひら》の奥へとしまい込んだ。

その瞬間《しゅんかん》、杏里は、罪歌の声を聞いた気がする。
——【私を、捨てるつもり?】
——【貴女《あなた》がどう足掻《あが》こうと、私からは逃げられないわよ】
——【人を愛するのは私の役目なんだから、忘れないでよ?】
『呪い《愛》』の言葉に混じったその言葉の数々に対し、聞き違いでも構わないとばかりに、杏里は微笑《ほほえ》みながら頷《うなず》いた。
——いつか、一緒《いっしょ》に人を愛せるといいですね。

——私も、貴女も、いつか……本当の意味で、人を愛せるといいですね。

すると、一瞬《いっしゅん》だけ『呪い《愛》』の言葉が止まった後、罪歌の声が再び響《ひび》く。

——【言ってるでしょう。人間は、私のものよ】

少し拗《す》ねた声だったが、強い拒絶《きょぜつ》は感じられなかった。

相変わらず、心の奥からは罪歌の『呪い《愛》』が響き続けている。

罪歌の言葉。

果たしてそれが杏里の心が生み出した妄想《もうそう》なのか、それとも本当に罪歌の人格《じんかく》の声なのか、結局は解《わか》らなかった。

ただ一つ、奇妙《きみょう》な事に、杏里はこのワゴンに乗って皆に告白《こくはく》する前よりも、罪歌との距離を身近《みぢか》に感じていた。

呪いの力《愛の言葉》を使わずとも、『妖刀《ようとう》』という存在を受け入れた者達が増えた事を、罪歌が喜んでいるようにも思えたのだが——

それが杏里の妄想なのかどうかは、結局《けっきょく》最後まで解らなかった。

ポン、と手拍子《てびょうし》の音が鳴り響き、杏里の心がワゴンの中へと向き直る。

遊馬崎《ゆまさき》が両手を打ち鳴らし、上半身《じょうはんしん》だけで小躍《こおど》りしながら杏里に言った。

「なにはともあれ、これで、杏里ちゃんも正式に『ギルド』の一員っすよ！」

「……ぎるど?」

「冒険者《ぼうけんしゃ》ギルドっす。岸谷《きしたに》先生が作った、今回の問題を解決する組織《そしき》っすよ!」

「はあ……」

ギルドという単語《たんご》にピンと来ていない杏里《あんり》だったが、とりあえず問題を解決する事には賛成《さんせい》なので、黙《だま》って流す事にする。

「ただまあ、肝心《かんじん》の発案者《はっあんしゃ》の岸谷先生が、手からワイヤーを出す謎《なぞ》の眼鏡《めがね》お姉《ねえ》さんに攫《さら》われちやったんすけどねえ。ああ格好《かっこ》良かったすねえ、あのワイヤー」

「えっ」

遊馬崎《ゆまさき》の言葉を聞き、杏里は一人の女性を思い浮かべた。

「あの……それって、鯨木《くじらぎ》さんの事ですか?」

その瞬間《しゅんかん》、ざわり、とワゴン車内がざわめき、再び杏里に注目《ちゆうもく》が集まる。

「あなた、鯨木かさねを知ってるの?」

訝《いぶか》しげに尋《たず》ねる波江《なみえ》に、杏里は素直に頷《うなず》く。

「ええ、名刺《めいし》を貰《もら》いました。電話番号《ばんごう》だけですけど……」

「名刺!?」

周囲がざわつく中、彼女はさらに思い出し、申《もう》し訳《わけ》なさそうに続けた。

「あ……すいません、その名刺、鞄《かばん》の中に入れたから……今、家です」

果たして鯨木が電話に出るかは解《わか》らないが、この状況では重要な情報である。

「どうする、取りにいくか？」

「いや、先に狩沢《かりさわ》を拾おう。それからでも遅くない」

そんな会話をする渡草《とぐさ》と門田《かどた》の話を聞いて、杏里は更《さら》に一つ思い出した。

「あ、狩沢さんも、持ってます！」

「ん？　何をだ？」

「コスプレサークルに入るとかで、狩沢さんにも、、、、、、、、、、名刺を渡してました、、、、鯨木さん」

流石《さすが》に門田も眉《まゆ》を顰《ひそ》め、先刻《せんこく》までの杏里とは逆に、今度はワゴンの面々が首を傾《かし》げる。

「コスプレ……サークル？」

♂♀

露西亜寿司《ロシアずし》周辺

「……」

混沌《こんとん》とした深夜の繁華街《はんかがい》を、目を赤く光らせた狩沢がゆっくりと歩み続けた。

ただし、彼女は『罪歌』に斬《き》られたわけではない。

彼女は『罪歌《さいか》』の子になりすまし、堂々《どうどう》と街中《まちなか》を通り抜けようとしていたのだ。


十数分前、いよいよ見つかりそうになった狩沢《かりさわ》は、一つの賭《か》けに出る。

いつも持ち歩いているバッグの中にあった、コスプレ用の化粧《けしょう》道具。

その中からコスプレに使う赤いカラーコンタクトを取りだし、自分の目に嵌《は》めてみたのだ。

もちろん、白目《しろめ》全てを覆《おお》うわけではなく、よく見ればすぐに違いは分かる。

だが、狩沢は目を細めて白目全体が見えないようにしながら、ゆっくりと歩き続けた。

すると、他の赤い目をした者達は、時折《ときおり》こちらの顔を見るものの、何事もなかったかのようにすれ違っていく。


狩沢の運が良かったのは確かだ。

罪歌の『子』や『孫《まご》』は、親ほどではないものの、ある程度他の罪歌の気配《けはい》を感じ取れる。

だが、逆に、罪歌の群の中に紛《まぎ》れた『ただの人間』を区別する事は難しい。

罪歌の『親』――つまりは本身《ほんしん》ならば、細かい区別もつけられただろうが――那須島《なすじま》と春奈《はるな》の手によって『この区画《くかく》に入り込んだ人間を斬《き》れ』と命じられている『孫』達にとって、罪歌と人の最終的な区別は目の色が決め手となっていた。

更《さら》に、狩沢は知らない事だが、ブルースクウェアの方に注目が集まっていたという事も幸運の要素の一つである。

彼女はそのまま、とりあえず首都高《しゅとこう》下の音羽通《おとわどお》りまで出ようと、サンシャインの方角に向かって進んでいたのだが――

――あれれ、露西亜寿司《ロシアずし》の前、なんか凄《すご》い人集まってる。

――サイモンと店長《てんちょう》、大丈夫《だいじょうぶ》かな？

そんな心配をしつつ、そのまま通り過ぎようとした狩沢。

しかし、見覚えのある顔を見つけて立ち止まる。

昼間に病院の食堂で会った、園原杏里《そのはらあんり》の友人の姿《すがた》があったのだ。

彼女は露西亜寿司の前の道路にしゃがみ込んでおり、他の赤い目をした者達と様子《ようす》が違う。

――どうしたんだろう。

――もしかして、正気《しょうき》なのかな？

遠くからでは判別が付かず、バレないようにゆっくりと近づく狩沢。

正気だとすれば、うまく声をかければ連れ出せるかもしれない。

そんなお人好《ひとよ》しな事を考えながら近づいて行くと、彼女の横で、ハイテンションな調子で喋《しゃべ》っている男がいる事に気付く。

更に隣《となり》には、目が赤くない少年が周囲の様子に怯《おび》えながら立ち竦《すく》んでおり、その三人の周りはこの区画の中であからさまな特異点《とくいてん》になっていた。

――？

――……なんだろう。

狩沢が男達の死角《しかく》からそっと近づく。

周囲の集団は半分ほどが露西亜寿司《ロシアずし》を、もう半分は何故《なぜ》か東急《とうきゅう》ハンズ前を注視《ちゅうし》しており、こちらの顔を凝視《ぎょうし》される心配は無さそうだ。

狩沢《かりさわ》は目を細めたまま、男の声が聞こえる所まで接近する。

すると、男の口から聞き覚えのある名前が飛び出すのを確認《かくにん》できた。

「さて、青い連中《れんちゅう》が来たが……四十万《しじま》くん、どれが竜ヶ峰帝人《りゅうがみねみかど》だ？」

那須島《なすじま》の言葉に、横に居た四十万が双眼鏡《そうがんきょう》を覗《のぞ》きながら答える。

「竜ヶ峰帝人と似た体格の連中は、みんな目出《めだ》し帽被《ぼうかぶ》ってますね……。車の中に隠《かく》れてるかもしれませんし、さっき支配した、ブルースクウェアの見張りの奴《やつ》に電話で探らせてみたらどうですか？」

「最後にはそうするしかないな。ただ、露骨《ろこつ》に居《い》場所を聞くと怪《あや》しまれるしな。本人がこの通りにまだ来てないとなったら逃げられるかもしれない」

慎重《しんちょう》な意見を口にした後、那須島は横暴《おうぼう》な言葉を漏《も》らす。

「まあ、ダラーズさえ押さえれば戦力としては充分だ。あとは、ダラーズの連中に澱切陣内《よどぎりじんない》の居場所を探させる。秘書《ひしょ》の鯨木《くじらぎ》かさねも一緒《いっしょ》にな」

「秘書もですか？」

「ああ……俺《おれ》を最初に『罪歌憑《さいかつ》き』にしたのは、あの女だからな。澱切の爺《じじい》の懐刀《ふところがたな》と言ったところだろう」

「そう言えば……ダラーズを最初に探れって言ったのも、あの秘書の女でした」

四十万はそう答えると同時に、改めて自分の置かれた状況の複雑さに気が滅入《めい》った。

彼はそもそも、澱切の指示《しじ》でダラーズに潜《もぐ》り込んだのだが——その際に、この那須島に裏切《うらぎ》りを持ちかけられたのである。

澱切からの指示は、ダラーズに潜り込んで、『首無《くびな》しライダーと接触《せっしょく》する事』だったが、那須島はそこに一つのとある『指示』を加えたのだ。

ダラーズを乗っ取る。

それが、那須島の目的だと知った今、彼は自分がドツボにはまっている事を再確認した。

臨也や澱切の手から逃《のが》れる可能性があるかもしれない。

そう考えて那須島の誘《さそ》いに乗ったが、今は後悔《こうかい》していた。

今さら逃げられるとも思えず、四十万は自分が悪夢《あくむ》の中を彷徨《さまよ》っているものとして割り切ることにしたのである。

できるだけ、多くの道連れを探しながら。

「で、澱切《よどぎり》と鯨木《くじらぎ》はどうするんですか？」

「数で押せばいくらでも抑え込めるだろうな。ただ、澱切も鯨木も、罪歌《さいか》で支配できるかどうかは微妙《びみょう》だからな。どこかに埋《う》めるとしよう」

埋める。

すなわち殺すという事をあっさりと言った那須島《なすじま》に、四十万《しじま》は背筋《せすじ》を震わせた。

彼も麻薬《まやく》を扱う組織《そしき》を運営していた身の上であり、そういう殺伐《さつばつ》としたやりとりには慣れている筈《はず》だった。

しかしながら、このように街の繁華街《はんかがい》をゾンビのような手駒《てごま》で埋め尽くす事ができる『力』を持った男が、このように粗雑《そざつ》に人を殺す指示《しじ》を出すという事に、四十万は恐怖《きょうふ》を覚えたのである。

そんな四十万の怖《おそ》れに気付いているのかいないのか、那須島はヘラヘラと笑いながら話しかけてきた。

「ま、あの鯨木って女は、埋める前に少し楽しませて貰《もら》ってもいいかもな」

そんな下卑《げび》た言葉を背後で聞いた狩沢《かりさわ》は、目の前の男に対する蔑《さげす》みと同時に、強い不安をわき上がらせた。

竜ケ峰帝人《りゅうがみねみかど》に、鯨木かさね。

二人とも、聞き間違えようが無い目立つ名前だ。

——ミカるんと、鯨木さんが、なんで？

事情は分からないが、二人がこの男に狙《ねら》われているという事は確かである。

もしも、この男が周囲の赤目《あかめ》達のリーダーなのだとしたら、軍隊《ぐんたい》か平和島《へいわじま》静雄《しずお》でも無い限り、狙われた相手は一溜《ひとた》まりもないだろう。

狩沢はゴクリと唾《つば》を飲み込むと、薄目《うすめ》のままゆっくりとその場を後にする。

その最中、彼女はゆらりとこちらを振り向いた贄川春奈《にえかわはるな》と目が合った。

彼女の目も赤く染まっており、周囲の人間と同じに見える。

——あちゃー。切《き》り裂《さ》き魔《ま》に感染《かんせん》済みかあ。

——しょうがない、後でドタチン達と助けに来るから、待っててね。

そんな事を考えた狩沢を、贄川はじっと見つめて居た。

——あ、あれ？　まずいな。気付かれる？

慌《あわ》てて目を逸《そ》らした狩沢の前で、春奈の口元が動き——

何かを喋《しゃべ》ろうとする前に、周囲に携帯《けいたい》電話の音が鳴り響《ひび》いた。

「なんだ？」

春奈の横にいた男も少年も、一斉《いっせい》に着信音《ちゃくしんおん》の方に目を向ける。

しかし、それは狩沢のものではなかった。

音源《おんげん》は、春奈《はるな》が手にしていた携帯電話《けいたい》である。

「なんだ？　お前に電話が来るなんて珍《めずら》しいな。親父《おやじ》にすら番号を教えてなかったのになぁ」

男は不思議《ふしぎ》そうにその携帯を見つめて、続いて『貸せ』と一言《ひとこと》口にした。

「……はい、母《かあ》さん」

狩沢《かりさわ》はその奇妙《きみよう》なやりとりを聞きつつ、自然な足取りを装《よそお》ってその場を後にする。

一刻《いっこく》も早く、鯨木《くじらぎ》や帝人《みかど》に迫る危機《きき》を伝える為《ため》に。

そして、彼女が知る事は無かった。

贄川《にえかわ》春奈に掛かってきた電話が、彼女の良く知る少女からのものだという事を。

「どういう事だ？　なんでこいつのアドレスが、お前の携帯に入ってる？」

園原杏里《そのはらあんり》。

かつて手を出そうとした教え子の名前が浮かぶ携帯画面を見て、那須島《なすじま》は目を丸くする。

しかし、すぐに下卑《げび》た笑《え》みを浮かべ直し、舌《した》なめずりをしながら呟《つぶや》いた。

「まあ、どうでもいい。面白い事を思いついたぞ」

♂♀

ワゴン車内

「出ないみたいです……」

杏里の寂しそうな声が車内に響《ひび》く。

もしかしたら何か知っているかもしれないと、アドレスを交換したばかりの春奈に電話をかけてみたが、暫《しばら》く呼び出し音が続いているだけだ。

「まあ、もう夜中っていうか明け方に近いしね。普通は出ないよ」

「仮に黒幕《くろまく》だったら、起きてても出ないと思うけどね」

美香《みか》と沙樹《さき》にそう言われた杏里は、少し考えてから答える。

「でも、昨日《きのう》会った時には、急にこんな事をするようには……」

そこまで言った所で、携帯の呼び出し音が途《と》切《ぎ》れ、風の音が聞こえて来た。

「もしもし！　贄川さんですか！　あの、こんな夜中にすみません……」

繋《つな》がったと思った杏里は、慌《あわ》てて早《そう》々《ぞう》口にする。

しかし、返ってきたのは想像だにしない声だった。

『久しぶりだなあ、園原』

「……え？」

男の声が聞こえてきた事で、杏里《あんり》は全身を強ばらせる。

『こんな夜中まで起きてるなんて、悪い子だ。非行《ひこう》に走ったのか？　先生は悲しいなぁ』

ねっとりとした、電話越しだというのに肩にまとわりついてくる声だ。

半年ぶりに聞く声だが、杏里はその声をハッキリと覚えている。

「な……那須島《なすじま》……先生？」

その名前を聞き、美香《みか》と誠二《せいじ》が顔を上げた。

2月に大怪我《けが》をして入院した後、そのまま行方《ゆくえ》知れずになった来良《らいら》学園の教師《きょうし》の名である。

何故《なぜ》ここで、贄川春奈《にえかわはるな》に電話した筈《はず》の杏里がその男と話しているのか？

ある程度事情を知っている美香でさえ意外《いがい》だったようで、不思議《ふしぎ》そうな目で杏里の携帯《けいたい》電話を見つめていた。

「ど、どうして那須島先生が……」

『どうだっていいだろう。ああ、久しぶりに声が聞けて嬉《うれ》しいよ園原《そのはら》』

リッパーナイトの夜、日本刀《にほんとう》を持つ自分を見て悲鳴を上げながら逃げていった那須島。

それが、彼を見た最後の記憶《きおく》だ。

しかし今は、まるで自分が杏里の支配者であるかのような声をスピーカーに響《ひび》かせている。

『会いたいなぁ。今から、来れないか？　先生、色々と相談に乗ってやるぞ？』

「あの！　春奈さんはどうしたんですか⁉」

『ああ、贄川君なら、俺《おれ》の横で座ってるぞ。俺の事を「母《かあ》さん、母さん」って可愛《かわい》いもんさ』

「……っ！」

その言葉を聞き、杏里はある程度理解した。

どういう経緯《けいい》かは分からないが、那須島も罪歌憑《さいかつ》きになったらしい。

本体を持っているのか、それとも誰《だれ》かの『子』なのかは解《わか》らない。

ただ一つ解るのは、彼が贄川春奈を斬《き》り、支配したという事だ。

「今……どこに居るんですか」

『そう焦《あせ》るな。東急《とうきゅう》ハンズ、解るよな？　サンシャイン前の。あの辺りを朝までブラブラしてるから、ヒマがあったら来てくれ。先生、お前を見つけたら声をかけるからさ』

「春奈さんは、無事《ぶじ》なんですね」

緊迫《きんぱく》した杏里の声に、那須島は意外《いがい》そうに言った。

『おいおい、こいつの心配するなんて、一体いつの間に仲直《なかなお》りしたんだ、お前ら。お互いに俺を取り合って刃物《はもの》を向け合ってたっていうのに』

「答えて下さい！」

『安心してくれ、今回はまだ手をだしちゃいないさ。今夜のパーティーが終わってから、じっくりと特別授業をしてやるつもりだけどな』

「すぐに春奈《はるな》さんを解放してください……そうでないと……」

携帯《けいたい》電話を握り締めながら、今にも飛び出しそうになる刃《やいば》を身体《からだ》の内に押し込める。

これは、誰《だれ》かに『支配』されている者の話し方ではない。

どうやら那須島《なすじま》はかつての春奈と同じように、罪歌《さいか》の支配を克服《こくふく》したらしい。

このままでは贄川《にえかわ》が危ないと判断《はんだん》した杏里《あんり》は、必死《ひっし》に相手の居《い》場所を探ろうとする。

つい半日前に『貴女《あなた》を殺すわ』と宣言《せんげん》しながら『友達になりましょう』と言いだした春奈だが、杏里は彼女に妙《みょう》な共感を抱いていた。

罪歌に取り憑《つ》かれた者同士だからか、それとも同世代の少女として何か共感できる事があったのか、それは解《わか》らない。

このワゴンの面子《メンツ》とは違う、敵と言ってもいいような存在なのだが——

それでも杏里は、彼女が那須島に支配されているという状況に強いショックを受けていた。

だが、衝撃《しょうげき》はここで終わらない。

那須島は焦《あせ》る杏里の声を暫《しばら》く堪能《たんのう》した後、粘《ねば》ついた含み笑いと共に言葉の続きを吐き出した。

『パーティーには、お前の知り合いもあと二人来るぞ』

「え……」

『竜ケ峰帝人《りゅうがみねみかど》と、紀田正臣《きだまさおみ》。お前、仲良かったよな？』

「――――――――」

杏里の心は一瞬《いっしゅん》凍り付き、思わず携帯を落としかける。

相手が何を言っているのか、すぐには理解できなかった。

しかし、そんな杏里を絶望させるように、那須島は更《さら》に言葉を続ける。

『警察に言いたければ言ってもいいぞ？　俺《おれ》はしらばっくれるし、竜ケ峰達も俺に有利なように証言してくれるだろうからな』

「待って下さい、二人に、二人に何をしたんですか……！」

『まだ何も？　ただ、パーティーに招待《しょうたい》しただけさ』

クツクツと下卑《げび》た笑い声が聞こえ、そのまま通話は途絶《とだ》えた。

♂♀

露西亜寿司《ロシアずし》前

「さてと、四十万《しじま》君、暫くあいつらを観察しててくれ。まあ、罪歌憑きの連中《れんちゅう》にも指示《しじ》は出すけどな」

「観察、ですか？」

訝《いぶか》しむ四十万《しじま》に、那須島《なすじま》は楽しそうに答える。

「園原《そのはら》の性格からして、竜ヶ峰《りゅうがみね》の奴《やつ》に慌《あわ》てて電話すると思うんでな」

「ハンズ前の目出《めだ》し帽《ぼう》の中に本人がいるなら、次に携帯《けいたい》鳴った奴が竜ヶ峰だ」

♂♀

ワゴン車内

杏里《あんり》は電話を切った後、門田《かどた》達に電話の内容を全て伝えた。

「マジかよ……なんでここで竜ヶ峰や紀田《きだ》の名前が出てくんだ？」

渡草《とぐさ》の疑問に、門田が眉間《みけん》に皺《しわ》を寄せながら答える。

「さあな。ただ、ここ最近の池袋《いけぶくろ》が何かヤバイってのは確かだ。何が起こってもおかしくない」

「狩沢《かりさわ》さんの事もあるし……急いでハンズ前に行きましょうよ！　っていうか、赤《あか》信号多くないっすか!?」

新羅《しんら》のマンションから音羽《おとわ》通《どお》りまではそう遠い距離ではない。

昼間のラッシュ時でも、そろそろ到着《とうちゃく》していなければおかしい時間だ。

しかしながら、車はまだ目的地までの半分も進んでいない。

「いや、赤信号じゃねえな。純粋《じゅんすい》に渋滞《じゅうたい》だ。糞《くそ》、こんな時間に、何がどうなってやがんだ？」

渡草は渋滞情報を聞こうと、カーラジオの電源《でんげん》をオンにした。

するとそこでは丁度《ちょうど》深夜の5分ニュースが伝えられている所だった。

『……池袋周辺で連続して交通《こうつう》事故が発生しており、各地で渋滞が……』

「事故だと？」

『……また、暴走《ぼうそう》行為を行う集団が多数目撃《もくげき》されている事から、事故との関連を……』

ラジオとタイミングを合わせたかのように、渡草達の後方からバイクの排気《はいき》音がいくつも纏《まと》まって近づいて来る。

数秒後、排気音とミュージックホーンが入りまじった喧噪《けんそう》が近づき、数台の派手《はで》なバイクが通り過ぎていった。

「こんな時間に集会かよ。しかも、今時パラリラ鳴らしやがって。違法だっての」

渡草はそんな事をブツブツ言い続けていたが、そうしている間にも、新しいバイクが数台通り抜けて行く。

数秒の間隔《かんかく》を空《あ》けて数台、更《さら》に十数台と、途切《とぎ》れ途切れではあるものの、膨大《ぼうだい》な数のバイクが池袋方面に向かっていった。

「どっかの族《ぞく》の引退《いんたい》集会か？　やけに多いな」

「まさか、目が赤いってオチはないわよね？」

杏里《あんり》の事を気遣《きづか》う事もなく、ずけずけと言う波江《なみえ》。

だが、杏里は静かに首を振る。

「今の人達からは、罪歌《さいか》の気配《けはい》は少しも感じませんでしたから……多分、違うと思います」

「くそ……何から何までついてねえなあ」

車が思うように進まない事に苛立《いらだ》つ渡草《とぐさ》。

走って行った方が早いと思ったが、彼は敢《あ》えて口にしなかった。

そんなことを言った日には、門田《かどた》は本当に車を降りて走りかねない。

気丈《きじょう》に振る舞ってはいるものの、現在の門田は歩くのもやっとな状態だ。

狩沢《かりさわ》を助けに行くという彼を止める事はもはや諦《あきら》めたが、それでも無理《むり》をさせるという選択肢《し》は渡草の中に存在しない。

一方、車が進まない事と、池袋《いけぶくろ》市街に向かうバイクの群に不安を覚えた杏里は、携帯《けいたい》電話を取りだした。

「私……竜ケ峰《りゅうがみね》君と紀田《きだ》君に電話してみます」

すると、横にいた沙樹《さき》が、杏里を安心させるように笑って言った。

「正臣《まさおみ》には私から電話するから、大丈夫《だいじょうぶ》だよ」

「あ……すみません、ありがとうございます！」

杏里はペコリと頭を下げた後、帝人《みかど》のアドレスを呼び出し、通話ボタンを押す。

しかし、二人とも相手が電話に出る事はなく、ワゴンの中に気まずい空気が流れた。

杏里は、『ただ家で寝ているだけであって欲しい』と祈りながらも、一つの覚悟《かくご》を決める。

二人がもしも、那須島隆志《なすじまたかし》の手によって『罪歌憑《つ》き』と化していたならば――

自分の手で、那須島隆志を斬《き》らなければならないと。

かつて、『先生の事が大嫌《だいきら》いですから』と言った相手に、人を愛する為《ため》の罪歌を向けなければならないという皮肉《ひにく》を前にして、杏里は静かに心を研《と》ぎ澄《す》ませていった。

本来ならば罪歌で斬る価値《かち》もない人間を、迷い無く斬る事ができるように。

♂♀

同時刻《じこく》　60階通り　ハンズ前

「さてと……どうしたもんかな」

ビルから降りた千景《ちかげ》は、横断《おうだん》歩道に向かって歩きながら、道路向かいの様子《ようす》を窺《うかが》った。

普段はタクシーが多く止まっている筈《はず》の場所には、今日《きょう》に限って何故《なぜ》か一台も止まっていなかったのだが――池袋《いけぶくろ》に疎《うと》い千景は、その点については特に違和感《いわかん》を覚えない。

その代わり、60階通りへの入口周辺に停まっている複数台の車に目をつけた。

高速道路が邪魔《じゃま》をして屋上からは見る事ができなかった部分に、想像《そうぞう》していたよりも多くの車が待機《たいき》している。中には一般《いっぱん》車も混じっているかもしれないが、その車の横に青いニット帽《ぼう》や目出《めだ》し帽を被《かぶ》った少年達が佇《たたず》んでいる事から、ほぼ全てが『ブルースクウェア』の車と思って間違いないだろう。

「おーおー、中高生が作ったグループだってのに、T《う》o羅丸《ち》よりもいい車乗ってねえか？」

二十歳《はたち》を超えた人間も多数参加しているとは聞いていたが、千景はどこかワクワクしながら歩行者信号が青になるのを待ち続けた。

――いいね。

――街中《まちなか》だってのに、やる気満々じゃねか。

――ただ、なあ……。

ブルースクウェアに対して、楽しい喧嘩《けんか》になるのではないかと期待をする一方で、千景はやはり、通りをうろついている一般人を不気味《ぶきみ》に思う。

──あんなカラーギャング丸出しの連中《れんちゆう》がいたら、少しは焦《あせ》ると思うんだがな。

──やっぱり、ただ、道をうろうろしてるだけだ。

目的もなく歩いているような集団を見て、千景は奇妙《きみよう》な危機《きき》感を覚えるが──

──まあ、任せろって言っちまったしな。

信号が青に変わったのを見て、ニヤリと笑いながら横断《おうだん》歩道を踏み出した。


「よう」

横断歩道を渡りきった後、手近《てぢか》にいた青いニット帽の少年の肩をポンと叩《たた》く。

「……あ？　なんだアンタ」

眉《まゆ》を顰《ひそ》める少年に、千景が言った。

「お前らにバイク燃やされた埼玉《さいたま》県民のお友達……って言えば解《わか》るか？」

その言葉を聞いた少年が、顔をさっと青ざめさせ──千景の背後に視線をおくる。

「……？　おい、あんた一人か？」

「彼女はたくさんいるぜ？　坊主《ぼうず》こそ独《ひと》り身っぽいけど、青春をちゃんと楽しんでるのか？」

「……そうかよ」

挑発《ちようはつ》された少年は頬《ほお》に汗《あせ》を滲《にじ》ませながらもニヤリと笑い、言った。

「案外《あんがい》、独り身も悪くないぜ？」

次の瞬間《しゅんかん》、千景《ちかげ》の背後から忍《しの》び寄っていた二人組の手によって、木製のバットが彼の頭部《とうぶ》目がけて二連続で振り下ろされた。

ゴシャリ、といい音が響《ひび》き、二本のバットのうち一本がへし折れる。


「はっ！　一人で棺桶《かんおけ》にでも入ってろよ！　オッサン！」

せせら笑う少年達。

次の瞬間には、敵であるこの男は地面に崩《くず》れ落ちるであろう。

そんな光景《こうけい》を彼らは揃《そろ》って想像《そうぞう》したのだが――

「……なあ、やっぱ変だよな？」

と、頭から血を垂《た》らした千景が、ニヤリと笑いながら言った。


「⁉」

ビクリとして、千景から一歩距離《きょり》を空《あ》ける少年達。

そんな彼らに対して、千景は顎《あご》で60階通りの中を歩く『一般人《いっぱん》』達を指し示した。

「この人目《ひとめ》の中でバットを人の頭にぶち込むお前らもイカレてるけどよ……。それでも、誰《だれ》もこっちを見ねえし通報もしねえ……ってのはおかしいよな？　都会《とかい》もんは人に無関心どうこうってレベルじゃねえぞ。携帯《けいたい》で写真撮《と》ろうっていう野次馬《やじうま》すらいねえ」

「……」

言われてみて気が付いたのだろう。

少年達は互いに顔を見合わせた。

そんな彼らに対して、千景は笑ったまま一歩近づき――

「まあ、それはそれとして」

「？」

「割と痛かったぞ、こーのッ野郎《やろう》ッッ！」

まだ折れていないバットを持っていた少年に対し、豪快《ごうかい》なフックを叩《たた》き込む。

「がびゃっっッ!?」

奇妙《きみょう》な悲鳴を上げて、身体《からだ》を半回転させる少年。

体格は千景と同じぐらいだったのだが、それでも圧倒《あっとう》的なパワーの差があった。

それを合図《あいず》として、まだ千景に気付いていなかった、少し離れた場所の青服の少年達が一斉《いっせい》に状況を理解する。

更《さら》に、道路に止められたバンから更に多くの少年、中には成人した者まで降りてくるが――

やはり、60階通りの一般人達は、ただこちらを時々見ながらうろうろしているだけだった。

――やっぱり、なんか気持ち悪いな。

千景はそんな不気味《ぶきみ》な一般人の群衆《ぐんしゅう》に寒気《さむけ》を覚えつつも、首をコキリとならして気持ちを眼前《がんぜん》に迫る少年達に切り替えた。

――まあいいや。とりあえず全員ぶっ飛ばしてから考えよう。

「つつーかお前ら、紀田正臣《きだまさおみ》がどうなってもいいのかよ！」

そう叫びながら、殴《なぐ》り掛かってくる少年にカウンターパンチを決める千景《ちかげ》。

だが、そんな彼に対し、近くに居た目出《めだ》し帽《ぼう》の少年が答えた。

「はい、紀田先輩《せんぱい》は、どうなってもいいんですよ」

「あん？」

歪《いびつ》に笑いながら目出し帽を脱ぎ、黒沼青葉《くろぬまあおば》は酷薄《こくはく》な笑《え》みを浮かべて断言《だんげん》する。

「もう、全部解《わか》ってますから」

♂♀

数分前　雑居《ざっきょ》ビル屋上

「ったく、やっぱりここからじゃ良く見えねえな……」

千景に言われた通り、屋上に残って様子《ようす》を見ている正臣。

そんな彼の懐《ふところ》から、携帯《けいたい》電話の着信《ちゃくしん》音が高らかに響《ひび》き渉《わた》る。

「おわあ!?」

隠《かく》れ潜《ひそ》んでいるという状況から一瞬《いっしゅん》慌《あわ》てたものの、ここからでは地上まで聞こえないだろうと気付き、安心して携帯を取り出した。

だが、同時に――妙《みょう》な違和感《いわかん》を覚えた。

自分の着信音とは別の音が、背後から幽《かす》かに響いているような気がする。

「……」

全身に嫌《いや》な汗《あせ》が滲《にじ》むのを感じながら、ゆっくりと振り返る正臣。

ゆっくりと、あくまでも、ゆっくりとだった。

何故《なぜ》、そんな予感を覚えたのかは解らない。

振り返ってはならないような気がした。

何か、大切な物を失う気がしたのである。

ほんの1、2秒の間に、ありとあらゆる不安が正臣の心を揺さぶった。

背後を振り返った瞬間《しゅんかん》、そこに得体《えたい》の知れない怪物《かいぶつ》が居て、自分の首をねじきってしまうのではないかという気すらしてくる。

それでも、動き始めた身体《からだ》は止まらず、結局最後まで振り返ってしまった。

結果として、当然怪物などはおらず、正臣の不安は杞憂《きゆう》に終わる。

しかし、正臣は安堵《あんど》できなかった。

自分以外の携帯《けいたい》の着信音《ちゃくしん》が響《ひび》いているのは間違いなく――

同時に、何故《なぜ》不安が爆発《ばくはつ》的に膨《ふく》らんだのか、その理由を理解した。

、、、、、、、、、、、、、、

その携帯の着信音には、聞き覚えがある。

「……」

屋上には最初、自分以外誰《だれ》もいないように感じられた。

だが、暗闇《くらやみ》の中に一ヶ所、ビル用エアコンの巨大《きょだい》な室外機《しつがいき》の陰に、小さな明かりが浮かび上がっているのが見える。

「……誰、だ?」

正臣《まさおみ》の携帯には、着信音が響き続けていた。

ディスプレイには『三ヶ島沙樹《みかじまさき》』と名前が浮かんでいたが、それを確認《かくにん》する余裕《よゆう》は無い。

一方で、その小さな明かり――携帯の画面を見つめていた存在は、そこに映し出されていたアドレスの名前を口にした。

「園原《そのはら》さんからだよ」

聞き覚えのある声だった。

携帯電話を見つめる『彼』は、それでも電話に出る気はないらしい。

「もうすぐ朝だっていう時間なのに、どうしたんだろうね」

こんな唐突《とうとつ》には、聞きたくない声だった。

正臣は本来その声を聞くためにここに来た筈《はず》なのだが、流石《さすが》に不意《ふい》打《う》ちだった。

バンジージャンプに向かう途中《とちゅう》の階段で、突然《とつぜん》足場《あしば》が無くなり落下《らっか》させられたような感覚に襲《おそ》われる。


その少年は、笑顔でそこに立っていた。

子供っぽい顔立ちに浮かぶ、どこか少し困ったような笑《え》み。

あまりにもいつも通りの、正臣の記憶《きおく》の中そのままの顔だった。

「やあ、正臣」

「帝人《みかど》……？」

「なんだか、凄《すご》く久しぶりな気がするよ」

いつも通りの微笑《ほほえ》みを浮かべたままの竜ケ峰《りゅうがみね》帝人を前にして、正臣は暫《しば》し何も喋《しゃべ》れなかった。

二人の着信音が屋上の中で小さく混ざりあい、歪《いびつ》な音となって暗い屋上の中に響き続ける。


星明かりすら無い空。

空に蠢《うごめ》く影だけが、二人の事を見つめていた。

静かに、密《ひそ》やかに。
まるで、全てを包み込むかのように。

チャットルーム

狂【いよいよ、ここもお終《しま》いですわね】

参【さみしいな】

狂【まあ、もともと時代の流れというものなのかもしれません。今回の事が無かったとしても、やがてはチャットルームそのものが消えゆく運命かもしれませんし。『ミックスE』や『ツイッティア』、『ボディブック』に『FINE』と、ネット上のコミュニケーションツールは日々進化を続けておりますし、チャットから新しい場所に人も流れてゆくのでしょうね】

狂【もちろん、良い物は時代を超えて残るでしょう。このチャットルームは閉じた場所なれど、皆が帰る場所ではなかった。それだけの事でしょうね】

参【そうなのかな】

狂【しかし、世界は時代と共に変わるものです。いつかまた、このチャットルームが必要とされる時代が来るかもしれません。それが3日後なのか3年後なのか、私達が死ぬ間際《まぎわ》に過去を思い出した時なのかは解《わか》りませんが。その時までサーバーにこのシステムが残っていると良いのですが】

参【なんとかなーれ】

狂【なんともなりませんよ。なんとかなったとしても、お互いの心まで元に戻るわけではないでしょうから】
狂【それでは、これ以上は後を濁《にご》すだけですわね。終焉《しゅうえん》に蛇足《だそく》を連ねる前に、私達はおいとまさせて戴《いただ》きましょう】
参【かっこつけてる】
参【痛い】
参【つねられました】
狂【では皆様、御機嫌麗《ごきげんうるわ》しゅう】
狂【こんな終わり方ですが、決して不快ではありませんでしたよ。寧《むし》ろ、最後に面白いショーが見られた事に感謝している程《ほど》です。餓鬼《がき》さんやサキさんとも、もっとお話ししたかったのですが、再びその機会《きかい》が巡る事を楽しみにしております】
狂【縁《えん》を結ぶまでに無数の道を選べるのが、ネットの利点ですから】
参【ネットじゃなくてもそうだよね】
狂【それでは皆さん、良い終焉を】
参【ばいばい】
参【楽しかったよ】

狂さんが退室《たいしつ》されました。
参さんが退室されました。

チャットルームには誰《だれ》もいません
チャットルームには誰もいません
チャットルームには誰もいません
・・・

十二章　断じて行えば鬼神も之を避く

数ヶ月前　新羅《しんら》のマンション

「そういえばセルティ、あの三人、仲直りしたのかな」

『仲直り？　誰《だれ》の話だ？』

テレビでお笑い番組を見ていたセルティに、新羅が世間話《せけんばなし》として、とある話題を持ちかけた。

「ほら、来良《らいら》学園の」

『ああ、帝人《みかど》君達の事か』

「僕が知ってるのは杏里《あんり》ちゃんと竜ヶ峰《りゅうがみね》君だけだけどさ。その後、何か進展《しんてん》あったのかなって」

『さあ……後はあの子達の問題だからな。私達がどうこうできる事じゃないだろう』

PDAに映し出された文字を見て、新羅は肩を竦《すく》めながら続ける。

「それはまあ、そうなんだけどね」

『お前が他人《ひと》の事を気にするなんて珍《めずら》しいな』

「あの子達の話をセルティから聞いてるとさ、なんとなく自分の高校時代を思い出すんだよね」

過去を懐《なつ》かしむ新羅《しんら》に、セルティが呆《あき》れたように文字を打った。

『よせよせ、あの子達はお前ほど変態《へんたい》じゃない』

「変態ってまたストレートだね。性癖《せいへき》の問題じゃないよ。人間関係って奴《やつ》かな。まあ、杏里《あんり》ちゃんは女の子だから、ポジション的にセルティかな、折原《おりはら》君と静雄《しずお》君がそれぞれ帝人《みかど》君と、えぇと、そう、正臣《まさおみ》君だっけ？　その子だとするよ」

喩《たと》え話を始めようとする新羅に、セルティが基本的な疑問を問う。

『お前は？』

「杏里ちゃんに取り憑《つ》いてる罪歌《さいか》かな」

『無茶《むちゃ》な配役をするな』

セルティのツッコミを気にも懸《か》けず、新羅は楽しそうに高校時代の自分達と、現在の帝人達を比較《ひかく》し始めた。

「僕達の関係はさ、帝人君達とまるで逆だと思うんだ」

『逆？』

「うん、帝人君達は、お互いに秘密《ひみつ》を抱えていて、敢《あ》えてそれを見せないようにしてる。それでうまく回ってたし、彼ら自身、誰《だれ》よりも仲良くなりたいと思ってるんじゃないかな」

『まあ、そうかもしれないな』

とりあえず肩だけで頷《うなず》くジェスチャーをするセルティに、新羅は更《さら》に続ける。

「それと引き替え、折原君も静雄君も、全く秘密なんか抱えなかった。いや、折原君は隠《かく》し事は多かったけど、『自分がどんな人間か』は隠さなかったからね。その結果として、帝人君と正臣君とは正反対の人間関係が生まれたわけだ。セルティも、杏里ちゃんとは逆に、あの頃《ころ》は傍観者《ぼうかんしゃ》に徹《てつ》してた感じがあるしね」

『まあ……正直、あの頃は人間自体にあまり関わりたくなかったからな』

「それでいいと思うよ。だけどね、面白くはあったけど、やっぱり、セルティも入れた四人で仲良くできた未来があったのかもしれないなって思うと、正直、帝人君達には頑張《がんば》って欲しいなって思うよ」

『羨《うらや》ましいのか？』

からかうように言うセルティに、新羅はあっさりと首を振った。

「いや、全然？　だって、僕はセルティと一緒《いっしょ》なら幸せだし、これを超えて『羨ましい』って思える人生なんてないよ」

『……真顔《まがお》で恥《は》ずかしい事を言うな』

ピシャリと水を差された新羅だが、それでも彼の一人惚気《のろけ》は止まらない。

「そうだね、僕もまた、罪歌とは全く逆の存在だって言えるよ」

『何だって？』

「罪歌《さいか》が人間の全てに恋い焦《こ》がれる少女だとするなら、僕は、人間じゃない存在……その中でもセルティ一人だけをずっとずっと思い続ける青年だからね」

最後まで聞いたセルティは、溜息《ためいき》を吐《つ》くかのように胸を上下させつつ文字を打った。

『結局それが言いたかっただけか』

「うん、それが言いたかっただけだよ」

新羅《しんら》が頷《うなず》くと同時に、セルティの身体《からだ》から影が伸びる。

そのまま実体を持つ影は黒い繭《まゆ》となって、新羅の身体を暗闇《くらやみ》の中に閉じ込めた。

『恥《は》ずかしいことばかり言うな』

セルティはPDAに文字を打ってから、今の新羅には見せられない事に気付く。

そして、繭の方が静かな事にも気が付いた。

──？

──おかしいな。いつもみたいに騒《さわ》がないぞ。

すると、セルティの疑問に答えるかのように、繭の中から新羅の声が聞こえてくる。

「最近ね、暗い所が落ち着くんだよ」

『……』

「この影は、やっぱりセルティの一部なんだと思う。光を全部吸い込む、世界の中で、セルティだけが持ってる色だよ。少なくとも、僕の知る限りはね」

繭の中で、新羅が微笑《ほほえ》んでいるのが感じられた。

そして実際、新羅は微笑んだまま語り続ける。

「子供の頃《ころ》から、僕が夜の暗い所が怖《こわ》くなかったのはさ、その先にセルティの存在を感じてたからかもしれない。だからさ、何も見えないけど、僕は暗闇の中で堂々《どうどう》とこう言えるよ」

「セルティは、本当に綺麗《きれい》だって」


（～～～～～ッ！）

セルティは手足と影を戦慄《おのの》かせ、繭を解きほぐすと同時に、その影で新羅の手足を縛《しば》る。

『だから！　恥ずかしい事を言うなと！　言ってるだろ！』

照れ隠《かく》しなのか、新羅を廊下まで転がした後、セルティはテレビのお笑い番組に目を向けた。


かつて新羅のマンションで繰り広げられた、些細《ささい》な日常の一幕《ひとまく》。

しかしその些細な日常の積み重ねこそが、岸谷《きしたに》新羅という人間を構成した。

幸せに満ちた日常は――確かに、新羅の中に何かを生み出したのである。

それが、どのようなものなのか、セルティも気付かぬまま――

新羅だけが、それを大事《だいじ》に抱き続けた。

例え周りに笑われようと、時に異常者と怖《おそ》れられようと。

♂♀

現在　川越街道《かわごえかいどう》　新羅《しんら》のマンション前

「ああ、綺麗《きれい》な空だなあ」

自分のマンションの前で異常に暗い空を見上げながら、白衣《はくい》の男はそう呟《つぶや》いた。

「僕の好きな色だ」

岸谷《きしたに》新羅。

彼は、戻って来た。

門田《かどた》達と入れ違いのタイミングで自宅《じたく》に帰還《きかん》した彼は、止める義母《はは》を口八丁《くちはっちょう》で言いくるめ、ものの数分で再びマンションのエントランスに顔を出したのである。

服装《ふくそう》は寝間着《ねまき》ではなく、普段着《ふだんぎ》の白衣姿《すがた》になっていた。

身体《からだ》中に包帯《ほうたい》を巻き付け、モップをアルミ製の松葉杖《まつばづえ》に持ち替えている。

「へえ、様《さま》になってるわね」

「あれ、まだいたのかい？」

先刻《せんこく》知り合ったばかりの間宮愛海《まみやまなみ》に声を掛けられ、新羅は不思議《ふしぎ》そうに首を傾《かし》げた。

「臨也《いざや》の事を、もう少し聞いておこうと思って」

「熱心だなあ」

笑いながら杖をつき、ヒョコヒョコと歩き始める新羅。

まったくもって、正常な怪我人《けがにん》の動きに見えた。

だが、眼球《がんきゅう》が赤く染まっている所だけは先刻と変わっていない。

「あんた……一体なんなの？」

「ただの医者だよ」

「贄川《にえかわ》さんに斬《き》られて、そうやって目の玉赤くしてる奴《やつ》は何人も見たけど、岸谷さんみたいにまともなのは初めて見た」

罪歌憑《さいかつ》きを直接目にした彼女特有の疑問に対し、新羅は少し考えてから答えた。

「あー……そうだね、きっと僕は、その贄川さんと同じ側に立ったのかな。催眠術《さいみんじゅつ》みたいなものなんだけど、その催眠を無理矢理《むりやり》理解いたら、自分も催眠術が使えるようになってた……って感じかな」

「なんだか、さっきより喋《しゃべ》り方も元気になってるし」

「痛み止めの注射《ちゅうしゃ》を打ってきたからさ」

とは言うものの、医療《いりょう》に関しては素人《しろうと》である愛海《まなみ》の目から見ても、新羅《しんら》の顔色は明らかに良くない。病院のベッドで寝込《ねこ》んでいてもおかしくないように思える。

病院のベッドというイメージから、入院中の臨也《いざや》を刺《さ》そうとして失敗した時の事を思い出し、愛海は心中《しんちゅう》で舌打《したう》ちをし、誤魔化《ごまか》すように問いかけた。

「そんな身体《からだ》で無理《むり》して、結局どこに行くの？」

「どこだろうね、どこがいいかな？」

「なにそれ」

眉《まゆ》を顰《ひそ》める愛海に、新羅が言う。

「セルティ・ストゥルルソン」

「え？」

「僕の好きな人の名前さ。その人の所に会いに行くんだけど、どうやって会おうかなって」

空を見上げながらそんな事を言う新羅に、愛海は言った。

「首無《くびな》しライダーの名前だっけ、それ」

「デュラハンだよ。何が起こってるのかは、僕にも全部は解《わか》らないんだけど……もしかしたら、彼女は首を取り戻したのかもしれない」

「……」

その首を持ち出した本人である愛海は、荒《すさ》んだ目を僅《わず》かに逸《そ》らしながら口を開く。

「だったら、もう故郷《こきよう》に帰ってるんじゃない？　臨也がみんなに言ってたよ。首無しライダーは、首の方に故郷の思い出とか、自分の役割とか、そういうのが何もかも詰まってるって」

「そうだとしたら、僕は今すぐアイルランドに行く準備をするんだけどね」

新羅は空を見つめたままヒョコヒョコと歩を進め、うっとりと顔を緩ませながら続けた。

「セルティはまだ、この街にいる。解るんだ」

「どうして？」

「空が……セルティと同じ色をしてるからだよ」

「え？」

言われて空を見上げる愛海。

そこには、何も無かった。

星明かりも、
月も、
地上からの明かりを大気が照り返す、都会《とかい》特有のボンヤリと明るい夜の色さえも。

それに見慣れていた彼女は、空の異常な暗さを不気味《ぶきみ》に感じた。

新羅は、そんな空を見上げて、将来の夢を語る少年のような目で言う。

「この空のどこかにセルティが居るっていうだけで、僕が家の中に閉じこもる理由は無いんだ」

「……」

「セルティが家に帰ってこなくても構わないよ。僕がセルティの所にいくさ」

一歩間違えれば、悪質なストーカーの台詞《せりふ》にしか聞こえない事を言いながら、新羅《しんら》は一点の曇りなきまま赤く染まった目を輝かせた。

そんな彼に、愛海《まなみ》は僅《わず》かに羨望《せんぼう》の目をむけた。

「……ちょっと、羨《うらや》ましいね」

「?」

「私には、そんな前向きな夢なんかない。ただ、あの折原臨也《おりはらいざや》を苦しめたいだけ」

初めて迷いを見せた愛海だが、新羅の口からは、意外《いがい》な言葉が零《こぼ》れてきた。

「そうかな？　いい夢だと思うよ？」

「え？」

「よりにもよって『臨也の奴《やつ》を苦しめる』なんて、大層《たいそう》な夢だよ。充分前向きさ。彼を心の底からギャフンと言わせるのなんて、国会《こっかい》議員になるより難しいかもしれないよ？」

さらりとそんな事を言う白衣《はくい》の男の言葉がどこまで本気《ほんき》なのか解《わか》らず。愛海は眉《まゆ》を顰《ひそ》める。

「普通、こういう時って止めるものなんじゃないの？」

「普通の答えが聞きたかったのかい？　少なくとも、臨也は『人間』に何をされようが全部自《じ》業《ごう》自得《とく》だからね。まあ、セルティなら『あんな奴のせいで殺人犯《はん》になるのなんて損だぞ、半殺しで許してやれ』って言うかな？」

　他人の疑問への回答にまで愛《いと》しい人の話を組み込んだ新羅は、星一つない空を眺《なが》めながら、無垢《むく》な子供のように言った。

「僕の夢は単純だよ。好きな人を、いつまでも好きでい続けたい。ただ、いつまでも一緒《いっしょ》にいたい。それだけなんだ。好きな人に幸せになって欲しいっていうのも、大切な夢だけど、どうしても二番目になっちゃうんだよね」

「……ストーカーとかＤＶ男が言いそうな事だね」

「そう思う。でも、どっちかというと家庭内暴力《ぼうりょく》を受けてるのは僕の方かな？」

　過去に殴《なぐ》られた事すら愛しい思い出だとばかりに、新羅は頬《ほお》を緩ませる。

「でも、これから僕がしようとしてる事は、殴ったり蹴《け》ったりする事より、ずっと酷《ひど》い事かもしれない。それでも、僕はやらなきゃいけないと思うんだ。でなきゃ、今までのセルティへの言葉が嘘《うそ》になる」

　新羅は少しだけ寂しそうな顔をしながらも、最後にはやはり空を見て笑った。

「たとえ、記《き》憶《おく》を取り戻したセルティに殺される事になってもね」

建築途中《とちゅう》ビル内

♂♀

ヴァローナと写楽美影《しゃらくみかげ》が睨《にら》み合っているのを、更《さら》に一歩下がった所から観察していた鯨木《くじらぎ》は、妙《みょう》な胸騒《むなさわ》ぎを感じていた。

自分の感覚ではない。

支配下に置いている『罪歌《さいか》』を通じた感覚だ。

しかし、現在は直接手にしているわけではないので、はっきりとした感覚は分からない。

「……」

どのみち、目の前の道着《どうぎ》女は素手《すで》で闘《たたか》うには厄介《やっかい》な相手だ。

一度戻って、セルティ・ストゥルルソンの拘束《こうそく》に使っていた『罪歌』を取ってくるかどうか迷ったが、ここでヴァローナを一人にすれば、その間に敗北《はいぼく》する可能性が大きい。

そして、ヴァローナにも撤退《てったい》を促《うなが》すべきかどうか思案《しあん》し始めたところで、彼女のスーツのポケットに細かい振動《しんどう》があった。

それが携帯《けいたい》電話の着信《ちゃくしん》を知らせる振動パターンだと気付いた鯨木は、無表情のまま携帯を取り出し、画面を見る。

『狩沢（コスプレさん♥）』と書かれたアドレスを見て、鯨木は僅《わず》かに首を傾《かし》げた。

電話番号を交換した時には、こんな夜中に電話をしてくる程《ほど》に非常識《ひじょうしき》な人間には見えなかったし、かといって何か緊急《きんきゅう》に電話をされる理由が思い浮かばない。

「電話、出てあげなくていいの？　待ってもいいよ？」

美影が階段の途中に立ち塞《ふさ》がったまま、余裕《よゆう》の笑《え》みを見せた。

鯨木は返事をせず、とりあえず携帯を耳に当てる。

「はい、鯨木です」

『あッ、鯨木さん!?　良かった……無事《ぶじ》だった！』

「？」

無事だった、とはどういう事だろうか。

更《さら》に疑問を浮かべる鯨木に、電話の向こうの声が続ける。

『あのね鯨木さん！　私もなんとか逃げてきたんだけど、今、絶対に池袋《いけぶくろ》の駅の周りに来ちゃだめだよ！　できれば、埼玉《さいたま》とか千葉《ちば》まで逃げて！』

「……若干《じゃっかん》混乱しているようですが、何から逃げてきたのですか？」

『切《き》り裂《さ》き魔《ま》……ええと、目が赤い連中《れんちゅう》が何十人も、ううん、何百人もいて！　そいつらのリーダーみたいな男が、鯨木さんの名前出して、埋《う》めるだの襲《おそ》うだのって言ってたの！』

「……」

鯨木《くじらぎ》は冷静ではあり続けていたが、流石《さすが》に僅《わず》かに眉《まゆ》を顰《ひそ》めた。

——罪歌憑《さいかつ》きが、私を？

贄川春奈《にえかわはるな》や園原杏里《そのはらあんり》だろうか。

しかし、リーダーが『男』というのが解《げ》せない。

「……その男というのは、どのような特徴《とくちょう》の人間ですか？」

『ええと……ホストみたいな髪型《かみがた》してて、ほら、病院の食堂で鯨木さんや園原さんと一緒《いっしょ》だった髪の長い子に色々《いろいろ》話しかけてて、でも、そのホスト風《ふう》の男に「はい、母《かあ》さん」とか変な事言ってて、もう何がなんだか……』

「……」

——那須島隆志《なすじまたかし》。

今の情報から導き出される、最も確率《かくりつ》の高い『罪歌憑き』だ。

元々は、折原臨也《おりはらいざや》の手駒《てごま》である贄川春奈を牽制《けんせい》、あるいは仲間に引き込む為《ため》に用意した手駒である。

しかし、臨也の手によって『澱切陣内《よどぎりじんない》』というシステムが崩壊《ほうかい》した今、特別に春奈を注視《ちゅうし》する必要もなくなった為、基本的に放置《ほうち》という扱いを取っていた。

——下手《へた》に動かれても困るので、雑務《ざつむ》の命を与えていた筈《はず》ですが……。

——罪歌の呪《のろ》いを、覆《くつがえ》した？

罪歌の呪縛《じゅばく》を打ち破り、自らがその呪いを扱う側に回るには、傷口から響《ひび》く呪いの言葉を凌駕《りょうが》する精神力が必要となる。

——あの那須島という男に、そのような気概《きがい》があるとは思えませんが……。

那須島隆志の強烈《きょうれつ》な『自己《じこ》愛』を見くびっていた鯨木は、彼が罪歌の力を乗っ取ったとはすぐに結論づけられない。

だが、贄川春奈が那須島を『母』と呼んでいるのであれば、少なくとも春奈に那須島の持つ罪歌の呪いを『上書《うわが》き』したという事だろう。

それでなくとも、罪歌憑きの群衆《ぐんしゅう》が池袋《いけぶくろ》の街中《まちなか》にいるという話は妙《みょう》に気に掛かる。

これが勝手《かって》に罪歌の王国でも作ろうとしているのならば放置しても構わないのだが、狩沢《かりさわ》の話では明確に自分の事を襲《おそ》うと宣言《せんげん》しているらしい。

「御心配をおかけしました。感謝します。狩沢さんも、すぐにそこから逃げて下さい」

『うん、もう周りに赤い目の人達はいないから大丈夫《だいじょうぶ》だと思うけど……鯨木さんも気を付けて。私にできる事なら協力するから、何かあったらすぐに連絡《れんらく》してね！』

「……お気遣《きづか》い、痛み入ります」

通話を終了《しゅうりょう》した後、思わぬ方向から出現した『敵』に、鯨木は次の行動をどうすべきか暫《しば》し思い煩《わずら》った。

このままここを突破《とっぱ》、最悪でもビル内に留《とど》まる事で、折原臨也《おりはらいざや》という当面の『敵』の結末を確認《かくにん》するべきか、あるいは、こちらの確認は後回しにして、先に罪歌《さいか》周りのトラブルを排除《はいじょ》しておくべきだろうか。

しかし、数秒考え込んだ時点で、思わぬ方向から道標《みちしるべ》が舞い込んだ。

「おや、こんな所で何をしているのかね？」

「？」「？」「！」

女性三人が声の方角に顔を向けると、そこにはガスマスクの怪人物《かいじんぶつ》が立っていた。

「あれ、あんた、ジムでたまに兄貴《あにき》と話してる人じゃん」

「おお、そういう君は影次郎《えいじろう》君……いや、岸谷森厳《きしたにしんげん》マークⅢの妹ではないかね」

「マークⅢ……？」

頭に疑問符《ふ》を浮かべる美影《みかげ》をよそに、森厳は一人で勝手《かって》に話を進める。

「知恵《ちえ》の一号！　技の二号！　立てば芍薬《しやくやく》、座れば牡丹《ぼたん》、歩く姿《すがた》はマークⅢ！　正体《しょうたい》見たり、枯《か》れ尾花《おばな》……という奴《やつ》だな！　まあ、あんな枯れきった青年とは逆に、中々華《はな》のある光景《こうけい》ではないか。女性三人集まれば姦《かしま》しいと言うが、口より手が先に出そうな雰囲気《ふんいき》ではないかね？」

「何をしに来たのか答えないと、手より先に足が出てアンタの顎《あご》にヒットするよ」

「蹴《け》るならせめて臀部《でんぶ》にして欲しいものだが……それはさておき、私は鯨木《くじらぎ》君に用があったのだが、君達がここに居てくれたおかげで、ビルの上まで登らずに済んだ事に感謝しよう」

事情も知らずにそんな事を宣《のたま》う森厳だが、鯨木は嫌《いや》な顔一つせずに問いかけた。

「どのような案件《あんけん》でしょう？」

「ああ、君がセルティ君を縛《しば》ってたワイヤーが、日本刀《にほんとう》の形に戻って地面に転がっているわけだが、貰《もら》ってしまってもいいのかと思ってね」

「相応《そうおう》の値段《ねだん》を払って戴《いただ》く形になりますが」

「そこはそれだよ君。私の拾得物横領《しゅうとくぶつおうりょう》を見なかった事にしてくれるというのなら、こちらは鯨木君の銃刀法違反《じゅうとうほう》を見逃《みのが》してあげようじゃないか。そうだ、ついでに君が変なストーカーをけしかけて新羅《しんら》に大怪我《けが》をさせた件も見逃してあげよう」

息子《むすこ》の仇討《あだう》ちをあっさりと放棄《ほうき》する森厳に、鯨木が答える。

「あれは澱切陣内《よどぎりじんない》の提案《ていあん》とはいえ、許可《きょか》した私にも非があるのは確かです。ですが、今は罪歌を手放すわけにはいきません」

「まあ、とりあえず外に出て話そうじゃないか。ちょうど、君らも降りてきた所なんだろう？」

妙《みょう》な事を言い出す森厳に、女性三人は互いに顔を見合わせた。

「貴殿《きでん》の思案《しあん》が不明瞭《ふめいりょう》です。私は静雄《しずお》先輩《せんぱい》との会合を望みます。ここまで肉薄《にくはく》した状況からビルを下落《げらく》する所以《ゆえん》は皆無《かいむ》です」

三人の疑問を代弁《だいべん》する形で紡《つむ》ぎ出されたヴァローナの言葉に、森厳はわざとらしく首を傾《かし》げて、ガスマスクの奥で笑いを噛《か》み殺しながら言葉を返す。

「いや……静雄《しずお》君と臨也《いざや》君は、もうとっくに路地《ろじ》の外に駆《か》けていったわけだが？」

その瞬間《しゅんかん》、三人の間に生ぬるい風が吹き抜けた。

「……」

「……」

「……は？」

階段の中腹《ちゅうふく》に陣取《じんど》っていた美影《みかげ》が、腕組《うでぐ》みをしたまま首だけを器用《きよう》に傾《かし》げる。

頬《ほお》に汗《あせ》を伝わらせる彼女に、森厳《しんげん》は大仰《おおぎょう》に首を振りながら答えた。

「日本語《にほんご》が難しかったかな？　シズオ、イザヤ、もう、ここにイナイ。まちに、かえる。にんげん、こわい。しんげん、ウソつかない」

「蹴《け》り倒すよ？」

こめかみを引きつらせる美影に、森厳は慌《あわ》てて手を振りながら後退《あとずさ》る。

「まあまあ、待ちたまえ。巫山戯《ふざけ》た事は謝るが、本当にもう彼らはここにいない」

ガスマスクの排気口《はいきこう》から大きな溜息《ためいき》を漏《も》らし、森厳はさも当然のように言った。

「そもそも、あの二人の本気《ほんき》のぶつかり合いが、このビル一つに収まりきると思うかね？」

♂♀

街中《まちなか》

その自動販売機《はんばいき》は、運が無かったとしか言い様《よう》がない。

たまたま臨也が通り過ぎた道の途中《とちゅう》に存在し、静雄がいつもの癖《くせ》で投げたというだけだ。

夜の街の中、派手《はで》な音を立てて道路に跳《は》ねる自販機。

それを紙一重《かみひとえ》で避ける臨也だが、先刻《せんこく》の怪我《けが》が響《ひび》いているのか、動きにいつも通りのキレが無くなっていた。

普段ならば、既《すで》に静雄の追跡《ついせき》を振り切っていてもおかしくない。

しかし、パルクール独特の動きで塀《へい》や電柱《でんちゅう》を乗り越えていくものの、やはりいつも通りのスピードは出ていなかった。

ギリギリの所で追跡が成功している為《ため》、時折《ときおり》静雄が攻撃《こうげき》する機会《きかい》があり、その度《たび》に街の一部が破壊《はかい》されていく。

これが続けばちょっとした自然災害規模《きぼ》の被害《ひがい》が出そうなものなのだが、未《いま》だに警察は彼らの元に現れなかった。

ただし、それは決して怠慢《たいまん》などではなく――

池袋《いけぶくろ》の街中《まちなか》で、全ての動ける警官は、既《すで》に別件で出払っていただけなのだが。

♂♀

音羽通《おとわどお》り　雑居《ざっきょ》ビル屋上

「帝人《みかど》……本当に帝人なのか……!?」

正臣《まさおみ》の声に含まれていた感情は、再会を喜んでいるというよりも、まだ自分の目の前の状況を呑《の》み込めていない戸惑《とまど》いの色の方が強かった。

呆然《ぼうぜん》としている正臣に対し、帝人は困ったように笑う。

「疑問形《けい》なの?」

そして、何か思いついたように言葉を続けた。

「紀田《きだ》君ならここで、『じゃあ、私は誰《だれ》でしょう』って言う所だよね」

彼の言葉を聞いて、正臣はハッと思い出し、口を開く。

「三択《さんたく》問題です。……一番、竜ヶ峰《りゅうがみね》帝人、二番、竜ヶ峰帝人、三番、竜ヶ峰帝人……ってか?」

帝人が池袋に来た日の事を思い出し、正臣は思わず苦笑《にがわら》いする。

「あの時は、俺《おれ》の渾身《こんしん》のネタをスルーしてくれたよな」

「今でも、あの時の正臣は寒かったと思うよ？」

「√3点、ってか？」

徐々《じょじょ》に、正臣の表情が苦笑いから普通の笑《え》みへと変わり、目に涙が滲《にじ》み始めた。

「おい……帝人、本当に帝人なんだな……」

「これで僕じゃなかったら、一体誰なのさ」

「つーか……信じられねえよ。いきなり後ろにいるとは思わねえだろ……！」

ようやく状況を認識《にんしき》した正臣は、徐々に湧《わ》き上がる再会への喜びを感じながら首を振った。

「ああ……そうか、もしかして、六条《ろくじょう》の旦那《だんな》がもう話をつけてくれたのか⁉」

それで、帝人は『人質《ひとじち》引き渡し』として指示《しじ》された場所、つまりはここに訪れたのだろう。

正臣はそう判断《はんだん》したのだが――

次の帝人の言葉が、その甘い考えを否定した。

「六条さんなら、今頃《いまごろ》ハンズ前で青葉《あおば》君達と喧嘩《けんか》してると思うよ」

「……帝人？」

「一応バットとか持たせたけど、それでも簡単に勝てる人じゃないよね、あの人」

いつも通りの笑顔で物騒《ぶっそう》な事を言う帝人を前に、正臣の喜びが一瞬《いっしゅん》で不安へと反転する。

「おい……何言ってんだよ」

正臣《まさおみ》はそこで思い出した。

目の前に立つ幼馴染《おさななじ》みが、杏里《あんり》を襲《おそ》おうとしていた男に火を放った時の事を。

あの時も帝人《みかど》は、人を燃やしかけた直後だというのに、笑顔だった。

そして、その時と同じ表情の帝人が口を開く。

「六条《ろくじよう》さんは、誰《だれ》かを人質《ひとじち》に取るタイプじゃないからね。悪人のフリをして、正臣と僕を会わせようとしてるんじゃないかな、って思ってさ」

「……」

「ダラーズの情報網《もう》を使ったら、すぐに六条さんと正臣達は見つかったよ。青葉《あおば》君の友達に後をつけてもらってたんだ。それに、ハンズ前に行って貰《もら》った別の子からも、特にTo羅丸《とらまる》の人達が待ち伏せしてる気配《けはい》は無いって言ってたからね」

「はは……本当にすげえな、ダラーズってよ。夜中だぞ？」

「夜中に街をブラブラしてる人達も、たくさん参加してくれてるって事だよ」

そんな事を言う帝人を前に、正臣は足を一歩前に踏み出す事ができずにいた。

本来ならば、親友との再会に喜び、駆《か》け寄っているところかもしれない。

思い切り殴《なぐ》りつけて、『俺《おれ》の事も殴れ！』と青春《せいしゆん》映画のような真似《まね》をしていたかもしれない。

ただ、ただ、相手の無事《ぶじ》を喜びながら肩を叩《たた》き続けていたかもしれない。

しかし、正臣は動けなかった。

黄巾賊《こうきんぞく》のリーダーとしての経験。

修羅場《しゅらば》を潜《くぐ》り抜ける事で身についた正臣の感覚が、今の帝人に駆け寄る事を躊躇《ためら》わせたのだ。

目の前に立っているのは、紛《まぎ》れもなく竜ヶ峰《りゅうがみね》帝人である。

それなのに、自分の知る帝人とは全く異質《いしつ》なものを感じとり、正臣の喜びが徐々《じょじょ》に疑念へと塗り替えられていった。

——いや、違う。

——ここで逃げたら、前と同じだろ。

正臣は踏みとどまり、今度こそ逃げはすまいと心に決める。

「だったら、約束通りノコノコ顔を出す必要なんか無かったんじゃねえか？」

まずは会話を続けようと、肩を竦《すく》めながら尋《たず》ねる正臣。

だが、帝人は小さく首を振った。

「丁度良《ちょうど》いかなって思ってさ」

「？」

「紀田《きだ》君に、見せたいものがあったんだ」

「見せたいもの……？」

こちらの呼び方を『正臣』『紀田君』とフラフラ使い分ける事も気になったが、それ以前に言葉の内容が気に掛かる。

「ほら、正臣《まさおみ》は、ダラーズの初《はつ》集会、直接は見てないよね」

「……ああ。噂《うわさ》には聞いてたけどな。っつーか、今思うと、その噂話を『聞いたか帝人《みかど》』なんてはしゃぎながらお前に教えてた俺《おれ》って、とんだピエロだよな」

自嘲気味《じちょうぎみ》に言う正臣に、帝人は言った。

「うん……ごめん、紀田《きだ》君」

「？」

「今さらだと思うけどさ、ダラーズの創始者《そうししゃ》って、一応僕なんだ」

「……おいおい、本当に今さらだな」

とっくのとうに知っていた事ではあるが、それでも、帝人の口から直接語られるとズシリと心にのしかかる事実だ。

「本当は、園原《そのはら》さんもいる時に話すって約束してたんだけど……」

「だったら杏里《あんり》も呼ぼうぜ？　今、電話かかって来たんだろ？」

そう言いながら、正臣は自分の携帯《けいたい》の画面も見た。

着信音《ちゃくしん》はもう止まっているが、画面には『着信あり　三ケ島沙樹《みかじまさき》』と表示《ひょうじ》されている。

――沙樹？

杏里が帝人に電話をかけるのと全く同時に、沙樹から自分にも電話がかかっていた。

この事実が何を意味するのか疑問に思っている間に、帝人が口を開く。

「園原さんも呼んで、これから正臣に見せるものを一緒《いっしょ》に見せたかったけどさ……。やっぱり、危ないと思って」

「おいおい、何を見せるつもりだよ。エロ本なら喜んで見るけどな」

肩を竦《すく》める正臣に、帝人は続けた。

「ダラーズの、集会だよ」

♂♀

ハンズ前

「あのよ、ちょっといいか？」

千景《ちかげ》が、頭から流れる血で顔を染めながら青葉《あおば》に顔を向ける。

「見た感じ、お前がこいつらのリーダー格《かく》っぽいけどよ」

千景の足元《あしもと》には、彼に殴《なぐ》り飛ばされたブルースクウェアのメンバーが五人程《ほど》転がっている。

「お前、おかしいと思わねえか、あの野次馬《やじうま》の連中《れんちゅう》がよ」

「……」

青葉《あおば》は、沈黙《ちんもく》で返す。

彼自身も、ハンズ前に来た時点で理解はしていた。

通行人達の様子《ようす》が、何かおかしいという事に。

仲間の報告にあったような、『アイドルのゲリラライブに興奮《こうふん》した者達』には見えない。

かといって、こちらに何か絡《から》んでくるわけでもないので放っておいたのだが——

これだけ大喧嘩《げんか》になっているにも関わらず、逃げるでも騒《さわ》ぐでもなく、携帯《けいたい》で撮影《さつえい》するわけでもないのは確かに不気味《ぶきみ》であった。

本当に『ただ観察しているだけ』の群衆《ぐんしゅう》は気になったが、青葉からすれば、そうした違和感《いわかん》は六条《ろくじょう》の異常な強さを前に霞《かす》んでしまっていた。

「おい、どうすんだよ青葉、こいつマジやべえぞ」

青い帽子《ぼうし》を被《かぶ》った仲間の言葉に、青葉は淡々《たんたん》と答える。

「……ワゴンにいるヨシキリを呼ぼう。あと、宝城《ほうじょう》の奴《やつ》を叩《たた》き起こしといて」

すると、千景《ちかげ》が寂しそうに言った。

「おいおい、俺《おれ》の質問は無視《むし》かよ」

「すいませんね。貴方《あなた》が強すぎてそれどころじゃないです」

「これでも手加減《てかげん》してんだぜ？　うっかり竜ヶ峰帝人《りゅうがみねみかど》を殴《なぐ》り殺したりしないようにってな」

手加減という言葉がハッタリなのかどうかは今一つ判断《はんだん》がつかない。

ただ一つ確かなのは、目の前の男一人に、五人の仲間を瞬殺《しゅんさつ》されたという事実だけだ。

「……正直、埼玉《さいたま》のチームを舐《な》めてましたよ」

リーダー格《かく》の少年の言葉に、千景は肩を竦《すく》めながら言う。

「まあ、こっちもゴタゴタし続けるのは本意《ほんい》じゃねえからよ。お前らが燃やしたバイクの金を弁償《べんしょう》して詫《わ》び入れてくれりゃ助かるんだがな。ボコられた仲間の分は、俺が今ボコってる分でチャラにしてやるからよ」

「もう、倍返《ばいがえ》しぐらいされてる気がしますけどね」

「こっちは十人やられてんだ。まだ半返《はんがえ》しってとこだが、門田《かどた》の旦那《だんな》に免《めん》じて……」

そこで、千景の言葉が止まった。

彼の耳に、暴走族《ぼうそうぞく》としてよく耳にする『音』が聞こえて来たからだ。

半分空《から》ぶかし状態の派手《はで》な排気音《はいきおん》に、今や違法《いほう》となっているミュージックホーンを使って奏《かな》でられる轟音《ごうおん》だ。

彼女の一人に『五月蠅《うるさ》いのは嫌《きら》い』と言われた事もあって、千景自身はそうした轟音を鳴らしながら走る事は無かったが――敵対《てきたい》する暴走族のチームなどには、『音こそが正義《せいぎ》』とばかりに爆音《ばくおん》を響《ひび》かせながら走る集団も無数にあった。

――この音……練馬《ねりま》の『牛頭馬頭《ごずめず》ガンズ』の連中《れんちゅう》か？

――いや……『ポロシアム』の連中の音もあるな。

独特《どくとく》なミュージックホーンが近づいて来るのを聞き分けながら、千景《ちかげ》は眉《まゆ》を顰《ひそ》める。

このタイミングで、たまたま暴走族《ぼうそうぞく》の集会があった。

基本的に楽天家《らくてんか》である千景だが、流石《さすが》にこの状況を偶然《ぐうぜん》の一言《ひとこと》で片付ける人間ではない。

千景の脳内《のうない》に警戒音《けいかいおん》が鳴り響《ひび》いた。

そして、何か行動を起こすよりも先に――

彼らが、千景の視界《しかい》にちらほらと映り始める。

一目《ひとめ》で暴走族と解《わか》るバイクが何台か現れ、そのまま60階通りまで進入《しんにゅう》してきた。

現れた集団のうち、何人かの顔を見て、千景が声をあげる。

「おいおい、マジで『ポロシアム』と『牛頭馬頭《ごずめず》ガンズ』がそろい踏みかよ」

「少し違うよ、六条《ろくじょう》さん」

千景の言葉はバイクの轟音《ごうおん》で殆《ほとん》ど掻《か》き消されてしまっていたが、大体なんと言っているかを理解していた黒沼青葉《くろぬまあおば》は、全てを掻き消す轟音の中で呟《つぶや》いた。

「そろい踏みになるのは、これからだよ」

そして、その言葉を証明《しようめい》するかのように——

更《さら》に数台、数十台とバイクの群が現れ、更には車やバンが何台も大通りに集結する。

一つや二つのチームで済む人数ではないのは、誰《だれ》の目にも明らかだった。

「それに、こいつらはもう、暴走族じゃない」

顔を暗い笑《え》みに歪《ゆが》めながら、青葉は誰にも届かない言葉を口にする。

「彼らはもう、ダラーズの一員だ」

♂♀

露西亜寿司《ロシアずし》前

「なんだ？　何が起こってる」

那須島《なすじま》が、バイクの轟音を聞いて流石《さすが》に眉を顰める。

先ほど罪歌憑《さいかつ》きにしたブルースクウェアのメンバーは、この事は何も言っていなかった。

彼も知らされていなかったのか、あるいは急に何かが動いたのか。

暴走族だけではない。

徒歩《とほ》でその区画《くかく》に近づくチンピラ風《ふう》の者達も現れ始め、何人かは『罪歌憑《さいかつ》き』に取り込まれたのだが、どうにも彼ら自身、『仲間から誘《さそ》われた』『先輩《せんぱい》に無理矢理《むりやり》誘われて……』といったように、良く解《わか》らないまま参加している者ばかりだった。

ただ一つ共通しているのは、誰《だれ》も彼もが、恐喝《きょうかつ》などを日常的に繰り返していそうな類《たぐい》の面子《メンツ》という事である。

「まあいいさ、烏合《うごう》の衆《しゅう》ならどうにでもなる」

自分の『罪歌憑き』の集団を棚《たな》に上げ、那須島《なすじま》は一人で下卑《げび》た笑《え》みを浮かべ続けた。

「どの道、最後には、全部俺《おれ》の手駒《てごま》になるんだからな」

♂♀

都内某所《とないぼうしょ》

「解った。ああ、遠巻きに監視《かんし》しといてくれ」

ある場所に向かって移動していた赤林《あかばやし》の元に、彼の手足である暴走族《ぼうそうぞく》『邪《ジャ》ン蛇《ジャ》カ邪《ジャ》ン』の面子から報告があった。

「しかし、確認《かくにん》しただけで十三個のチームがいるって？　どっかの連合じゃないんだからさ、勘弁《かんべん》して欲しいねえ、まったく」

電話越しに内容を聞いた彼は、目を細めながら指示《しじ》を出す。

「いいか、お前らは祭に加わるな。赤い目をした連中《れんちゅう》にも近づかない方がいい。ミイラ取りがミイラになるからな」

そこだけを強調して警告《けいこく》し、電話を切る赤林。

深い溜息《ためいき》を吐き出した後、赤林は顔から笑《え》みを消して呟《つぶや》いた。

「ちょいとばかし遊びすぎだぜ、竜ケ峰君《りゅうがみね》よう」

♂♀

雑居《ざっきょ》ビル屋上

「おい……なんだよこれ」

周囲の道路から鳴り響《ひび》くバイクの爆音《ばくおん》を聞き、正臣《まさおみ》は屋上から顔を出して下を見た。

相変わらず高速道路に隠《かく》れて地上の様子《ようす》は見えないのだが、バイクの音からして、何か尋常《じんじょう》ではない事が起こっているのは理解できる。

「糞《くそ》……見えねえ……。いったい、どんだけ暴走族《ゾッキー》の連中《れんちゆう》が集まってんだよ……これ……」

すると、そんな彼の背後から、落ち着いた帝人《みかど》の声が聞こえてきた。

「暴走族《ぼうそうぞく》だけじゃないよ」

「……帝人？」

「チーマーっていうのかな、そういうタイプの人が、千葉《ちば》や埼玉《さいたま》からも集まってるよ」

帝人は淡々《たんたん》と言うが、その声には、僅《わず》かな侮蔑《ぶべつ》と蔑《さげす》み、そして憎《にく》しみが籠《こ》められているように感じられる。

「これ……お前が集めたって言うのかよ」

ハっとして、帝人に向き直る正臣《まさおみ》。

「どうやって……。っていうか、おかしいだろ！　だってよ……帝人、ああいう連中が嫌《きら》いだから、お前……」

「うん、青葉《あおば》君達と潰《つぶ》して回ったよ？　って言っても、僕は殆《ほとん》ど何もできなかったけどさ」

自嘲気味《じちようぎみ》に笑い、帝人は言った。

「ああいう人達には、ずっとダラーズを出て行って貰《もら》ってたけど……。それだけじゃ、駄目《だめ》だって気付いたんだよ」

「……気付いた？」

訝《いぶか》しむ正臣に、帝人は更《さら》に続ける。

「だから、ああいう人達の事を徹底《てってい》的に調べたんだ」

「？」

「不思議《ふしぎ》だよね。人の事は簡単に殴《なぐ》ったりするのに、自分の家族の情報とか出されただけで、焦《あせ》ったりするんだよ。ああいう人達。それで、リーダー格《かく》の人にだけ『お願い』したらさ、周りの人はノリだけでついてくるんだよ。そう、結局あの人達は……ノリだけで、人を殴ったり暴《あば》れたりできるんだよ」

「いや、お前……何言ってるんだ？」

正臣には、帝人の言葉の意味が解《わか》らない。

いや、ある程度予想《よそう》はついていたのだが、納得《なっとく》したくなかった。

つまり帝人は、自分が忌《い》み嫌っているタイプの人間達の弱みを握り、この場に手駒《てごま》として呼び寄せたと言っているのだ。

全員の弱みを握る必要ない。一人を動かせば、同類のチンピラがノリで暴れる。

暴れさせる事が目的なら、それで充分なのだろう。

正臣が納得《なっとく》できない理由は二つ。

一つは、帝人がそんなえげつない真似《まね》をするとは思いたく無かったという事。

もう一つは、そんな事をわざわざする理由が無い、という事だ。

「おかしいだろ……Ｔｏ羅丸《とらまる》の連中《れんちゅう》が全員来てたとしたって、こんな数集める必要なんざ……」

「ああ、違うよ、六条《ろくじょう》さんも、Ｔｏ羅丸《とらまる》の人達も関係無いんだ。六条さんは巻き込んじゃって悪い事したかなって思ってるけど、でも、一応僕、ブルースクウェアのリーダーでもあるからさ……」

「おい、帝人《みかど》、帝人、何言ってんだよ！」

今の帝人は、まともではない。

殴《なぐ》ってでも正気《しょうき》に戻させなければならないと判断《はんだん》した正臣《まさおみ》は、帝人を見据《みす》え——気付く。

だらりと下げられた帝人の右手に、何かが握られているという事に。


帝人は『それ』——泉井蘭《いずみいらん》から渡された拳銃《けんじゅう》を既《すで》に握り締めていた。

まだ、指に引き金は掛かっていない。

銃口《じゅうこう》も、今は地面を向いている。

両手で構えているわけでもないので、素人《しろうと》の帝人には狙《ねら》いもろくに付けられない状態だ。

しかし、その気になればいつでも撃《う》てる状態ではある。

素人だからこそ、弾《たま》がどこに飛ぶかも予想できない。

「帝人……？」

正臣の目にも、それが銃である事はハッキリと理解できた。

そして、同時に思う。

帝人は、こんな場でモデルガンを持ち出してハッタリをかませるような人間ではない。

それだけは、今の壊《こわ》れてしまった帝人の中でも変わらない本質と思える。

様々《さまざま》な要素を鑑《かんが》みて、その銃は本物であるという予感は、徐々《じょじょ》に確信へと変わり始めた。

「お前……どこでそんなものを」

「色々とね」

しかし、銃への恐怖《きょうふ》よりも、親友に対する憤《いきどお》りの方が勝っていたのか、正臣は帝人に背を向けることはしなかった。

「帝人、お前、何がしたいんだよ。こんな馬鹿《ばか》げた祭やらかして、そんなもんまで持ち出してよ……お前は、ダラーズをどうしたいんだよ！」

「……」

「俺《おれ》は自分が情《なさ》けねぇよ！　お前の友達だと思ってたのに、今のお前が何をしたいのかも解ってやれねぇ……」

自分への怒りを叫ぶ正臣に、帝人は小さく首を振る。

「大丈夫《だいじょうぶ》だよ、正臣は悪くない。全部、僕が蒔《ま》いた種《たね》なんだから」

帝人は、銃をぶらつかせたまま、困ったように笑い、言った。

「リセットができないなら、ダラーズは、無い方がいい」

「え……？」

そして彼は、自分が導き出した答えを、望むべき結果をはっきりと口にする。

「ダラーズは、今日《きょう》で無くなるんだ」

♂♀

正臣《まさおみ》と帝人《みかど》が向き合う少し前。

ダラーズのコミュニティの中でも最大の掲示板《けいじばん》の中に、とある書き込みがあった。

たった一行《いちぎょう》。

それは、本当に些細《ささい》な文章に過ぎなかった。

誰《だれ》も気に留めない、通りすがりの一人の書き込み。

打ち間違いか、周囲の反応を楽しむ、荒らしや煽《あお》り目的の文章だろうと。

実際、誰もその文章には答えなかったし、見た者もすぐに忘れてしまった。

しかし、それは——

ダラーズという組織《そしき》の未来を決定づける一言《ひとこと》だった。

『ダラーズは、消えます』


誰かの手によって投稿《とうこう》された文章は、新しく書き込まれ続ける膨大《ぼうだい》な書き込みに押し潰《つぶ》され、すぐに情報の奥底へと沈んでいく。

まるで、ダラーズの運命を暗示《あんじ》しているかのように。

♂♀

サンシャインビル　屋上

池袋《いけぶくろ》という舞台の上で、様々《さまざま》な思惑《おもわく》を持った者達が踊り始める。

欲望や憎《にく》しみ、あるいは義務《ぎむ》感や義理《ぎり》、恐怖《きょうふ》といったものに突き動かされて、多くの人々が街の中で蠢《うごめ》き続けていた。

そんな街の光景《こうけい》を、無表情で眺《なが》める者が一人。

より正確に言うならば、街を見下ろし続ける『首』が一つ存在した。

首無《くびな》し馬の背に跨《また》がる『身体《からだ》』に抱えられた、美しい顔と髪《かみ》を備えた生首《なまくび》。

セルティ・ストゥルルソン。

首を取り戻した彼女は、周囲に影を撒《ま》き散らしながら、街を静かに観察し続ける。

影は空に広がり、今や池袋《いけぶくろ》という都市そのものを覆《おお》い尽くそうとしていた。

彼女の『首』には、感情の色こそ見られなかったものの、目は開かれており、自分を脇《わき》に抱える『身体《からだ》』と合わせて一つの生命体であるかのように活動している。

そんな彼女の心は窺《うかが》い知れず、そもそもそれを探ろうとする人間がこの場にいない。

ただ、首を取り戻す前のセルティに『シューター』と呼ばれていた首無《くびな》し馬だけが、彼女の心を知るとばかりに嘶《いなな》きを上げた。


QRRRRRRRRRRRRRrrrrrrrrrrrrrrr

悲鳴とも、雄叫《おたけ》びのようにも、あるいはただ風が吹き抜けるだけの音にも聞こえるその嘶きが、無尽蔵《むじんぞう》に広がる『影』を震わせ、池袋《いけぶくろ》の空に響《ひび》き渉《わた》る。

そんな嘶きを聞きながらも、セルティはやはり動かず、ただ、街を見下ろすだけだった。

視界《しかい》の中に、ハッキリと帝人《みかど》と正臣《まさおみ》の姿《すがた》を捉《とら》えながら。

♂♀

川越街道《かわごえかいどう》

「ふう、ここまで逃げれば大丈夫《だいじょうぶ》かな……って思ったけど、なんで今日《きょう》、こんなに暴走族《ぼうそうぞく》が多いの？　誰《だれ》かの引退《いんたい》集会？」

赤い目の集団がいた区画《くかく》から離れ、遊馬崎《ゆまさき》からメールがあった通り、新羅《しんら》のマンションへと向かう狩沢《かりさわ》。

「まあ、鯨木《くじらぎ》さんにはちゃんと伝えられたし、あとはみかるんにも連絡《れんらく》しなきゃね。携帯《けいたい》番号、交換してたかなあ……？」

帝人のアドレスを探す為《ため》、彼女は携帯電話を弄《いじ》りながら歩いていたのだが――

すれ違いかけた一台の車が急に路肩《ろかた》に寄り、狩沢の真横《まよこ》で停車する。

「え？」

思わずそちらを見ると、見慣《みな》れたバンがそこにあった。

「あぁッ！」

声をあげて車に駆《か》け寄る狩沢。

窓から見えた顔を見て、彼女は目に涙を滲《にじ》ませながら叫ぶ。

「ドタチン……！　無事《ぶじ》だったんだね！」

だが——

「ああッ！　間に合わなかったっす！　手遅れっす！」

「え？」

バックドアを開けて降りてきた遊馬崎《ゆまさき》が、狩沢《かりさわ》の目を見るなり、突然《とつぜん》彼女を羽交《はが》い締《じ》めにしたではないか。

「え⁉　ゆまっち⁉　なに？　なに⁉」

「大人《おとな》しくして下さいっす狩沢さん！　今除霊《じょれい》しますから！　お願いします灼眼《しゃくがん》の杏里《あんり》先生！」

「へ⁉　あれ⁉　杏里ちゃん、なんでここに⁉」

「か、狩沢さん、すいません……！　指先だけ、少し傷つけさせて貰《もら》います！」

次いで降りてきた杏里の手には、日本刀《にほんとう》が握られている。

「えぇーッ⁉　ちょ、なに、どういうこと⁉」

「狩沢さん、自分じゃ気付いてないかもしれないっすけど、狩沢さんはもう刀型のエイリアンに寄生《きせい》されてパラサイト人生まっしぐらなんです！」

「なにそれ⁉」

混乱する狩沢を押さえ込みながら、遊馬崎が言った。

「ええい、言い逃《のが》れ無用っす！　その赤く染まった目が、何よりの証拠《しょうこ》っすよ！」

それを聞いて、狩沢は思い出す。

切《き》り裂《さ》き魔《ま》達を誤魔化《ごまか》す為《ため》に、赤いカラーコンタクトを嵌《は》めていたという事を。

「え!?　あ、ああーッ！　これは違う、違うんだってば！」

数分後、
結局、刀を構えた杏里が狩沢の目を見て『罪歌憑《さいかつ》きのものと違う』と気付いた為に事なきを得た狩沢は、疲れ切った顔で後部座席《こうぶざせき》によりかかる。

「まったくもー、ドタチンとの感動の再会が台無《だいな》しだよー」

「悪かったな、狩沢」

助手席から言う門田に、狩沢は軽く手をあげる。

「ああ、もういいのいいの。泣きながらドタチンに抱きつく役は、私よりもアズサちゃんの方が適任だしね。そのままフラグ立てて結婚しちゃいなよ」

先刻《せんこく》の騒動《そうどう》で逆に気持ちがほぐれたのか、いつも通りの調子に戻っている狩沢。

彼女は大きな溜息《ためいき》を吐き出すと、改めて車内を見渡した。

「それで、私は状況よくわかんないんだけど、なんなのこのお祭り騒《さわ》ぎ」

明らかに普段と違う面子《メンツ》がワゴンに乗っている上に、全員乗れば人数オーバーである。

現在は車が殆《ほとん》ど進まない為《ため》、遊馬崎《ゆまさき》が外を走りながら周囲の様子《ようす》を見ている状況だ。

道の先の方からは無数の暴走族《ぼうそうぞく》のものと思われる騒音《そうおん》が響《ひび》いてきており、今も時折《ときおり》、数台のバイクが渡草《とぐさ》のワゴンを追い抜いていく。

「どっから説明したもんかな……」

門田《かどた》が狩沢《かりさわ》への説明の切り出し方を考えている間に、カーラジオから新しい情報が流れてきた。

『それでは、次は今日《きょう》の天気を……失礼しました。新しいニュースが入ってきました』

ラジオ局のアナウンサーの声と共に、紙がめくれるような音が聞こえてくる。

天気予報《よほう》のコーナーを繰り下げてまで放送するからには、何か重要なニュースかもしれない。

ワゴン内に居た面子は、神妙《しんみょう》な顔をしてその情報を耳を傾けたのだが——

それは、彼らにとって想像《そうぞう》以上に重要な内容となった。

♂♀

雑居《ざっきょ》ビル屋上

「どういう事だよ……ダラーズが無くなるってのは」

正臣《まさおみ》の問いに、帝人《みかど》が答える。

「言葉通りの意味だよ。ダラーズは、今日で消える」

「解散するって事か？　このうるせえバイクの音は、その解散集会ってわけか？」

「そういうわけじゃないけど……結果としてはそうなるのかな。最後の集会って事になると思うし。ただ、ダラーズの名前で人が集まる所を……ダラーズがなんなのかっていうのを、正臣と園原《そのはら》さんには見て欲しかったんだ」

屋上の真《ま》ん中《なか》に立ち、帝人は手すり際にいる正臣を見ながら話し続けた。

「僕が、何を作ったのかっていう事を」

どこか悲しげに言う帝人に、正臣が問う。

「ダラーズってよ……。お前は日常が退屈《たいくつ》だとか色々《いろいろ》昔から言ってたけどよ……。お前は、こんなのを望んでたのか？」

「うん……最初は、もっとワクワクしてた。やっと、自分が望んでたものが手に入ると思った」

帝人は無邪気《むじゃき》な子供のように笑った後、その表情のまま首を振った。

「だけど、今はもう違う。だから思ったんだ。園原さんや正臣を迎えられる場所にしようって。胸を張って、僕が作ったダラーズに迎え入れたいって」

「そうだろうよ。だったら、消えるってどういう事だよ！」

「初集会の後さ、臨也《いざや》さんに言われたんだ」

「……ッ!?」

臨也。

その名前が出た瞬間《しゅんかん》、正臣《まさおみ》の身体《からだ》が強ばった。

過去の様々《さまざま》な記憶《きおく》を呼び覚ました事で言葉を詰まらせる正臣を前に、帝人《みかど》は淡々《たんたん》と、一つの思い出話を語り始める。

「ダラーズの初集会の後、臨也さんがさ……『君は日常から脱却《だっきゃく》したいんだろうけど、非日常《ひ》にはすぐ慣れるだろう』って」

「……」

「それで、『本当に日常から脱却したければ、進化し続けるしかない』とも言われたんだ。その時は、臨也さんの言葉を理解したつもりだったけど、こんな事になるまで、解《わか》ってなかったんだと思う」

自嘲気味《じちょうぎみ》な微笑《ほほえ》みを浮かべ、帝人は自分の持つ銃《じゅう》を眺《なが》める。

「ダラーズはあっという間に『日常』になって……結局、行き詰まった。臨也さんの言う通りだったんだよ」

「やめろ！」

正臣が、思わず叫んだ。

「そんなのは、全部あいつの口車《くちぐるま》だ！　踊らされてるだけだ！　あの糞野郎《くそやろう》は、帝人にそんな事を言った口で、別の奴《やつ》には一八〇度逆の事を吹き込んで楽しんでやがるんだよ！」

「そうかもしれないね」

帝人は正臣の言葉を否定せず、それでも、自分の言葉を続ける。

「だけどさ、臨也さんの言葉が無くても、気付いてた事だと思う」

「そう思わせるのが、あいつの手口なんだよ！　いいか、ダラーズがどんな組織《そしき》でも、お前はお前だろ！　ただの高校生の帝人だろうが、下らねえチンピラのボスだろうが、俺《おれ》や杏里《あんり》がお前の事を嫌《きら》いになるとでも思ってんのかよ！　見くびるんじゃねえよ！」

正臣はそのまま帝人に駆《か》け寄ろうとした。

やはり、帝人は正気《しょうき》ではない。

自分に酔《よ》っているのか、あるいは過去の自分のように、折原《おりはら》臨也の暗示《あんじ》にかかっているのかは解らないが、それでも目を醒《さ》まさせなければならないと判断《はんだん》した。

そのまま、肩を摑《つか》んで揺さぶって、それでも目を醒まさなければとりあえず一発殴《なぐ》ろうと考えて足を踏み出した正臣だが――

帝人の拳銃《けんじゅう》がこちらに向くのを確認《かくにん》し、再び足を止めてしまう。

「……おい、マジでそれ、俺に向けてんのか？」

聞くまでもなく、銃口《じゅうこう》はこちらを向いていた。

だが、片手で持ち上げる事もあり、銃の重みで照準《しょうじゅん》は定まっていない。

更《さら》に言うなら、引き金に指はまだかかっておらず、帝人《みかど》の意図《いと》も汲《く》みきれない。

逆に言うと、弾《たま》がどこに飛ぶか解《わか》らないという危険な状態でもあった。

正臣《まさおみ》は足を止めたものの、怯《おび》えて背を向けたりはしない。

そんな幼馴染《おさななじ》みに、帝人は銃口を向けたまま尋《たず》ねかけた。

「気にしないで殴《なぐ》り掛かってくるかもしれないと思ったけど……。やっぱり、正臣でも銃って怖《こわ》いのかな」

馬鹿《ばか》にしてるわけではなく、純粋《じゅんすい》な好奇心《こうきしん》で聞いているという顔。

ギリ、と奥歯を嚙《か》みしめた後、正臣は帝人を真正面《ましょうめん》に見据《みす》えながら答えた。

「ああ、怖《こえ》ぇよ」

しかし、その目に怯えの色はない。

ただ、静かな怒りが満ち始めていた。

「いきなりそんなもん目の前に出されてよ、怖くないわけねぇだろ」

「そっか……そうだよね」

「だけどな」

「え？」

正臣はそこで溜《た》めた怒りを爆発《ばくはつ》させ、慟哭《どうこく》にも似た怒りの叫びを口にする。

「一番怖いのは、よりにもよって、お前みたいな優し過ぎる奴にまで、そんなものを持たせち、い、
まったっていう状況だよ！」

「正臣……」

「ふざけんな！　一体、何がどうなったらお前みたいなお人好《ひとよ》しが、そんなもん持たなきゃい
けなくなるってんだよ！　おかしいだろ！　あっていいわけねえだろ！　そんな事がよ！」

爪《つめ》が食い込む程《ほど》に強く拳《こぶし》を握りしめ、正臣は声のトーンを落として呻《うめ》いた。

「……俺《おれ》の、せいか？」

「……」

「そうだな……さっき六条《ろくじょう》の旦那《だんな》にも言われたばっかじゃねえか」

今度は正臣が自嘲気味《じちょうぎみ》に笑い——すぐにその笑いを消し、帝人の目を見ながら言った。

「俺が、帝人をそこまで追い詰めたってんなら、いいさ。撃《う》たれても文句《もんく》は言えねえ」

「ヤケになっちゃ駄目《だめ》だよ、正臣。僕がこうなったのは、僕が自分で選んだ事だよ。正臣のせ
いなんかじゃない」

「じゃあ、なんでそれを俺に向けてんだよ」

当然と言えば当然の疑問に、帝人は困ったように答える。

「僕も、迷ってるんだ」

「……は？」

「この銃《じゅう》を、これから誰に向けようか、、、、、、、、、って」

正臣《まさおみ》は、その答えを聞いて、一瞬呆《いっしゅんほう》けた顔をし——やがて、意味を呑《の》み込むと同時に叫んだ。

「そんな中途半端《ちゅうとはんぱ》な覚悟《かくご》なら、そもそも持つ必要ねえだろ！　撃《う》たない内に、どっか川にでも捨てちまえよ！　なんだったら、俺《おれ》がどっか遠くに捨ててきてやるよ！　もうお前は、危ない橋を渡る必要なんてないんだよ！　最悪、撃たなけりゃ『どっかで拾った』って言えば済む話だ、そうだろ？」

すると、帝人《みかど》は銃を向けているという状況のまま、嬉《うれ》しそうに言う。

「やっぱり、正臣って、そういう所が正臣だよね。僕なんかより、よっぽど優しいお人好《ひとよ》しだ」

それでも銃は下ろさないまま、帝人は小さく首を振った。

「もう、撃ってるんだ」

「……あ？」

帝人の言っている事が一瞬理解できず、正臣は僅《わず》かに眉《まゆ》を顰《ひそ》める。

そんな彼に、帝人はただ、事実だけを淡々《たんたん》と口にした。

「二発、もう、ここに来るまでの間にね」

♂♀

ワゴン車内

『先ほど、都内で連続して起きた発砲《はっぽう》事件の詳細《しょうさい》です』

渡草《とぐさ》のバンの中には、ニュースを読み上げるアナウンサーの声が響《ひび》く。

『一件は池袋警察署の入口に、もう一件は、広域指定《こういきしてい》、目出井組系列《めでいぐみけいれつ》の暴力団《ぼうりょくだん》、「粟楠会《あわくすかい》」、粟楠道元会長の自宅玄関に撃ち込まれていた事が判明《はんめい》しました』

アナウンサーの明朗《めいろう》な口調《くちょう》で、先刻《せんこく》起こったという新しい事件の詳細が語られていく。

『なお、現場付近には、発砲前に塗料《とりょう》スプレーで書かれたと思われる文字があり、その単語《たんご》が池袋《いけぶくろ》周辺の愚連隊《ぐれんたい》の名称《めいしょう》と同一である事から、警察は関連を――』

「……なあ、『池袋周辺の愚連隊』ってのは、なんの事だろうな？」

ニュースを聞きながら、渡草が呟《つぶや》く。

彼自身、答えを予想した上での問いだ。

そんな彼の想《おも》いを代弁《だいべん》するように、門田《かどた》が神妙《しんみょう》な顔をしながら答える。

「……十中八九《じっちゅうはっく》、ダラーズの事だろうな」

「つまりそれって、どうなっちゃうの？」

後部座席《こうぶざせき》からの狩沢《かりさわ》の言葉に、門田《かどた》は包み隠《かく》さず自分の推測《すいそく》を告げた。

「ダラーズはな……この街の表《おもて》と裏、両方いっぺんに喧嘩《けんか》を売っちまったって事だ」

♂♀

都内某所《ぼうしょ》　某事務所

「……やれやれ、まさか、こっちの予想を超えてぶっ壊《こわ》れてるとはな」

粟楠会幹部《あわくすかいかんぶ》である青崎《あおざき》は、部下からの報告を聞いて深い溜息《ためいき》を吹き漏《も》らす。

彼は革張《かわば》りの椅子《いす》からおもむろに立ち上がり、衣紋《えもん》掛《か》けから背広《せびろ》を取った。

「ど、どちらに」

部下の言葉に、青崎が答えた。

「組長《オヤジ》の所だ。今回の件を詫《わ》びてこなきゃいけねえ」

粟楠道元《どうげん》の自宅と警察署に銃《じゅう》が撃《う》ち込まれたという話を聞いた時、青崎はまず竜ヶ峰帝人《りゅうがみねみかど》の顔を浮かべた。数時間前に銃を渡したばかりなので当然と言えば当然なのだが、それを抜きにしても、警察と粟楠会を同時に挑発《ちょうはつ》するなどという破滅《はめつ》的な行為を考えれば、すぐに帝人を思い出していた事だろう。

泉井《いずみい》を通じて銃を渡してから、一晩《ひとばん》と経《た》たぬ間にこのような事件を起こすとは思っていなかったが、そこは青崎も数多《あまた》の修羅《しゅら》場《ば》を潜《くぐ》り抜けてきた経験があり、焦燥《しょうそう》を浮かべるような事はなかった。

「組長《くみちょう》の家の玄関《げんかん》っつったら、粟楠会の顔も同然だ。そいつを俺《おれ》の不始末《ふしまつ》で弾《はじ》かれた以上、俺も指の一つ二つは詰める覚悟《かくご》はしねえとな」

それは同時に、冷静なまま、淡々《たんたん》と『決断』を下す恐さがあるという事でもある。

「竜ヶ峰帝人の身柄《みがら》ぁ攫《さら》っておけ」

「はい」

「個人的には、そのイカれっぷりは嫌《きら》いじゃねえんだがな……。組長を巻き込んだなら話は別だ。場合によっちゃ、ガキとは言え沈めるしかねえな」

躊躇《ためら》い無く部下《ぶか》達に指示《しじ》を下すと、自分は組長の許《もと》へ向かうべく、事務所の出入り口へと足を向けたのだが――

その出入り口から、部下の一人が慌《あわ》てた様子《ようす》で走ってきた。

「どうした、騒々《そうぞう》しい」

重々しい調子で言う青崎に、部下は息を切らせながら報告する。

彼の口から漏《も》れた名前を聞き、それまで冷静だった青崎《あおざき》の眉間《みけん》に深い皺《しわ》が刻まれた。

「赤林《あかばやし》さんが、話があるとか言って一人で乗り込んで来たんですが……」

♂♀

雑居《ざっきょ》ビル屋上

「お前……何考えてんだ！　そんな事したら、マジでダラーズは……いや、それ以前にお前の命が危ないだろうがよ！」

帝人《みかど》から銃撃《じゅうげき》した場所を聞いた正臣《まさおみ》は、たちの悪い冗談《じょうだん》であって欲しいと思いながら帝人に叫ぶ。

しかし、帝人はあっさりと言葉を返してきた。

「そうだろうね」

「だろうねってお前……ッ！」

「でも、これで、ダラーズの実体は無くなるよ」

「なに……？」

眉《まゆ》をひそめる正臣に、帝人は自分の望みを語り始める。

「この話が広まれば、誰《だれ》もダラーズに入ろうなんて思わなくなるし、今までダラーズを名乗ってた人達も、その過去を隠《かく》すしかなくなると思うんだ」

確かに、それは当たり前の話だった。

警察からも暴力団《ぼうりょくだん》からも敵視《てきし》され、実質的な実入《みい》りすら無い集団の一員だと思われたい人間はそうそういないだろう。

反骨《はんこつ》精神に溢《あふ》れた筋金《すじがね》入りのワルや、想像《そうぞう》力が全く無い目立ちたがりの人間ならば解《わか》らないが、そうした人間は自業自得《じごうじとく》だ。

少なくとも、面白半分や義理《ぎり》で参加していた者達、あるいは、ダラーズが大学のサークルのように健全な集団だと信じていた者達は、我先《われさき》にと逃げ出すと思われる。

沈む船から脱出《だっしゅつ》するネズミのように、誰もが海に飛び込み、匿名《とくめい》の情報社会に沈み、そのまま息を潜《ひそ》める者が殆《ほとん》どだろうと予想できた。

そして帝人は、ある意味場違《ばちが》いな単語《たんご》を口にする。

「ダラーズは、都市伝説になるんだ」

「都市……伝説《でんせつ》？」

「そう、ただの下らない都市伝説にね」

子供のように目を輝かせる帝人を見て、正臣は思い出した。

今の帝人《みかど》の目は、初めて池袋《いけぶくろ》に来て、首無《くびな》しライダーとすれ違った時と同じ顔をしていたという事に。

怖《おそ》れを抱きながらも、その奥底に圧倒《あっとう》的な歓喜《かんき》を秘めている顔だ。

「だけどさ、都市伝説《でんせつ》っていうのは、進化し続けるんだ。人の噂《うわさ》に上る事で、新しい噂が加わってさ。街の中に広がり続けるんだ」

帝人は、先ほど話していた『臨也《いざや》に言われた事』を絡《から》めながら、自分の論を展開していく。

「実体を全て消し去って、名前だけがこの街に残って、でっちあげの伝説だけが生まれ続ける」

そして、何の疑問もなく、純粋《じゅんすい》な喜びを携《たずさ》えて帝人は断言《だんげん》した。

、、、、、、、、、、、、、、、、、、

「それが、僕の理想のダラーズだって気付いたんだよ」

クラリ、と、正臣は目の前の景色《けしき》が歪《ゆが》んだような錯覚《さっかく》を覚える。

「お前……そんな馬鹿《ばか》げた事の為《ため》に……ヤクザの事務所と警察に、銃《じゅう》弾《だん》撃《う》ち込んだのかよ」

「うん。ダラーズなんて存在が、そもそも馬鹿げてたんだと思う。でも、馬鹿げた理由で生まれたのがダラーズなら、消える理由も馬鹿げてるのはしょうがないよ」

諦観《ていかん》を感じさせる言葉に、それでも正臣《まさおみ》は反論した。

「それでも、名前を使って悪さする連中《れんちゅう》は出てくるぞ」

「いいんだ。もう、その人達はダラーズじゃない。ただの、ダラーズの名前を利用してるだけの人だからね。せいぜい都市伝説の肥やしになってくれればいいかなって」

笑顔でそんな事を言う帝人に、正臣は背筋《せすじ》にぞっとした寒気《さむけ》を感じ取る。

本当に、目の前にいるこの少年は、竜ヶ峰《りゅうがみね》帝人なのだろうかと。

そんな正臣に対して銃口《じゅうこう》を向けたまま、帝人は世間話《せけんばなし》のように問いかけた。

「それで……正臣はどうするの？　僕を止める？」

「それとも……ブルースクウェアと黄巾賊《こうきんぞく》の決着《けっちゃく》をつけに来たのかな？」

♂♀

ハンズ前

「あんたには感謝してるよ、六条《ろくじょう》さん」

青葉《あおば》は目出《めだ》し帽《ぼう》を被《かぶ》ったまま、目の前の千景《ちかげ》に言った。

通りの入口にどんどんバイクが停車する事で、エンジン音の波が遠くなり、なんとか会話ができるレベルの騒音《そうおん》に落ち着いている。

半円状に集まったバイクの中心にいるのは、六条千景《ろくじようちかげ》だ。

集まった暴走族《ぼうそうぞく》のメンバー達はすぐにそれがTo羅丸《とらまる》のリーダーであると気付いてざわめき始めるが、すぐに喧嘩《けんか》を売ったり突っ込んで来たりするような真似《まね》はしない。

弱みを握られ、あるいは力で潰《つぶ》される事で『ダラーズ』の傘下《さんか》に加わった面子《メンツ》からすれば、To羅丸《とらまる》もダラーズの一員なのではないかという疑念があったからだ。

通りの入口を半円状に覆《おお》う不良《ふりよう》達を見て、千景は肩を竦《すく》める。

「こりゃまた、雑魚《ざこ》がゾロゾロと沸《わ》いてきたもんだ。『屍龍《ドラゴンゾンビ》』や『邪《ジャ》ン蛇《ジャ》カ邪《ジャ》ン』クラスの連中《れんちゆう》は流石《さすが》にいねえな」

「時間さえあれば、そいつらも傘下にできたかもね」

「大きく出たな。あとは……『ビッグドッグスター《B・D・S》』の濡井村《ぬいむら》とかはいねえか。あのレベルの馬鹿《ばか》がいたら、いきなりここにトラックが突っ込んでくるのも覚悟《かくご》しなきゃなんねえけどよ」

他の暴走族や愚連隊《ぐれんたい》の名前をあげながら、周囲を確認《かくにん》し続ける千景。

そして、とりあえずこの場の青帽子《あおぼうし》達を仕切っていると思《おぼ》しき青葉に声を掛けた。

「こんなに数集めて何する気だよ、お前らのボスは」

「何もする気ないんじゃないかな」

あっさりとそう答えた青葉に、千景は首を傾《かし》げる。

「あー……そりゃつまり、『なんとなく』って事か？」

「俺《おれ》達のボスには、理想《りそう》もない。信念もない。ただ、あの人にあったのは感傷《かんしょう》と好奇心《こうきしん》だけだよ。それだけでこんな真似してでかすんだから、運も含めて、俺は尊敬《そんけい》してるよ」

自分達が御輿《みこし》として祭り上げた竜ヶ峰帝人《りゅうがみねみかど》の暴走に、喜んで巻き込まれているとでも言いたげな回答だった。

更《さら》に、楽しいオモチャを友達に紹介《しょうかい》するかのように、青葉は竜ヶ峰帝人という少年について語り続ける。

「理想にも信念にも、夢にだって覚悟がいる。だけど、あの人はそういうのが無い。ただ、組《そ》織《しき》だけが大きくなって、空回《からまわ》りする『覚悟』だけが膨《ふく》らんだんだよ。何も無かった帝人先輩《せんぱい》が足《あ》掻《が》いて足掻いて、足掻ききった末に辿《たど》り着いたのがこの結果さ」

青葉はそこで肩を竦《すく》めると、黙《だま》ったままの千景に言った。

「あんたみたいに、最初から色々持ってる人間には理解できないかもしれないけどね」

すると、それまで無表情で話を聞いていた千景が、首をコキリと鳴らして答える。

「そういう、こっぱずかしいポエムで煙《けむ》に巻こうとすんのは好きじゃねえな。いや、そういうの好きな彼女もいるから否定はしないけどよ」

六条はそこで、チラリと雑居《ざっきょ》ビルの方に視線を向けた後、ニヤリと笑って言葉を続けた。

「俺はただ、紀田《きだ》が『血迷《ちまよ》ったダチを助けたい』っつうから、気まぐれで手ぇ貸してるだけだ」

「酷《ひど》いな、話を単純《たんじゅん》にし過ぎでしょう」

クスクスと嗤《わら》い、青葉《あおば》は目を爛々《らんらん》と輝かせながら言った。

「血迷《ちまよ》ったガキじゃなきゃ、できない事もあるんですよ」

「ああ、何か大層《たいそう》な理由があったり無かったりするんだろうよ」

面倒腐《めんどくさ》そうに言う千景《ちかげ》だが、彼は実際、正臣《まさおみ》から大体の事の経緯《けいい》を聞いている。

帝人《みかど》という少年が散々己《おのれ》を追い詰めた結果なのだろうと理解しながらも、千景は敢《あ》えて、青葉に言った。

「一つ、教えておいてやる」

「？」

「どんな理由だろうと、こんなに夜の街を騒《さわ》がせてよ……。人様《ひとさま》に迷惑《めいわく》かけてる時点で差なんてねえよ。みんな平等にクズだ。俺《おれ》も、お前らもな」

完全に開き直った後、千景は更《さら》に続ける。

「手前《てめえ》は、喧嘩《けんか》する相手や、安眠妨害《あんみんぼうがい》した街の連中《れんちゅう》に一々、『僕達にはこんな悲しい理由があるんです』って説明してまわる気か？」

「……」

「遊ぶ金目当てでカツアゲすんのも、病気の親の薬買うのにカツアゲすんのも……」

そんな千景の背後に、バットを振りかぶったブルースクウェアの面子《メンツ》が迫るが、千景は僅《わず》かに身体《からだ》をズラしながら放った裏拳《うらけん》を相手の顔面に叩《たた》き込んだ。

崩《くず》れ落ちるブルースクウエアのメンバーを見ながら、溜息《ためいき》と共に話の続きを口にする。

「殴《なぐ》られて金を取られた一般人《いっぱん》からすりゃ、何も差なんてねえだろ。馬鹿馬鹿《ばか》しい」

千景はそのまま踵《きびす》を返すと、もはや青葉の方は見ずに歩き始めた。

「興《きょう》が削《そ》がれたぜ。……全部お見通しって事は、竜ケ峰帝人《りゅうがみねみかど》は紀田《きだ》の所だな」

そのまま雑居《ざっきょ》ビルに向かおうとした千景に、特に焦《あせ》った様子もない青葉が声をかける。

「御高説《ごこうせつ》の後で悪いけど、あんたに行かれると困るんだよ」

「あぁ？」

「あそこには、確かに帝人先輩《せんぱい》も紀田正臣もいるさ。でも、いるのはその二人だけだ」

青葉は携帯《けいたい》に何かを素早く打ち込みながら、不敵《ふてき》に笑った。

「部外者《ぶがいしゃ》はすっこんでるしかないさ。俺も、アンタもね」

同時に、千景の前に二つの大柄《おおがら》な影が立ち塞《ふさ》がる。

ブルースクウエアの中で猛者《もさ》として数えられる、宝城《ほうじょう》とヨシキリだ。

欠伸《あくび》をしながら近づいて来る男と、ヤケに鋭い目つきをした背の高い少年を見て、千景もまた、不敵に笑う。

「おっと、骨のありそうなのが出て来たじゃねえか。悪くねぇな」

しかし、彼の前に立ち塞がるのはその二人だけではなかった。

突如《とつじょ》、バイクに乗った男達が自分の携帯を取り出し始める。

エンジン音に消されかけてはいるが、千景《ちかげ》は幽《かす》かに彼らの着信音《ちゃくしん》が響《ひび》くのを聞いた。

「……もしかして、メールの一斉送信《いっせい》か？」

「ご明察《めいさつ》。俺《おれ》はただ、短い文を送っただけだよ」

バイクから降りた暴走族《ぼうそうぞく》達が、皆、凶暴《きょうぼう》な表情で千景を睨《にら》み付けている。

殺気《さつき》立つ彼らを前にする千景に、青葉《あおば》は楽しそうにメールの内容を口にした。

「六条《ろくじょう》千景は、ダラーズの敵だ……ってね」

♂♀

露西亜《ロシア》寿司《ずし》前
「……動きそうだな。なんか携帯取り出してたが……結局あの目出《めだ》し帽《ぼう》の奴《やつ》が帝人《みかど》って事でいいのか？　まあ、リーダー格《かく》なのは間違いなさそうだが」

ハンズ前の様子《ようす》を覗《のぞ》きながら、那須島《なすじま》が下卑《げび》た笑《え》みのまま春奈《はるな》に言う。

「乱戦《らんせん》になったら、俺達も一斉《いっせい》に突っ込ませるぞ」

「はい……母《かあ》さん」

♂♀

露西亜寿司店内《てんない》

「なんか、さっきからバイクの音すごくねえか？」

外の音を聞きながら、トムが疲れた表情で呟《つぶや》いた。

「とりあえず、無理《むり》すりゃこっちの屋上から隣《となり》のラーメン屋のビルの方には移れそうな気もするけどよ……。その先どうするかって話になっちまうと、どの道手詰《みちてづ》まりだな」

「オー、引いて駄目《だめ》ならオシテマイルよ。弱気になったらお腹《なか》減るネ」

サイモンはそんな事を言いながら、デニスと何か装備の確認《かくにん》を続けている。

その『装備』が何なのかは追及《ついきゅう》しないし、最悪見なかった事にするつもりだったトムに、寡黙《かもく》に過ごしていたデニスが声をかけた。

「運が悪かったたな。静雄《しずお》の奴《やつ》がいれば、外の連中《れんちゅう》なんか簡単に蹴散《けち》らせたろうに」

「そうかも知れないけどよ、そうじゃなくて良かったとも思うぜ」

「ほう」

「黄根《きね》さんの話を信じるなら、ありゃ催眠術《さいみんじゅつ》みたいなので操《あやつ》られてるだけなんだろ？　喧嘩売《けんか》ってきた自業自得《じごうじとく》の連中《れんちゅう》ならともかく、ただの一般人《いっぱん》を殴《なぐ》らせるわけにもいかねえしな」

溜息《ためいき》を吐《つ》きながら言うトムに、それまで寡黙《かもく》だった黄根《きね》が言う。

「欲がないんだな。あれほどの男を味方《みかた》に付けているなら、この街でのし上がる事もできるだろうに」

「買い被《かぶ》りですよ。俺《おれ》にとって静雄《しずお》は、中学の時の後輩《こうはい》だし、今は仕事の仲間なんです」

トムは身体《からだ》を大きく伸ばした後、少しだけ目に寂しそうな色を浮かべて言った。

「そんな静雄が、いっつも寂しそうな顔で暴《あば》れてるのに、止める事も、せめて一緒《いっしょ》に暴れてやる事もできないってのは……自慢《じまん》できるもんじゃないでしょう」

♂♀

雑居《ざっきょ》ビル屋上

「ああ、そうだな」

──「正臣《まさおみ》はどうするの?」

帝人《みかど》の問いを受けた後、正臣は暫《しばら》くの沈黙《ちんもく》を経て、拳《こぶし》を握りしめながら答えを返す。

「俺は、お前に何もしてやれなかった。いや、今さら『何かしてやる』なんて、上から目線《めせん》でいうのもおこがましいんだけどよ」

銃口《じゅうこう》を向けられたまま、正臣は一歩足を踏み出した。

ピクリ、と、銃を構えた帝人の手が震える。

それでも、正臣は止まらぬままその屋上の床を踏みしめた。

「俺は、頭はそんなによくねえし、臆病《おくびょう》だ。俺にできる事は、情《なさ》けないけどよ、せいぜい、喧《けん》嘩《か》がちょっとだけできる……って事ぐらいだ」

正臣の心に、二つの覚悟《かくご》が湧《わ》き上がる。

一つは、法螺田《ほらだ》に立ち向かった時のような、自分の命を懸《か》ける覚悟。

決して投げ出すわけではなく、目の前の少年の目を醒《さ》まさせる為《ため》に。

そしてもう一つは、やはり目の前の少年の目を醒まさせる為に——

親友の、明確な敵になるという覚悟だ。

「だったら、せめて俺がお前の喧嘩の相手になってやる」

そう言って笑う正臣の顔は、子供の頃《ころ》と変わらなかった。

「お前が暴《あば》れたいっていうなら、俺は止めねえ。ただ、俺も自分がやりたいように暴れるぞ」

「正臣……」

「俺が、お前を、お前の大嫌《だいきら》いな日常の中に引き摺《ず》り戻してやる」

正臣の目に、もう迷いはない。

「ぶん殴《なぐ》って、泣かせて、思い出させてやるさ」

たとえ、目の前の少年が本当に人間じゃない何かになってしまっていたのだとしても、正臣《まさおみ》はそれを否定するとばかりに、力のある言葉を口にした。

「お前は首無しライダーみたいな都市伝説なんかじゃない。竜ケ峰帝人《りゅうがみねみかど》っていう、ちっぽけで、平凡《へいぼん》で……誰《だれ》よりもお人好《ひとよ》しで真《ま》っ当《とう》な人間だって事をな！」


正臣の叫びを聞いた帝人は、一瞬《いっしゅん》驚いたように顔から表情を消し——

続いて、僅《わず》かに目に涙を滲《にじ》ませながら、呟《つぶや》いた。

「やっぱり、正臣は強いな」

「……」

「僕は、ずっと羨《うらや》ましかった。だから僕も、正臣に本気《ほんき》で勝ちたいと思った」

少年の心の奥底から出て来たのは、決して妬《ねた》みではなく、羨望《せんぼう》に満ちた言葉。

「だから今は、どんな手を使っても……みんなに卑怯者《ひきょうもの》って言われても……」

帝人は、幼馴染《おさななじみ》の少年に対して尊敬《そんけい》の眼差《まなざ》しを向けたまま、引き金にゆっくりと指を掛けた。

「……全力で、正臣の言葉を否定するよ」


そして、数秒後。

池袋《いけぶくろ》の空に、乾いた銃声《じゆうせい》が響《ひび》き渡る。

♂♀

ハンズ前

空からの銃声は、ハンズ前の通りにまで響いてきた。

「なんだ？」

その場に居た誰《だれ》もが、聞き慣れぬ破裂音《はれつおん》に周囲を見渡したが、誰もその出所《でどころ》を摑《つか》めない。

ただ、暴走族《ぼうそうぞく》の何人かは『今、上の方から聞こえなかったか？』と高速道路やアムラックスビル、サンシャインなどに目を向けた。

そこで彼らは初めて気付く。

夜空が、異様《いよう》なまでに深い『黒』に染まっているという事に。

サンシャインビルの屋上付近に至っては、何か黒いモヤのようなものに包み込まれ、完全に視界《しかい》から消失《しょうしつ》してしまっていた。

「おい、何だあれ……」

ざわめきは徐々《じょじょ》に広がり始めるが、それは僅《わず》か十数秒後、ピタリと止まる事になる。

男達の間を、不意《ふい》に黒い影が走り抜けた。

「⁉」

その黒い影は、バイクの一部を蹴《け》って宙《ちゅう》を舞い、あるいは車の屋根やフロントに飛び乗りながら、暴走族《ぼうそうぞく》やチンピラが密集《みっしゅう》した地帯を軽やかに駆《か》け抜けていく。

「おい！　なんだアイツ！　ぶっ殺……」

自分のバイクを踏み台にされた暴走族の一人が、怒りに満ちた目を黒い影に向け、仲間達に何か叫びかけたのだが――

次の瞬間《しゅんかん》、その声が止まる。

ギャリギャリギャリ、と、耳障《みみざわ》りな摩擦《まさつ》音が背後から響《ひび》いて来たからだ。

あまりにも異常な音に、暴走族達は何事かと振り返る。

そして、そこにいた男が引き摺《ず》っていたものを見て、彼らは一斉《いっせい》に言葉を失った。

「おい、なんか今、聞こえなかったか？」

肩で息をしながら千景《ちかげ》が叫ぶが、その言葉に応《こた》える者はいない。

暴走族やブルースクウェアの面々に囲まれ、完全に孤立無援《こりつむえん》と化した千景。

それでも彼は、怯《おび》える事なく周囲の者達を挑発《ちょうはつ》した。

「はッ……不思議《ふしぎ》なもんだな。お前ら全員相手にしても、全然ビビる気がしねえわ」

「強がってんじゃねえぞ六条《ろくじょう》！　てめーはここでお終《しま》いだ！」

敵対《てきたい》している『牛頭馬頭《ごずめず》ガンズ』の幹部《かんぶ》がそんな事を叫ぶが、千景は気にせず続ける。

「正直な話よ、３ヶ月前に怪獣《かいじゅう》みてえにおっかねえ奴《やつ》一人と喧嘩《けんか》した時の方が、よっぽどプレッシャーを……」

と、挑発の言葉が途中《とちゅう》で止まった。

男達の頭上《ずじょう》を乗り越えるような勢いで、千景の前に黒い影が現れたのである。

影の正体《しょうたい》は、黒い服を纏《まと》った一人の男だ。

「……誰《だれ》だ？」

千景は怪我《けが》だらけのその男を見て呟《つぶや》くが、男は薄い笑《え》みを浮かべたまま、周囲の状況を見て独《ひと》り言《ごと》を口にする。

「……思ったより、人が多いね」

そして、赤い目をした集団に気付き、そこに一言《ひとこと》付け加える。

「半分は罪歌憑《さいかつ》きか。まあいいさ。おあつらえ向きだ」

男は自分を鼓舞《こぶ》するかのようにそう言い聞かせ――音羽通《おとわどお》りの方に目を向ける。

目出《めだ》し帽《ぼう》を被《かぶ》ったままの青葉《あおば》が、その男を見てギリ、と歯を噛《か》みしめた。

「折原《おりはら》……臨也《いざや》！」

少年がその名を口にした瞬間《しゅんかん》――

混乱する暴走族《ぼうそうぞく》達の頭上《ずじょう》を飛び越え、何か巨大《きょだい》な塊《かたまり》が折原臨也目がけて飛来《ひらい》する。

それが、道路の真《ま》ん中《なか》に堂々《どうどう》と停められていた暴走族のバイクだと気付き、流石《さすが》に『罪歌憑《さいかつ》き』の者達も後退《あとずさ》った。

破壊音《はかいおん》が響《ひび》き、破片《はへん》を撒《ま》き散らしながらバイクが路上を滑《すべ》っていく。

紙一重《かみひとえ》でそのバイクを躱《かわ》した臨也は、群衆《ぐんしゅう》が飛来したバイクを避けようとして生まれた広い空間の真ん中に立ち、その怪物《かいぶつ》を待ち構えた。

そして、現場に居た彼らは、バイクの飛んで来た方角を見て一斉《いっせい》に道を空《あ》ける。

「あッ」

千景《ちかげ》が、思わず声を上げた。

開かれた道の先から、こちらに向かって歩いてくるのは――

軽く百人を超す暴走族の群れと比べ、何十倍もの圧力を放つバーテン服《ふく》の男だった。

「平和島《へいわじま》の旦那《だんな》じゃねえか！」

そして、流石に苦笑《にがわら》いして青葉《あおば》に言う。

「おいおい、あれもお前の助《すけ》っ人《と》か？」

「違うよ。あの人は……もうダラーズじゃない」

「あん？」

訝《いぶか》しむ千景に、青葉は目出《めだ》し帽《ぼう》の下で表情を消しながら答えた。

「そもそも、あの人がダラーズを辞《や》めたのも、帝人先輩《みかどせんぱい》が壊《こわ》れた原因の一つかもね」


静雄は片手で引き摺《ず》ってきたバイクを投げた後、ゆっくりと臨也に向けて歩み続ける。

一方の臨也は、その場から動こうとしていない。

まるで、最初からここに誘《おび》き出すのが目的だったとでも言うかのように。


都市伝説《でんせつ》になろうとしている帝人に正臣《まさおみ》が挑《いど》む一方で——

折原臨也は、まさに『伝説』そのものに挑もうとしていたのである。

小細工《こざいく》は終わりとばかりに、臨也は懐《ふところ》から自分が最も信頼する凶器《きょうき》、折りたたみ式の大型ナイフを取り出した。

「さて、始めるとしようか」


正臣と同じ状況であるにも関わらず、臨也はまるで正反対の目的を抱き、ナイフを握る。

人間であろうとする静雄《しずお》を、醜《みにく》く恐ろしい怪物《かいぶつ》として、この世界に刻みつける為《ため》に。

♂♀

ワゴン車内

「さっき……何か聞こえませんでしたか？」

不安げな杏里《あんり》の言葉に、助手席にいた門田《かどた》が答える。

「ああ、銃声《じゅうせい》みたいなもんが聞こえたな」

「おいおい……物騒《ぶっそう》な事言わないでくれよ……」

頬《ほお》を引きつらせる渡草《とぐさ》をよそに、杏里は窓から空を眺《なが》めた。

そして、彼女も気付く。

池袋《いけぶくろ》の空が、異常な闇《やみ》に包まれているという事に。

サンシャインビルの上層部《じょうそうぶ》が圧倒《あっとう》的な量の影に包まれているのを見て、杏里は思わず呟《つぶや》いた。

彼女が、最も信頼している異形《いぎょう》の名を。

「セルティ……さん？」

斯《しば》くして、彼らは集結した。

ダラーズの始まりの場所へと。

ダラーズの終焉《しゅうえん》を迎える為に。

♂♀

そして、まさに初《はつ》集会の事件をなぞる形で、黒い『影』を纏《まと》った女が蠢《うごめ》き始めた。

初集会の時と違ったのは、彼女が跨《また》がるのがバイクではなく、首無《くびな》しの馬であるという事。

更《さら》には、今回は東急《とうきゅう》ハンズのビルではなく、池袋の最高峰《さいこうほう》である、サンシャインビルの屋上から駆《か》け下り始めたという事だ。


かつての首無しライダーは、今や完全に『デュラハン』としての姿《すがた》を取り戻している。

その姿を街に誇示《こじ》するかのように——

彼女は再び、池袋の街に舞い降りた。

チャットルーム

・・・

チャットルームには誰《だれ》もいません
チャットルームには誰もいません
チャットルームには誰もいません

・・・

最終章　君至る所青山あり

過去　池袋《いけぶくろ》

日本《にほん》に向け、長い旅に揺れる船。

怯《おび》えながら彷徨《さまよ》った暗闇《くらやみ》の中で、少年は『彼女』に出会った。

怖《おそ》れはいつしか信頼に変わり――

信頼はやがて、恋心《こいごころ》へと変化する。


そして、彼はその恋を守る為《ため》に、自らの全てを歪《ゆが》めて言った。


「ねえ、セルティ、首を見つけたら帰っちゃうの？」

まだ6歳《さい》である新羅《しんら》の問いに、セルティは淡々《たんたん》とした調子《ちょうし》で紙に文字を綴《つづ》った。

【ああ、そうだ】

「僕も、一緒《いっしょ》に行きたい」

【……？　無茶《むちゃ》を言うな】

「じゃあ、行っちゃやだ」

そんな新羅《しんら》の言葉を聞き、セルティは困ったようにペンを走らせる。

【私は君のオモチャじゃないぞ】

「うん。オモチャならどっかにいっちゃってても別にいいもん」

【オモチャ工場の人に謝れ】

「ごめんなさい」

セルティの言葉を素直に受け取り、オモチャ工場を頭に浮かべながらぺこりと頭を下げる幼《よう》少時《しょうじ》の新羅。

ヤケに素直な少年に、セルティは『子供とはこんなものか』と考えつつ文字を綴《つづ》った。

【なんで、私と一緒にいたいんだ？】

「……家族だから」

そう答えた新羅に、セルティは一人で納得《なっとく》する。

この子には幼い頃《ころ》から母親がいない。

だからこそ、こちらに母性《ぼせい》のようなものを感じているのかもしれないと。

しかし、自分のような存在に母性を感じていたのでは、歪《ゆが》んで育ってしまうかもしれない。

【いいか、新羅。私は人間じゃないから、お前の家族にはなれないんだ】

「どうして？」

【どうして、って】

文字を書く手を一旦《いったん》とめるセルティに、新羅は言った。

「こうやって、僕はセルティと話もできるし、一緒に住んでるよ？　それともセルティは、コセキとかジュウミンヒョーとかにトウロクされてないと家族じゃないっていうタイプ？」

【難しい言葉を知ってるな】

セルティは、少し考えた後に、言葉を選びながら文字を書く。

【私は人間とは違い過ぎる。ずっと一緒に暮らせば、きっと私の事を嫌《きら》いになるさ】

「そうかなあ」

【ああ、そうさ】

突き放すように短い文を書くセルティに、新羅はモジモジしながら言った。

「じゃあ、嫌いにならなかったら、うちを出て行かないでくれる？」

【そしたら、それはその時に考えるとしよう】

まだ人間《にんげん》社会に慣れきったとは言えなかったが、セルティも2年程《ほど》の間にニュースやドラマ、漫画《まんが》などで日本《にほん》の社会の知識《ちしき》を学んでいた頃である。

彼女は、『幼馴染《おさなな》み同士《どうし》はフィクションと違い、中々《なかなか》カップルになりにくい』と言っていたニュースの事を思い出し、新羅《しんら》の言葉を大して重い物と考えていなかった。

――まあ、毎日顔《かお》を付き合わせれば、そのうち飽《あ》きるだろう。

――私には、その顔がないけどな。

自虐気味《じぎやくぎみ》な冗談《じょうだん》のつもりでそう考えたセルティだったが――

実際、それが重要な鍵《かぎ》となった。

顔色も解《わか》らず、声も聞こえず、表情すら読み取れない。

そんなセルティだからこそ、新羅は長い間、飽きる事もなく恋心《こいごころ》を抱き続ける事ができたのかもしれない。

新羅にとって、セルティ・ストゥルルソンという存在は白紙《はくし》のキャンバスだった。

一体《いったい》彼女がどんな表情をしているのか、何に喜び何に笑うのか、そうした情報を少しずつ少しずつ拾い集め、キャンバスにセルティという存在を描いていく。

10年程経《ほどた》った頃《ころ》に、新羅の中の『セルティ』という存在が確定《かくてい》した。

決して理想《りそう》を押しつけるわけではなく、純粋《じゅんすい》に、素顔《すがお》のセルティを探り続けた結果である。

だからこそ――彼は、今も彼女に恋をし続ける事ができるのかもしれない。

例え、二人の間に如何《いか》なる障害《しょうがい》があろうとも。

♂♀

池袋《いけぶくろ》 路地裏《ろじうら》

サンシャインシティの方角へと向かう、繁華街《はんかがい》とは反対側の路地。
そこで二人の男女が鉢合《はちあ》わせたのは、決して偶然《ぐうぜん》ではなかった。

「……驚きました。これほど短い時間で『罪歌《さいか》』の呪《のろ》いを支配するとは」
淡々《たんたん》とした表情で呟《つぶや》く鯨木《くじらぎ》だが、声にはほんの僅《わず》かに驚嘆《きょうたん》の色が混じっている。
彼女の視線の先にいるのは、岸谷《きしたに》新羅だ。
セルティの居場所《いばしょ》を特定《とくてい》した頃、町の中で自販機《じはんき》が舞っているのを見かけた新羅。
愛海《まなみ》はその自販機の舞う先に臨也《いざや》もいると推察《すいさつ》し、そちらに走って行ってしまった。
新羅は所々に破壊《はかい》の跡《あと》が残る道を通り、サンシャインシティへと歩を進める。
その最中《さいちゅう》――
やはり静雄《しずお》と臨也の後を追っていた鯨木に、『罪歌』の気配《けはい》を察知《さっち》されたのだ。

「ええと、鯨木《くじらぎ》かさねさん……でいいんでしたっけ？」

目を赤く充血《じゅうけつ》させながら、新羅《しんら》が申《もう》し訳《わけ》なさそうに問う。

「……はい」

「お話しする余裕《よゆう》、あります？　それともまた、斬《き》られて拉致《らち》されちゃう流れかな」

困ったように言う新羅に、鯨木は首を左右に振った。

「いいえ、貴方《あなた》を拉致監禁《かんきん》する意味は無くなりました」

新羅の赤く充血した目を見ながら、鯨木が続ける。

「罪歌《さいか》で支配できない想《おも》いを、生半可《なまはんか》な痛みや洗脳《せんのう》でねじ曲げる事はできないと判断《はんだん》します」

「良かった。自分のものにならないなら殺しちゃうとか言われるかと思いましたよ」

「いいえ、そこまで貴方の事を恋慕《れんぼ》しているわけではありません」

鯨木は新羅へと歩み寄り、自分の考えた事を、淡々《たんたん》と言葉に乗せ始めた。

「ただ……貴方という人間に興味《きょうみ》があるのも事実です。強いて言うならば、私は、嫉妬《しっと》しているのではないかと推測《すいそく》できます」

「嫉妬……？」

「セルティ・ストゥルルソンを調べるにあたり、私は同居人《どうきょにん》である貴方の事も調べました。人間でありながら、異形《いぎょう》である彼女に恋をする存在と」

「間違ってないね」

照れたように言う新羅に、鯨木は告げる。

「失礼ながら、私は最初信《しん》じていませんでした。岸谷森厳《きしたにしんげん》の命《めい》で、人外《じんがい》であるセルティ・ストゥルルソンという研究素材《そざい》を手元《てもと》に置くために、彼女への愛を演じているのだと」

「……」

「しかし、調べれば調べるほど、貴方の感情が真実であるという確信《かくしん》が強くなりました」

鯨木は一度目《め》を瞑《つむ》り、感情を表《おもて》に出さぬまま続けた。

「私自身《じしん》は、人ならざる者の血が混じっていた事もあり、まともに誰《だれ》かに愛された記憶《きおく》がありません。異形そのものである実の母にさえ、半《なか》ば捨てられる形で離別《りべつ》しました」

ほぼストレートに『自分が人外である』と告げた鯨木に、新羅は敢《あ》えて何も言わない。

彼自身、彼女がただの人間ではないという事はとうに理解していたからだ。

「ある事情から、私はつい先日《せんじつ》自由の身になりました」

そして、鯨木は新羅の顔を見ながら言葉を紡《つむ》ぐ。

「他の『罪歌』の持ち主達と会話を交わし、考えてみたのです。誰からも愛されないなら、こ、い、い、い、い、い、い、い、い、ちらから誰かを愛してみようと」

「それで僕？　いや、考え自体《じたい》は『愛なんて要《い》らない』って言い出すよりはずっと前向きだと思うけど、どうして僕なのかな？」

「一つは、先ほども言ったように……嫉妬です」

新羅《しんら》はそれを聞いて納得《なっとく》する。

彼女は、異形《いぎょう》でありながら幸せな生活を続けるセルティに嫉妬《しっと》していたのだろう。

だからこそ、そんなセルティから、幸せの一部を奪《うば》おうとしたのだと。

更《さら》に、鯨木《くじらぎ》は言葉を付け加えた。

「もう一つは……私は、見返りを求めたのでしょう」

「見返り？」

「愛する代わりに、私も、愛して欲しかったのかもしれません。そして、異形を愛する事ができる貴方《あなた》ならば……と考えたのでしょう」

自分の事なのに推測を多く交えているのは、恐らく彼女自身《じしん》にも己《おのれ》の気持ちが完全に理解できていないからだろう。

しかし、彼女は不器用《ぶきよう》ながらに自分の心を整理し、新羅に対して語り続けた。

「貴方という特異《とくい》な存在を調べるうちに、私は一種の羨望《せんぼう》を抱きました。貴方は他の人間とは違う、私にとって一つの希望になるのではないかと。徒橋《あだばしし》氏の手によって傷つけられた後も、セルティ・ストゥルルソンとの関係を貫《つらぬ》いた姿《すがた》を見て、私は……貴方の怪我《けが》に荷担《かたん》した身でありながら言うのもおかしな話ですが……憧《あこが》れを抱きました」

徒橋。

自分に大《おお》怪我を負わせた、聖辺《ひじりべ》ルリのストーカー。

そんな名前が出て来た事にも、新羅は特に焦《あせ》らなかった。

鯨木はそこで言葉を溜《た》め、自分でも首を傾《かし》げながら、自分の気持ちを纏《まと》めこむ。

「私は、貴方のファンになっ、た、、、、、、。それでは不十分《ふじゅうぶん》でしょうか？」

「……」

「そして、改めて申《もう》し上げます。私の心を、受け入れてはくれないでしょうか？」

あまりにも——あまりにもあっさりと紡《つむ》がれた『愛の告白《こくはく》』。

沈黙《ちんもく》が、二人の間を包み込んだ。

遠くからはバイクの喧噪音《けんそうおん》や、何かが破壊《はかい》される音が響《ひび》くが——この通りにだけは、まるで時間が止まったかのような静けさに満ちているように錯覚《さっかく》する。

そして、新羅が長い沈黙《ちんもく》を破った。

「なんていうか、普通の人間なら、ここで怒るんだろうね」

ヘラリと笑いながら、赤く充血《じゅうけつ》した目で言う。

「怪我させたり、自分勝手《かって》な理由で拉致《らち》したり、酷《ひど》い事をされてるなって思う」

「……」

「でもさ、怒る気にはなれない。でもそれは、セルティがいるからだよ」

「？」

疑問符《ふ》を頭に浮かべた鯨木に、新羅はそれこそ無邪気《むじゃき》な子供のように語り始めた。

「セルティが居るなら、僕は他に何も要《い》らないんだ。他の人を憎《にく》んだりする時間も惜《お》しいと思ってるよ。だから、鯨木《くじらぎ》さんとこうして笑って話していられるのも、セルティのおかげかな」

軽く目を伏せた後、再び顔をあげ、鯨木の目を真《ま》っ直《す》ぐに見つめながら答える。

「君が好きになってくれた今の僕は、セルティがいるから存在できるんだ」

その言葉は、自分自身《じしん》に言い聞かせているようでもあった。

「だから……ごめん。鯨木さんの気持ちには応《こた》えられない」

「……」

鯨木は暫《しば》し目を瞑《つむ》った後、軽く息を吐いて口を開く。

「了解《りょうかい》しました。その答えをハッキリ聞けただけで、満足です」

彼女は相変わらず無《む》表情だったが、そんな彼女に、新羅《しんら》は真面目《まじめ》な顔で言った。

「会ったばかりでこんな事を言うのも変ですけど……。鯨木さんは不思議《ふしぎ》な人だと思います。悪人で、不器用《ぶきよう》で、それなのに妙《みよう》に真《ま》っ直《す》ぐで、浮世《うきよ》離《ばな》れしてる自分を変えようと努力してる」

「何を、おっしゃりたいんですか？」

「鯨木さんは、セルティほどじゃないけど、充分に魅力的《みりょくてき》だって事ですよ。フった僕が言うのもなんだけど、セルティがこの世にいなかったら、僕はあなたに恋していたかもしれない」

少しの間を置いて、鯨木が尋《たず》ねる。

「もしかして、私は慰《なぐさ》められているのでしょうか」

しかし、新羅は首を振った。

「そんな器用な真似《まね》、僕にはできませんよ」

そして、ゆっくりと鯨木に歩み寄る。

「僕が鯨木さんにできる事は、一つだけです」

「……なんでしょう？」

「証明《しょうめい》する事ですよ」

「……？」

首を傾《かし》げる鯨木に、新羅は身体《からだ》を伸ばし、全身の怪我《けが》の痛みに耐えながら、堂々《どうどう》とした態度で言った。

「僕みたいなどうしようもない程《ほど》に平凡《へいぼん》な人間と、世界一素敵《すてき》な首無《くびな》しライダー。こんな釣《つ》り合わない二人でも、ちゃんとお互いに愛し合えるって事を、証明します」

「……」

「だから、鯨木さんにもきっといい人が見つかりますよ。それまでは……家族とか、近しい人とか、自分自身《じしん》でもいいから、誰《だれ》かを大事《だいじ》にしてあげて下さい」

優しく微笑《ほほえ》みながらそう言った新羅に対し、鯨木は暫し沈黙《ちんもく》した後――

「……貴方は、酷《ひど》い人ですね」

口元《くちもと》に、僅《わず》かな笑《え》みを浮かべて言葉を紡《つむ》ぐ。

「フラれた後に、もっと好きにさせるなんて」

♂♀

渡草《とぐさ》のバン

「左のビルの方から聞こえたと思うんだが……高速に音が跳《は》ね返ってるとすると、正確な場所はわからねえな……」

渡草はそんな事を言い、フロントガラスから街のビルを見上げ続ける。

数十メートル前に暴走族《ぼうそうぞく》のバイクが集結《しゆうけつ》しており、もはや車道《しやどう》が占拠《せんきよ》されてしまっている状態だ。当然ながら車は動かなくなり、暴走族の集会に気付いた無数《むすう》の車が、必死《ひつし》に横道《よこみち》へと逃《のが》れようとしている状態だ。

「それで狩沢《かりさわ》、そのホストみてえな髪型《かみがた》の奴《やつ》は、間違い無く露西亜《ロシア》寿司《ずし》の前にいたんだな？」

「うん、間違いないよ。春奈《はるな》ちゃんも一緒《いつしよ》だった」

「……」

狩沢の言葉を聞いて、杏里《あんり》は太股《ふともも》の上に手を置き、服の裾《すそ》をキュッと摑《つか》む。

竜ケ峰帝人《りゅうがみねみかど》と紀田正臣《きだまさおみ》。

折原臨也《おりはらいざや》は彼らについて『火の点《つ》いたロープの上に立っている』と言っていた。

そこに那須島《なすじま》の脅迫《きょうはく》が加わり、全貌《ぜんぼう》が見えない杏里は強い不安と戦い続けている。

「これ、もう降りて走った方が早くないですか」

「うーん、でも、本当にダラーズの初《はつ》集会の時ぐらい人が集まってたから……」

誠二《せいじ》と狩沢がそんな事を話しているのを、渡草が聞いていると――

車道の真《ま》ん中《なか》を歩き、渋滞中《じゅうたいちゅう》の車の間を縫《ぬ》ってこちらに近づいて来る人影《ひとかげ》に気が付いた。

怪我《けが》でもしているのか、ぎこちない動きをしている。

――なんだ？

――あれ？　あいつ……どっかで見たような……。

渡草が眉《まゆ》を顰《ひそ》めた次の瞬間《しゅんかん》、その人影が突然《とつぜん》ハンマーを振り上げ、尋常《じんじょう》ならざる勢いで車のフロントガラスに振り下ろした。

「なッ……」

派手《はで》な音を立てフロントガラスに蜘蛛《くも》の巣状《すじょう》のヒビが走り、運転席《せき》の視界《しかい》が白く染まる。

続いて、二度、三度と衝撃音《しょうげきおん》が響《ひび》き、ガラスのあちこちが勢い良く割れ落ちた。

「て、てめぇええ！」

渡草が激昂《げっこう》して人影に叫ぶ。

そのままアクセルを踏んで、相手を轢《ひ》き殺しかねない勢いだ。

「待て、渡草《とぐさ》！」

助手席《せき》からの門田《かどた》の声に、渡草はギリギリの所で理性《りせい》を踏みとどまらせる。

一方の人影《ひとかげ》は、ニヘラと笑いながらバンの中の面子《メンツ》を見回した。

「ほっほおー……。美味《おい》しいねぇ……マジで美味しい面子が揃《そろ》ってやがんじゃねえか……あぁ？　てめえ、こんなとこで何やってんだよ、矢霧波江《やぎりなみえ》」

「泉井《いずみい》……」

波江が嫌《いや》そうな顔で呟《つぶや》くと同時に、車内に緊張《きんちょう》が走る。

「え？　泉井？　なんかイメチエンしてない……？」

狩沢《かりさわ》の言葉を受けて、門田が苦笑《にがわら》いしながら口を開いた。

「はッ……ムショに入ってる間に、随分《ずいぶん》と痩《や》せたじゃねえか。自慢《じまん》のリーゼントはどうした？」

門田の言葉を聞き、泉井の纏《まと》う空気の温度が一気に冷え込む。

「かあああどおおおたああああああ」

怨嗟《えんさ》の籠《こ》もった声を吐き出しながら、泉井はサングラスの奥から門田を睨《にら》み付けた。

「テメエ、跳《は》ねられたって聞いてたが、存外《ぞんがい》元気そうじゃあねえか……。なら、ぶっ殺してもかまわねえよなあ？」

全く前後で脈絡《みゃくらく》の無い事を言う泉井に、門田はシートベルトを外そうと手を伸ばす。

「おっと……誰《だれ》が動いていいっつったよ」

泉井はハンマーをビシリと門田に突きつけ、凶悪《きょうあく》な笑《え》みを顔面に貼《は》り付けた。

「今から、車の解体《かいたい》ショーなんだからよぉ、特等席《とくとうせき》で見ていけよ、なぁ？」

泉井がそう言うと同時に、他の車の陰から十人前後《ぜんご》のチンピラ達が姿《すがた》を現し、渡草のバンをグルリと取り囲む。

誰もが鉄パイプや金属《きんぞく》バット、スコップやツルハシなどを手にしており、どうやら本気《ほんき》でこの車を中身《なかみ》ごと解体しようとしているように感じられた。

「おい、女子供《おんなこども》も乗ってんだ、そいつらは降ろしてやれ」

欠片《かけら》も怯《おび》えぬまま睨《にら》み付ける門田に、泉井はケヒヤケヒヤと笑いながら首を振る。

「ばーか、俺がそういう事しねぇ奴だから、お前らは俺を裏切ったんだろ？　あぁ？」

「手前《てめえ》……」

眉間《みけん》に皺《しわ》を寄せる門田をよそに、泉井はワゴンの最後尾《さいこうび》に目を向けた。

「さぁて、遊馬崎《ゆまさき》、手前も覚悟《かくご》……あん？　遊馬崎がいねぇな……」

眉《まゆ》を顰《ひそ》めた泉井は、後部座席《ざせき》に一人の少女の顔を見つける。

「あぁ……？」

そして、泉井はカパア、と口を大きく広げ、一際《ひときわ》凶悪に嗤《わら》う。

「はは……ハハハハハハ！　てめえ……紀田正臣《きだまさおみ》の彼女かぁ？　なるほどなるほど、門田に助けられて、そのままずっと連《つる》んでたってわけかよ！」

「……」

沙樹《さき》は押し黙《だま》ったまま口を噤《つぐ》み、じっと泉井《いずみい》を見つめている。

実際は今日《きょう》再会したばかりなのだが、特に何かが変わるわけでもないので否定しない。

「なんなら、俺《おれ》がやられたみたいに、車の中に火炎瓶《かえんびん》を投げ込んでやろうか？　あぁ？」

自分のトラウマを棚《たな》に上げ、楽しげに嗤《わら》う泉井。

「別れた後にすぐ招　集《しょうしゅう》たあ、どういうつもりかと思ったがよ、ここで手前《てめえ》らに再会できるとはな！　運命《うんめい》を感じるぜ！　帝人《みかど》の奴《やつ》に感謝だ！」

「……」

「……」

「……」

「……？」

ワゴン車の中にいた面々《めんめん》が、美香《みか》と波江《なみえ》の二人を除き、一斉《いっせい》に固まる。

「お前……今、何て言った？　誰《だれ》に、感謝だって？」

門田《かどた》の呻《うめ》くような問いに、泉井は言った。

「おっと、お前らは知らねえんだったか？」

わざとらしく肩を竦《すく》めようとし、千景《ちかげ》にやられた胸　骨《きょうこつ》が軋《きし》んで顔を顰《しか》める泉井。

しかし彼はすぐに表情を戻すと、目の前にいる面子《メンツ》に楽しげに言った。

「ブルースクウェアのリーダーは、もう俺じゃねぇ」

「なに？」

「……お前らのお友達の竜ヶ峰帝人《りゅうがみねみかど》君が、今の俺達のボスだよ！　ヒャハハハハハ！」

♂♀

雑居《ざっきょ》ビル　屋上

銃声《じゅうせい》が轟《とどろ》いた後の、硝煙《しょうえん》の臭《にお》いが残る空間。

その中心にいた二人は、暫《しば》し動かなかった。

「……」

帝人が握る拳銃《けんじゅう》の銃口《じゅうこう》からは、まだ煙が僅《わず》かに立ち上っている。

僅かに銃弾《じゅうだん》が掠《かす》ったのか、それとも衝撃波《しょうげきは》によるものか、正臣《まさおみ》の頬《ほお》が少し斬《き》れて血が滲《にじ》んでいた。

銃声は鼓膜《こまく》へとダイレクトに飛び込み、轟音《ごうおん》の残響《ざんきょう》が頭の中を暴《あば》れ回っている。

それは帝人《みかど》も同じようで、暫《しばら》く二人は動くことも、会話を交わす事もしなかった。

会話はともかく、動く事ができなかったのは、互いに膠着《こうちゃく》状態だったからなのだが。

「……」

「……」

先刻《せんこく》、帝人が発砲《はっぽう》する直前——

正臣《まさおみ》は、バネ仕《じ》掛《か》けの人形《にんぎょう》のような勢いで地を蹴《け》り、帝人に向かって突進《とっしん》した。

松葉杖《まつばづえ》も捨て、殆《ほと》んど片足だけでの跳躍《ちょうやく》である。

泉井《いずみい》に割られた膝《ひざ》が、ギプス越しに軋《きし》みをあげた。

麻酔《ますい》で痛みは和らいでいるが、それでも衝撃《しょうげき》が脊髄《せきずい》を走り抜け、正臣の脳《のう》で暴《あば》れ回る。

正臣はそのすべてを腹の奥に押し込み、左手で帝人の右手《みぎて》首《くび》をガシリと握りこんだ。

その衝動《しょうどう》で引《ひ》き金《がね》が絞《しぼ》られ、正臣の顔面の横を一発の銃弾《じゅうだん》が通り過ぎ、現在に至る。

二人はその体勢《たいせい》のまま、数十秒硬直《こうちょく》した。

今の無謀《むぼう》とも言える片足での跳躍が成功したのは、半分は運が良かったが、もう半分は、別の要素が働いている。

帝人には、ある隙《すき》が生まれていた。

それまで片手で構えていた銃を、両手で構える為《ため》に左手を添えようと動かし始めたのである。

正臣はその一瞬《いっしゅん》の間に詰め寄り、無事《ぶじ》に帝人の右腕《うで》を摑《つか》む事に成功したのだ。

帝人の右腕は弱々しく、本気《ほんき》で力を籠《こ》めれば折れてしまいそうに思える。

——くそ……。

——喧嘩《けんか》なんざやるようなガタイじゃねえだろ、馬鹿野郎《ばかやろう》。

正臣は自分の身体《からだ》から響《ひび》く痛みではなく、帝人をここまで追い詰めてしまった己《おのれ》への怒りに歯を食いしばる。

そして、聴力《ちょうりょく》が互いに回復した頃《ころ》——右手を押さえ込まれたまま、帝人が口を開いた。

「ビックリしたよ。いきなり走ってくるなんて」

「……お前、銃の撃《う》ち方とか、ネットで調べただろ？」

「え？」

「生真面目《きまじめ》な帝人なら、両手で構えて撃つと思ったよ」

ある意味、帝人の性格を良く知っていたからこそできた賭《か》け。

「そっか……やっぱり正臣は凄《すご》いなあ」

帝人はそう言って笑い、空《あ》いた左手で正臣を突き放そうとした。

正臣は粘着《ねんちゃく》テープと包帯《ほうたい》で固定した右手を動かし、腕の力だけで帝人の手を軽く払いのけ、そのまま帝人の顔面に頭突《ずつ》きを叩《たた》き込む。

「ッ！」

帝人《みかど》がふらついた機を逃《のが》さず、正臣《まさおみ》はそのまま帝人に足をかけ、屋上に転ばせた。

その際に帝人の右手首《みぎ》を捻《ひね》りあげ、拳銃《けんじゅう》を落とさせる。

正臣は床に転がった拳銃を、ギプスを装着《そうちゃく》した方の足で不器用《ぶきよう》に蹴《け》りとばした。

カラカラと音を立て、屋上の隅《すみ》に転がっていく拳銃。

次の瞬間《しゅんかん》、正臣は帝人に馬乗《うまの》りとなり、間髪《かんはつ》入れずに帝人の顔面を殴《なぐ》りつけた。

指が砕《くだ》け、ガチガチに固定してある右拳《こぶし》。

その壊《こわ》れた拳で、敢《あ》えて正臣は帝人を殴《なぐ》った。

もはや痛み止めの許容範囲《きょようはんい》を超え、骨がズレる感覚が激痛《げきつう》を伴って正臣に襲《おそ》いかかる。

それでも、再び一度、更《さら》に一度、帝人を殴《なぐ》り続ける。

「馬鹿野郎《ばかやろう》……帝人ぉ！　この馬鹿野郎！」

目に涙を滲《にじ》ませながら、正臣は左手で帝人の襟首《えりくび》を掴《つか》み上げた。

「俺達《おれ》の帰る場所だと？　お前が帰って来られなくなってどうすんだよ！」

「……」

「逃げちまってた俺はともかく、杏里《あんり》はちゃんとこの街にいるだろ！」

正臣は、今はこの場にいない少女の名を口にし、叫ぶ。

「俺みたいな薄情者《はくじょうもの》の事なんざ忘れちまっても構わねえよ！　だけどな、お前が杏里に悲しい想《おも》いさせたら駄目《だめ》だろうがよ……！」

そんな正臣の叫びに、殴られて顔のあちこちを腫《は》らし、口からも血を滴《したた》らせている帝人は——

切れた唇《くちびる》を動かし、それでも笑った。

「もう……僕一人《ひとり》が止まっても、ダラーズは止まらないんだよ」

それは喜びではなく——諦念《ていねん》の入り交じった微笑《ほほえ》み。

「だから、ダラーズはやっぱり消えなきゃいけないいんだ」

そして帝人は、自由だった左腕《うで》を動かし、自分のポケットから何かを取り出した。

「おい、何を」

まさかナイフか何かの類《たぐい》かと思い、正臣が目を向けた瞬間《しゅんかん》。

彼の足に、重く鋭い衝撃《しょうげき》が走り——

少し遅れて、今までに感じた事のないような熱と痛みが襲《おそ》いかかった。

♂♀

青崎《あおざき》の事務所

「どういうつもりだ、赤林《あかばやし》」

「いやぁ、悪巧《わるだく》みさ」

ヘラリと笑いながら、ドアの傍《そば》の壁に寄りかかる赤林《あかばやし》。

そんな彼を睨《にら》み付けながら、青崎《あおざき》は客室の椅子《いす》にドカリと腰を下ろす。

「悪巧みだと？」

「ああ、ダラーズを、どう料理するかっていうね」

「……チッ」

もう情報を手に入れたのかと、青崎は舌打《したう》ちする。

「こっちもこっちでダラーズを見張《みは》らせてたんだけどねぇ、帝人君《みかど》に、何か渡したんじゃあないのかい？」

「……。説明は俺《おれ》から組長《くみちょう》にする。手前《てめえ》に話す義理《ぎり》はねぇ」

「そう言うなよ、青崎の旦那《だんな》。ダラーズみたいな若造《わかぞう》どもの仕切りは、俺の管轄《かんかつ》だろ？　なら、この暴走《ぼうそう》を許し続けてちゃ、俺の沽券《こけん》にも関わるんでね」

「手前がそんなもんに拘《こだわ》るとは意外《いがい》だな」

何事もない会話のように聞こえるが、同じ室内にいた青崎の部下達《ぶかたち》は、二人の言葉の端々《はしばし》から感じる圧力に冷《ひ》や汗《あせ》を滲《にじ》ませていた。

なにしろ、『粟楠《あわくす》の赤鬼《あかおに》と青鬼《あおおに》』と呼ばれる武闘派《ぶとうは》の二人が揃《そろ》っている状況だ。しかも、仲良く談笑《だんしょう》という雰囲気《ふんいき》でもない。

「まあまあ、青崎の旦那。俺は喧嘩《けんか》しに来たわけじゃあねえんだ」

己《おのれ》の武器《ぶき》でもある杖《つえ》をカツリと床にこすらせ、赤林は笑いながら言う。

「ダラーズの処分《しょぶん》、俺に預けちゃあくれねえか？」

「……何を馬鹿《ばか》なこと言ってやがる」

「青崎さんの考えはこうだろ？　今回の件で竜ヶ峰《りゅうがみね》帝人をどこかに消しちまって、、、、、、、、後釜《あとがま》には組の息が掛かった小僧《こぞう》を座らせる。元々リーダーが誰《だれ》かなんてウヤムヤな組織《そしき》だ。ダラーズの中での最大勢力《せいりょく》、ブルースクウェアさえ抑えちまえば、あとはシノギに使い放題《ほうだい》だ」

「なんの事かわからねえな」

堂々《どうどう》と惚《とぼ》けた言葉を口にする青崎に、赤林は続けた。

「まあ、俺の縄張《なわば》りを荒らした、って言う気はねえよ。俺の仕事はあくまで、若い連中《れんちゅう》の監視《かんし》だ。そいつらを支配する事じゃあねえ。薬とか、未成年《みせいねん》の売春《ウリ》にさえ手ぇださなきゃ、これといって文句《もんく》はねえさ。ただ、今回ばかりは、俺に一任《いちにん》してくんねえかなぁ」

「手前が庇《かば》うような相手か？」

「……それこそ、旦那に話す義理はねえさ」

「……」

青崎は暫《しば》し考え、首を横に振った。

「駄目《だめ》だな。確かに、シノギを第一に考えりゃ、小僧一人無視《むし》してやってもいいが……あの小僧は、組長《くみちょう》の顔に泥《どろ》を塗《ぬ》った。それは見逃《みのが》すわけにはいかねえ。小僧《こぞう》の命乞《いのちご》いがしたきゃ、組長の所にいくんだな」

赤林《あかばやし》は溜息《ためいき》を吐《つ》く。

組長に頼めば、確かに帝人《みかど》の命は助かるかもしれない。だが、竜ケ峰《りゅうがみね》帝人という名前を組長や他の幹部《かんぶ》達《たち》に覚えさせるわけにも行かなかった。

どうにも、あの少年は杏里《あんり》と深く関わり過ぎているようだ。まだ恋愛《れんあい》関係というわけではなさそうだが、チャットルームに『罪歌《さいか》』の事も示唆《しさ》されていた以上、園原《そのはら》杏里という少女は『一大勢力《いちだいせいりょく》』となりえる。

帝人を探す、もしくは救う為《ため》に動き出し、杏里が粟楠会《あわくすかい》そのものを敵に回すという事態《じたい》は考えたくもなかった。

そんな想《おも》いを隠《かく》しながら、赤林は青崎《あおざき》に言う。

「あんたも古いタイプだねぇ。四木《しき》や風本《かざもと》に笑われるぜ?」

「笑わせとけ。他の生き方ができる程《ほど》に器用《きよう》じゃねえんだ」

「俺《おれ》だってそうさ」

「丸くなった野郎《やろう》が何を言ってやがる。とにかく、あのガキが組長の家を弾《はじ》いた以上……」

そこまで言った所で、事務所の奥にいた部下《ぶか》が顔を出し、青崎に近づいた。

「青崎さん、宜《よろ》しいですか」

「？ なんだ」

真剣な顔の部下が、青崎に耳打《みみう》ちをする。

すると、青崎は眉《まゆ》を顰《ひそ》め――

暫《しばら》く考え込んだあと、鼻で笑いながら赤林に言った。

「どうやら、俺たちゃ揃《そろ》って無駄《むだ》な心配してたらしい」

「？」

「仮に、ダラーズのボスに俺が拳銃《けんじゅう》を流したとするぜ」

あくまでも惚《とぼ》けながら、青崎は言葉を続ける。

「警察の中の『お友達』から連絡《れんらく》あったらしいんだが……」

「組長の家と警察署《しょ》を弾いたのは、俺が扱ってるもんより、もっ、、、、、と口径の小さい、、、、銃、、、、だとよ」

♂♀

雑居《ざっきょ》ビル　屋上

「なッ……ぐあああああッ！」

最初正臣《まさおみ》は、太股《ふともも》をナイフか千枚通《せんまいどお》しで抉《えぐ》られたのかと思った。

だが、耳がおかしい事に気付き、正臣は理解する。

足に衝撃《しょうげき》が走ったのと同時に、自分は先刻《せんこく》よりも幾分《いくぶん》小さい銃声《じゅうせい》を聞いていたという事に。

目を向けると、ズボンの太股《ふともも》に小さな穴《あな》が穿《うが》たれ、周囲に赤い血が滲《にじ》み出している。

その穴の奥で、『熱』が意志《いし》を持って、太股の中で暴《あば》れているかのようだった。

「がッ……あぁ……」

正臣の鼻腔《びこう》に、血の臭《にお》いと――それを上回る、真新《まあたら》しい硝煙《しょうえん》の臭いが満ちる。

脂汗《あぶらあせ》が全身に噴《ふ》き出すのを感じながら、正臣は血の流れている部分を押さえようとする。

そのタイミングで帝人《みかど》が身体《からだ》を捻《ひね》った為《ため》、正臣は姿勢《しせい》を制御《せいぎょ》しきれず、横に倒れてしまった。

「みか……ど……」

痛みに呻《うめ》きながら、正臣は立ち上がった帝人に目を向ける。

薄煙《うすけむり》の中に浮かぶ、彼の右手の中には、奇妙《きみょう》な物が握られていた。

それは――一見《いっけん》すると、メリケンサックのようにも見える。

「昔、アメリカのテロリストが使ってたんだって。ええと……名前は忘れちゃったけど……」

帝人の左手《て》の平《ひら》に収まるそれは――不気味《ぶきみ》な形をした、小型の装置《そうち》だった。

拳《こぶし》に収まり銃弾《じゅうだん》を撃《う》つ、という意味で、それは拳銃《けんじゅう》と呼んでも良かったのかもしれない。

「HFM……って言うんだって。ハンド……なんだったかな」

青アザが腫《は》れ、帝人の右目《め》は殆《ほとん》ど見えていないだろう。

「さっき、二発撃ったって言ったよね」

それでも、帝人は笑っていた。

「こっちの方を、試《ため》し撃ちしておきたかったんだ」

寂しそうな笑顔で正臣を見下ろしながら、世間話《せけんばなし》のように話し続ける。

二丁目の銃という、完全に正臣の予想の範囲外《はんいがい》だった代物《しろもの》を握りしめながら。

「ネットでも、狙《ねら》いの付け方とか書いてなかったからさ」

♂♀

露西亜《ロシア》寿司《ずし》前《まえ》
遠くから再び銃声《じゅうせい》が聞こえ、四十万《しじま》はビクリと身体《からだ》を震わせた。
正確には、先刻《せんこく》のものよりだいぶ音は小さいのだが、四十万にその比較《ひかく》はできない。
冷静にそんな事を考えられる状態ではなかった。
——まさか。

――本当に使ってるってのか？

――あの、竜ケ峰《りゆうがみね》って小僧《こぞう》……。

那須島《なすじま》から『帝人《みかど》に渡せ』と指示《しじ》されていた、一丁《いっちょう》の拳銃《けんじゆう》。

正確には、拳銃のようなもの。

「鯨木《くじらぎ》の倉庫《そうこ》から拝借《はいしやく》してきた」

「事務所からものを借りるのは得意でな」

「色んなメーカーが作った、握り込むタイプの隠《かく》し銃の一つだとさ。そいつはその中でも、アメリカのテロリストが作った奴《やつ》の改良品《かいりようひん》らしい。両手を使えばそのまま撃《う》てるし、片手だと、握り締めたまま拳《こぶし》を相手に押しつければ、弾丸《だんがん》が発射《はつしゃ》されるんだと」

スパイ映画で見かけるような銃器《じゆうき》だった。

世界にはレモンや煙草《たばこ》、携帯《けいたい》電話に仕込んだ隠《かく》し銃などもあるらしいので、それがある事自体《じたい》に四十万《しじま》は別段《べつだん》驚かない。

ただ、『護身《ごしん》の為《ため》にこんなものまで買ってしまった。怖《こわ》くて持てないから、預かっていて欲しい。信頼《しんらい》の証《あかし》だと思って受け取ってくれ』と言って帝人に差し出した時、まさか、笑顔のまま受け取るとは思っていなかった。

オモチャと勘違《かんちが》いしているわけでもなさそうで、その時点で四十万は、あの竜ケ峰という少年も異常な人間だと気付いていたのである。

――くそ、マジか。あれで誰《だれ》か撃ったんだとしたら、本当にダラーズはヤバい事になる。

　那須島は、警察も適度《てきど》に赤目《あかめ》にして操《あやつ》り、適当な人間を逮捕《たいほ》させつつダラーズの恐ろしさを煽《あお》ると言っていたが、本当に大丈夫《だいじょうぶ》なのだろうか。

「那須島さん、多分《たぶん》竜ヶ峰が銃を……」

　取りあえず相談しようと彼の方を見た四十万は、そこで思わず言葉を止めた。

　那須島は顔を真《ま》っ青《さお》にしており、ガチガチと震えながら60階通りの方を見つめている。

「……那須島さん？」

　四十万の言葉には答《こた》えず、那須島は脂汗《あぶらあせ》を掻《か》きながら親指《おやゆび》の爪《つめ》を噛《か》み始めた。

「ば、ばば、ばッ、ばッ……馬鹿《ばか》、馬鹿野郎《やろう》、あいッ……あいつは、りゅ、りゅる、留置所《りゅうちじょ》じゃ、無かったのかよ！」

　全身の震えは唇《くちびる》にまで伝染《でんせん》し、ろれつもろくに回っていない。

　彼の視線の先にいるのは、髪《かみ》を金色《きんいろ》に染めた一人の男。

　先刻轟音《せんこくごうおん》がした時、バイクが転がっているのを見た四十万は、間抜《まぬ》けな暴走族《ぼうそうぞく》が事故を起こしただけだと思っていた。

　しかし、那須島は理解していたのだ。

　自分を破滅《はめつ》に追いやる、死神《しにがみ》がここに現れたのだと。

「も、もう時間がねえ！　早く！　早くその寿司屋《すしや》の入口でも窓でもぶち破れ！　あ、あの眼《め》鏡《が》ドレッドを今すぐに支配しろおあ！」

もはや先刻《せんこく》までの冷静さと余裕《よゆう》は欠片《かけら》も無い那須島《なすじま》の号令《ごうれい》によって――

店の周辺にいた『罪歌憑《さいかつ》き』達が、一斉《いっせい》に露西亜《ロシア》寿司へと殺到《さっとう》した。

♂♀

ハンズ側　交差点《こうさてん》

東急《とうきゅう》ハンズから見て左斜《ひだりなな》め前にある、60階通りと露西亜寿司の通りが交わる交差点。

無言《むごん》のままその交差点の中心に立つ臨也《いざや》に、静雄《しずお》が一歩、また一歩と歩を進める。

「あ、あれが平和島《へいわじま》静雄か……」

「やべえ、都市伝説《でんせつ》じゃなかったのかよ」

「マジで、バイク投げたのかあれ……」

「自販機《じはんき》引き摺《ず》ってるぞおい……」

千景《ちかげ》を倒そうと憤《いきどお》っていたチンピラ達が、冷《ひ》や水《みず》を浴びせられたかのように静《しず》まり返った。

「こ、こいつをぶっ倒せば、俺《おれ》らが最強《さいきょう》って事じゃねえかよ……」

熱に浮かされた者の一人が、金属《きんぞく》バットを振りかぶり、静雄へと襲《おそ》いかかる。

しかし――

グシャリ、と音がしたかと思うと、静雄の頭に当たったバットの方が折れ潰れてしまった。

「あ、あ、あひ、あひあぁあぁあッ⁉」

紙筒《かみづつ》の様《よう》に折れ曲がったバットを握ったまま、チンピラは腰を抜かして失禁《しっきん》する。

ザワリ、と空気が震え、暴走族《ぼうそうぞく》達は無意識《むいしき》のうちに身を引き、暴徒《ぼうと》の群の合間《あいま》に道ができた。

だが、静雄はそんなチンピラ達には目もくれず、ただ、一歩一歩足《あし》を踏みしめ――

そして、折原《おりはら》臨也の前に辿《たど》り着く。

千景は静雄に何か声をかけようとしたが、彼の目を見て思いとどまった。

生半可《なまはんか》な覚悟《かくご》で触れてはならない状態だと気が付いたのである。

一方、折原臨也は、その間《かん》一度も逃げだそうとしなかった。

ナイフを手の中で弄《もてあそ》びながら、静雄の殺意《さつい》を正面から受け止める。


この時――二人が真正面《ましようめん》から向き合ったのは、ほんの数秒だった。

しかし、周りに居た者達にとって、実に長い時間に感じられた。

静雄と臨也を知る者達も、知らない者達も、皆一様《みないちよう》に息を呑《の》む。

あの黒服《くろふく》の男が、どうやらバーテン服の怪物《かいぶつ》に挑《いど》むらしい。

平和島静雄《へいわじましずお》の圧倒的《あっとうてき》な力が、どのように振るわれるのか。

そして、その一撃《いちげき》を喰らった者がどのような事になってしまうのか。

予想される惨劇《さんげき》を前に、チンピラ達も、千景《ちかげ》やブルースクウェアの面々《めんめん》も、黒沼青葉《くろぬまあおば》さえも、自分達《たち》が今している事を忘れ、その先に待ち受ける光景《こうけい》を固唾《かたず》を呑《の》んで見守った。

罪歌憑《さいかつ》きの集団は、反応が大きく二つに分かれていた。

那須島《なすじま》を『母』とするグループは、平和島静雄という『強い人間』の登場に色めきたち——春奈《はるな》を『母』とするグループは、リッパーナイトの夜の影響《えいきょう》が『罪歌』そのものに伝播《でんぱ》しているようで、静雄に対して明確な恐怖《きょうふ》を抱く。

静雄を怖《おそ》れる那須島と、静雄を怖れない春奈とは全く逆の性質が『子』に受け継《つ》がれ、それまで統制《とうせい》して様子《ようす》を見ていた罪歌憑き達の足並みが崩《くず》れ始めた。


「……………」

「……………」


臨也《いざや》と静雄が、僅《わず》か2メートルほどの距離に縮まり、静雄はそこで一度《いちど》完全に足を止める。

互いに一歩で届く距離。

二人の目が合った。

そして、次の瞬間《しゅんかん》。

静雄は引き摺《ず》っていた自販機《じはんき》を、居合《いあ》い斬《ぎ》りの速度で縦《たて》に振り抜き——

池袋《いけぶくろ》の街を、壮絶《そうぜつ》な破壊音《はかいおん》が支配した。

♂♀

渡草《とぐさ》のバン

時間は、ほんの僅かに遡《さかのぼ》る。

静雄と臨也の激突《げきとつ》が始まる数十秒前《まえ》。

杏里《あんり》は、バンの前で笑う男の言葉を聞き、全身を強ばらせた。

「今……あの人……なんて言ったんですか？」

竜ケ峰帝人《りゅうがみねみかど》。

何故《なぜ》ここでその名前が出るのか。

目の前の男は、那須島の仲間なのだろうか？

様々《さまざま》な想《おも》いが渦巻《うずま》く中——割れたフロントガラスの穴から舞い込んだ破裂音《はれつおん》が、彼女の意識《いしき》を呼び戻す。

——また、さっきの音……！

——少し違う気もするけど……。

帝人《みかど》の名前が出た事も相《あい》まって、心の中で急速に不安が膨《ふく》れあがる杏里《あんり》。

それを抑え込みながら、彼女は静かに覚悟《かくご》を決める。

目の前の男達を罪歌《さいか》で支配し、できる限りの事を吐かせようと。

だが——

そんな彼女の視界《しかい》に、眩《まばゆ》い光が飛び込んでくる。


「ま、俺《おれ》も竜ヶ峰《りゅうがみね》が今なにしてんのか知らねえけどな……ん……？」

その『光』が生じる数秒前《まえ》、泉井《いずみい》は見た。

歩道に立つ優男《やさおとこ》が、背中のリュックから何かを取り出している姿《すがた》を。

「……あれは……遊馬崎《ゆまさき》か!?」

何故《なぜ》バンの外にいるのか解《わか》らず、仲間達《たち》の何人かを差し向けようと指をさす。

「おい、アイツを……あん？」

泉井は、そこで気が付いた。

遊馬崎がリュックの中から取りだしたのは、一本の消火器《しょうかき》だったという事に。

——消火器？　——なんでアイツが？

――火。

――消火。

――目眩《めくら》まし？

――違う。

――遊馬崎が？

様々《さまざま》な思いや過去の光景《こうけい》がフラッシュバックし、泉井は一つの答えに思い至る。

「遊馬崎ぃ！　手前《てめえ》ッ……」

叫ぶと同時に、遊馬崎は消火器の先を渡草《とぐさ》のバンに向ける。

そして――

「いくっすよー！　必殺《ひっさつ》、俺式魔女狩りの王《イノケンティウス》！」

奇妙《きみよう》なかけ声と同時に、遊馬崎の持つ消火器の先から業炎《ごうえん》が巻き起こる。

遊馬崎手製《てせい》の、消火器を改造《かいぞう》して作り上げた火炎放射器《かえんほうしやき》の炎《ほのお》だ。

炎は煌々《こうこう》と周囲を照らしながら、想像《そうぞう》以上の飛距離《ひきより》で歩道から渡草のバンへと迫る。

「うああ!?」「ちょ、マジか!?」

ツルハシや鉄パイプを持っていたチンピラ達にとっても、全く予想外《がい》の状況だった。

炎から逃《のが》れる為《ため》に、慌《あわ》ててバンの周囲から逃げ出す面々《めんめん》。

流石《さすが》にそうした者達に狙《ねら》いを付けて焼き殺すまではしなかったが、遊馬崎は脅《おど》すように少しずつ炎《ほのお》を放ち、バンの片側からチンピラ達を追い払った。

「ゆ、ゆま……さき……、てめえええぇ！」

一方、炎にトラウマを持つ泉井《いずみい》は、ハンマーを握《にぎ》り締《し》めたまま手近《てぢか》な車の陰に身を隠《かく》す。

「今っすよ！　早く車の外に！」

遊馬崎《ゆまさき》の声に反応し、門田達《かどたたち》は一斉《いっせい》にバンの左側から外へと飛び出した。

運転席《せき》にいた渡草《とぐさ》だけは時間が掛かったが、なんとか全員が車を降りる事に成功する。

「手前《てめえ》……門田ぁ！　逃げる気かぁ！」

遊馬崎の火炎放射器《かえんほうしゃき》を警戒《けいかい》しながら、別の車の陰から泉井が叫んだ。

周囲の車の運転手達《たち》は遊馬崎の炎を見て我先《われさき》にと車から逃げ出しており、悲鳴と喧噪《けんそう》が周囲を支配する。

そんな状況の中、動くのがやっとの筈《はず》の門田が、直立しながら背後の杏里《あんり》達に言った。

「おい、ここは俺《おれ》らに任せて、嬢《じょう》ちゃん達は逃げろ」

門田の言葉に合わせて、狩沢《かりさわ》と渡草、遊馬崎の四人がチンピラ達の前に立ち塞《ふさ》がる。

「で、でも……！」

「いいから、ここは大人《おとな》に任せておけよ」

渡草が笑いながら言い、遊馬崎が楽しそうに続けた。

「つくー！　一度言ってみたかったんすよねぇ！　『ここは、俺に任せて先に行け』……って！」

「あはは、死亡フラグじゃんそれ」

目の前に大量の『敵』がいるというのに、狩沢もまた、笑顔を浮かべている。

戸惑《とまど》う杏里に、門田が続けた。

「こいつは、いい歳《とし》してまだバカな真似《まね》してる連中同士《れんちゆうどうし》の小競《こぜ》り合いだ。それに混じって、お前らでまバカになるこたねえ」

そして、美香《みか》を守るように立っていた誠二《せいじ》にも告げる。

「おい、お前も彼女連れて逃げろ、ちゃんと、護《まも》ってやれよ」

門田の言葉に、誠二は自分もここに残って闘《たたか》おうか迷ったが——背後に立つ美香と、それを睨《にら》み付けている波江《なみえ》を見た。

——……姉《ねえ》さんに『美香を頼む』って言っても……無理《むり》だろうな。

彼女達だけ逃がした場合、また波江が美香を襲《おそ》うに決まっている。

そして、不本意《ふほんい》ながらも、美香を守る為《ため》にこの場を離れる事を決意した。

「……はい。ありがとうございます」

「礼《れい》なんか言うな。言ったろ、俺達はただ、バカ同士の喧嘩《けんか》をするだけだ」

そう言いながら、迫ってくるチンピラの一人を殴《なぐ》り倒す門田。

絶対安静《あんせい》の人間とは思えぬパンチに、周囲の者達は怯《ひる》んだ。

そして、その隙《すき》をついて、門田は沙樹《さき》にも声をかける。

「紀田《きだ》の奴《やつ》は意外《いがい》と心が弱いからよ……会えたらちゃんと慰《なぐさ》めてやんな」

「……はい！」

沙樹《さき》は力強く頷《うなず》くと、杏里《あんり》の手をそっと握る。

「行こう、杏里ちゃん」

「……でも」

杏里は迷った。

罪歌《さいか》の力を使えば、この面々など簡単に斬《き》り伏せ、『罪歌憑《つ》き』にする事ができる。

しかし、それを察した門田《かどた》が釘《くぎ》を刺《さ》した。

「こいつらは、嬢《じよう》ちゃんが背負《せお》う価値《かち》もねえよ」

「……ッ！」

「いいから行け！　嬢ちゃんなりのやり方で、帝人《みかど》を守ってやれ！」

「門田さん……」

杏里はきゅっと唇《くちびる》を噛《か》み、力強く頭を下げる。

そして、そのまま沙樹と共に歩道へと駆《か》け出した。

「あッ、待てこのアマ……」

チンピラがそれを追おうとした所に、渡草《とぐさ》の回し蹴《げ》りが叩《たた》き込まれる。

「がはッ……」

「手前《てめえ》ら……俺《おれ》の車に傷つけて、ただで済むと思ってねぇよなぁ……？」

そして、この場所でも騒乱《そうらん》が幕《まく》を開ける。

池袋《いけぶくろ》の街の中で次々と起こる争い。

それはまるで、連鎖《れんさ》式の花火《はなび》のようだった。

勢い良く弾《はじ》け、そして、儚《はかな》く消える為《ため》に——彼らはただ、熱くその身を燃やし続ける。

その身に、暗い影が迫るのにも気付かぬまま。

♂♀

雑居《ざっきょ》ビル　屋上

「帝人《みかど》……」

痛みに呻《うめ》きながら、地を這《は》う正臣《まさおみ》。

その目に映る帝人は、優しく微笑《ほほえ》みながら言った。

「大丈夫《だいじょうぶ》だよ、正臣。すぐに縛《しば》って救急車《きゅうきゅうしゃ》を呼べば助かると思う」

そして帝人は、正臣を見つめながら、独り言を呟き始める。

「……ああ、撃《う》てたんだね」

「……？」

「そっか、僕が、今、撃ったんだよね……紀田君《きだくん》を……」

「帝人《みかど》……？」

正臣《まさおみ》は、身体中《からだじゅう》の痛みに耐えながら、帝人の方を見続け——彼が、僅《わず》かに震えている事に気が付いた。

「僕は、どこまで非日常《ひ》を望んでるんだろうって思ってた。自分でも解《わか》らなかったよ。どこまで行ったら、何をすれば、僕は止まる事ができるんだろうって」

帝人はそのままゆっくりと歩き、屋上の隅《すみ》に転がっていた最初の拳銃《けんじゅう》を拾い上げる。

「でも、僕は……正臣に殴《なぐ》られても、止まれなかった。それどころか、僕は……正臣を撃った」

いつしか彼の顔から薄笑《うすわら》いは消えており、代わりに、深い悲しみの色が浮かび上がる。

「正臣まで撃てた僕は、きっと、僕の父《とう》さんや母《かあ》さんも撃てるんだと思う」

「おい……帝人？」

床を這《は》いながら尋《たず》ねる正臣の言葉が届いているのかいないのか、帝人は虚空《こくう》を見つめながら言葉を続けた。

「門田《かどた》さんや遊馬崎《ゆまさき》さんや狩沢《かりさわ》さんも、僕はきっと撃つんだろうね。岸谷《きしたに》さんも臨也《いざや》さんも静雄《お》さんも、張間《はりま》さんも矢霧《やぎり》君も、青葉《あおば》君も、滝口《たきぐち》君も、三好《みよし》君も……！」

親しい人々の名前を次々と並べ上げ、それにつれて語気《ごき》を強くしていく帝人。

それはまるで、自分自身《じしん》を責めているかのようだった。

しかし、その語気が不意《ふい》に弱くなる。

「ああ、そうだ、そうだよ正臣……。僕はきっと、自分の我《わ》が儘《まま》の為《ため》に……」

帝人はそこで一瞬《いっしゅんだま》黙りこみ、ゆっくりと、その名前を紡《つむ》ぎ出した。

「園原《そのはら》さんの事も、撃てるんだと思う」

僅《わず》かな明かりの中、正臣は、帝人が泣いている事に気付く。

そして、帝人は——

右手に握った最初の拳銃を、ゆっくりと自分のこめかみに向ける。

「!?　おい、帝人!?　どういうつもりだ!?」

帝人の唐突《とうとつ》な行動に、正臣は苦痛《くつう》すら吹き飛び、叫びかけた。

「冗談《じょうだん》だろ!　今日《きょう》の中で一番笑《わら》えねえぞ馬鹿野郎《ばかやろう》!」

渾身《こんしん》の叫びを聞きながら、帝人は言う。

「きっと……僕はもう、いちゃいけないんだ。僕はきっとこの先、もっと酷《ひど》いことを目指《めざ》して
……もっともっと、多くの人に迷惑《めいわく》をかけると思う」

目から涙を零《こぼ》しながら、帝人は先刻《せんこく》と同じような笑《え》みを浮かべる。

「だからさ、僕も、ダラーズと一緒《いっしょ》に消えるべきなんだ」

泣きながら笑う帝人《みかど》に、正臣《まさおみ》は怒りの声をあげた。

「おい、死んで逃げるなんて許すわけねえだろ！　あれだ、お前が死んだら、それはお前の意《い》志《し》じゃない！　お前はいいように操《あやつ》られてんだよ！　臨也《いざや》の糞野郎《くそやろう》のせいだ！　俺《おれ》は絶対にあいつに復讐《ふくしゅう》するぞ！　俺の人生をかけてでも、あいつを必ずぶち殺してやる！」

「……」

「だから、だからやめろよ帝人……俺にそんなくだらねえ人生送《おく》らせねえでくれよ……」

懇願《こんがん》の叫びと共に、正臣は包帯《ほうたい》の巻かれた右拳《こぶし》を地面に叩《たた》きつける。

激痛《げきつう》が走るが、それでも正臣は、帝人から目を逸《そ》らさなかった。

「……」

「……」

一瞬《いっしゅん》の静寂《せいじゃく》が、二人の間を包み込む。

帝人は一瞬だけ目を瞑《つむ》った後、悲しい声を、嬉《うれ》しそうな顔から吐き出した。

「ありがとう、正臣。……ごめん」

「みか……ど……？」

「こんな時だっていうのに……僕は少しだけワクワク、、、、、、、してるんだ……。死んだ後に、何かあるんじゃないかって。今まで見た事もない世界に行けるんじゃないかって」

帝人は銃口《じゅうこう》を自分のこめかみに強く押し当てながら、正臣を安堵《あんど》させるように笑う。

「セルティさんが……首無《くびな》しライダーがいるんだから、死んだ後の世界もあるかもしれない。……ううん、もしかしたら、僕自身《じしん》が首無しライダーみたいになれるかもしれない……」

ブツブツと呟《つぶや》いた後、改めて正臣に言った。

「そんな事を考える僕はやっぱり……まともじゃないんだと思う」

「おい……待て、やめろ！　お前はまともだ！　まともじゃねえのは、お前をこんなにしちまった俺達の方だろうがよ！」

必死《ひっし》の説得《せっとく》をしながら、帝人を止めようと全身の力を振り絞《しぼ》る。

なんとか立ち上がれそうな兆《きざ》しが見えたが——

それを察した帝人が、正臣を見ながら口を開いた。

「正臣……ごめん」

少年は、そのまま引《ひ》き金《がね》に指を掛け、躊躇《ためら》い無く引き絞る。

三度目《めど》の銃声《じゆうせい》が周囲に響《ひび》き渡り——

竜ケ峰《りゆうがみね》帝人の世界は、光すらない暗い影に包まれた。

♂♀

それは、正《まさ》しく『壮絶《そうぜつ》』と呼ぶに相応《ふさわ》しい殺し合いだった。

平和島静雄《へいわじましずお》と折原臨也《おりはらいざや》。

二人の身体《しんたい》能力には圧倒的《あっとうてき》な差がある。

今まで臨也が彼と対等《たいとう》のように扱われていたのは、基本的に彼が逃げに徹《てつ》し、その逃走劇《とうそうげき》を利用して静雄を攻撃《こうげき》してきたからだ。

ある時はトラックに跳《は》ねさせ、ある時は穴に落とし、ある時は粟楠会《あわくすかい》の抗争《こうそう》に巻き込んだりした事もある。

臨也がナイフで直接攻撃するのは主に先制《せんせい》攻撃であり、静雄をキレさせる為《ため》の挨拶代《あいさつが》わりのようなものだった。

何しろ、本気《ほんき》で刺《さ》したナイフが一センチ程度《ていど》しか刺さらないのである。

もっとも、普通の人間ならば。ナイフは元より、闘《たたか》う事そのものを諦《あきら》める所だろうが。

そして、この瞬間《しゅんかん》——臨也は、いつもの戦い方を捨てていた。

ハンズ側　交差点《こうさてん》

ナイフ一本で、真正面《ましょうめん》から恐竜《きょうりゅう》の如《ごと》き怪物《かいぶつ》と闘うという道を選んだのである。

最初の自販機《じはんき》の一撃《いちげき》が迫る中、臨也は後ろでも横でもなく、敢《あ》えて前へと跳躍《ちょうやく》した。

敢えて前に出る事で、逆に自販機の間合《まあ》いを外したのだ。

しかしそれは、静雄の腕そのものが届く距離という事であり、一歩間違《まちが》えれば簡単に首をへし折られる間合いである。

案《あん》の定《じょう》、自販機を潜《くぐ》り抜けた彼に、静雄の空《あ》いた手が襲《おそ》いかかった。

臨也はそれを紙一重《かみひとえ》で避け、次々とナイフの連撃《れんげき》を繰り出していく。

刃《やいば》が静雄の身体《からだ》に刺さる度《たび》に、臨也は『大型重機用《じゅうきよう》のタイヤでも刺しているのではないか』という錯覚《さっかく》に陥《おちい》る。

薄皮《うすかわ》一枚は刺し貫《つらぬ》けるのだが、どれほど強い勢いだろうと、筋肉《きんにく》の層より先に進まなかった。

下手《へた》に深く刺せば、そのまま抜けなくなる可能性もある。

蝶《ちょう》のように舞い、蜂《はち》のように刺す。

そんな言葉の通りになればよいが、現実は蝶でも蜂でもなく、人に挑《いど》む蚊《か》も同然《どうぜん》だ。

一撃《いちげき》でも喰らえば簡単に潰《つぶ》されてしまう状況で、それでも臨也は挑《いど》み続ける。

静雄が繰り出す攻撃は、全てが必殺《ひっさつ》の一撃だ。

その全てを紙一重で躱《かわ》しながら、臨也はその数倍《すうばい》の頻度《ひんど》で静雄の身体を刻んでいく。

例え一刺《ひとさ》しごとに一滴《いってき》しか血を流さないとしても、いずれは静雄《しずお》の血も枯《か》れ果てるとでも言いたげに。

無謀《むぼう》としか言えない臨也《いざや》の戦い方を見て、図《はか》らずもその殺し合いに立ち会う形となった千景《ちかげ》が思わず呟《つぶや》いた。

「あいつ……死ぬ気か？」

「勝てればそれでよし、負けて死ぬなら、それもあいつの中じゃ勝ちなんだろうね」

背後から聞こえて来た青葉《あおば》の言葉に、千景が眉《まゆ》を顰《ひそ》める。

「ああ？　死んで勝ちって、どういう事だよ」

「こんな大観衆《だいかんしゅう》の中で人を派手《はで》に殴《なぐ》り殺してみなよ。殺人犯《はん》として逮捕《たいほ》されるだけじゃない。それこそ、平和島《へいわじま》静雄は正真正銘《しょうしんしょうめい》の『化《ば》け物《もの》』として世界に認識《にんしき》されるだろうね。異常な力を持った凶暴《きょうぼう》な英雄《えいゆう》じゃない。ただの、血に餓《う》えた獣《けもの》って事になる」

青葉は小さく溜息《ためいき》を吐《つ》きながら、嘲《あざけ》りと憐《あわ》れみが入り混じった視線で臨也を見ていた。

「折原《おりはら》臨也……あの黒服《くろふく》の奴《やつ》は、平和島静雄が人間らしくしてるのが気にくわないのさ。だから、あいつは平和島静雄をただの化け物に貶《おとし》めたいんだよ。彼がどれだけ人間に憧《あこが》れようと、人間が彼を拒否《きょひ》するようになればそれでいいのさ」

「なんでそんな事が解《わか》る」

あまりにも異常な戦いを前に、敵である青葉にも思わず普通の調子で尋《たず》ねる千景。

そんな彼の問いを聞き、青葉は忌々《いまいま》しげな視線を臨也に向けながら答えた。

「あいつと俺は似てる所があるからね。なんとなくさ」

♂♀

露西亜寿司前《ロシアずしまえ》

「いいぞ！　もう少しでぶち破れる！」

両手を叩《たた》いてはしゃぎながらも、那須島《なすじま》の顔色は青いままだった。

何しろ、黙視《もくし》できる距離で平和島静雄が暴《あば》れているのだ。

あの暴力《ぼうりょく》が自分に向いたらと思うだけで気が気ではない。

だが、逆に言うと、あちらで暴れている間は、こちらで多少の無茶《むちゃ》をしても注目を集めずにすむという事だ。

那須島は恐怖《きょうふ》に怯《おび》えながらも、敢《あ》えて派手に行動する事を選んだのである。

この寿司屋の中にいる田中《たなか》トムという男さえ支配してしまえば、人質《ひとじち》としても使えるし、あるいは静雄そのものを支配する足がかりになるかもしれない。

あとは時間との勝負だけだ。

そう思っていた那須島《なすじま》だが、彼は知らなかった。

彼が罪歌憑《さいかつ》きに破壊《はかい》させている露西亜寿司《ロシアずし》の扉《とびら》もまた、那須島にとってのパンドラの箱の一つだったという事に。


度重《たびかさ》なる体当たりを経て、ついに露西亜寿司の正面玄関《げんかん》の扉が破壊された。

「よし！　中にいる連中《れんちゅう》を全員支配《しはい》しろ！」

下卑《げび》た笑《え》みを輝かせ、自らも入口に近づいた那須島だったが――

次の瞬間《しゅんかん》、その輝いた笑みを打ち消す形で、寿司屋の店内が物理的に輝いた。


数秒前《まえ》。

罪歌憑き達が扉から雪崩《なだ》れ込もうとした時、彼らは何かが床を転がる音を聞く。

それが閃光《せんこう》式のスタングレネードだと誰《だれ》かが気付くよりも先に――それは閃光と轟音《ごうおん》を炸裂《さくれつ》させ、視力《しりょく》と聴力《ちょうりょく》、そして判断《はんだん》力を一瞬《いっしゅん》にして奪《うば》い去る。

そして、店の奥から盾《たて》のように構えられた座敷席《ざしきせき》のテーブルが迫り――

まるでブルドーザーのように、混乱する罪歌憑き達は一気に店の外へと押し戻された。

「ぐあああッ!?　な、なんだ!?　何が起こった!?」

那須島が目を押さえながら混乱していると、彼の周囲に、複数の円筒《えんとう》が転がって来た。

目が眩《くら》み、耳も残響《ざんきょう》に支配された那須島。

彼に追い打ちを掛ける形で、影に覆《おお》われた池袋《いけぶくろ》の街を閃光が眩《まばゆ》く染め上げた。

♂♀

ハンズ前

視界《しかい》の端《はし》で起こった閃光。

それに一瞬《いっしゅん》気を取られた事が、折原臨也《おりはらいざや》にとっての悲劇《ひげき》だった。

閃光がスタングレネードによるものだと気付き、臨也のこれまで積み重ねてきた知識《ちしき》と経験が、自然と彼の全身に警戒態勢《けいかいたいせい》を取らせようとする。

だが、目の前にいるのは、スタングレネードどころではない。生半可《なまはんか》な実弾《じつだん》を超える驚異《きょうい》だ。

神経《しんけい》を全て眼前《がんぜん》の魔人《まじん》に集中し直すのに要した時間は、一秒にも満たなかったのだが――

結果的に、それが致命的《ちめいてき》な隙《すき》となった。

紙一重《かみひとえ》で躱《かわ》せた筈《はず》の静雄の一撃《いちげき》が、臨也の肩に掠《かす》ってしまう。

そして、ただ掠《かす》っただけにもかかわらず、異常な衝撃《しょうげき》が臨也《いざや》の身体《からだ》を翻弄《ほんろう》した。

「がッ……」

駅のホームを通り過ぎる特急《とっきゅう》列車に肩を当てたら、似たような衝撃になるのではないか。

それほどまでに凄《すさ》まじい力の流れが臨也を襲《おそ》い、身体を勢い良く回転させる。

臨也がなんとか体勢《たいせい》を立て直した時——彼は、自分の身体に静雄《しずお》の拳《こぶし》が迫るのを見た。

「……ッ！」

完全に避けるのは不可《ふ》能なタイミングだ。

臨也は両腕《うで》を交差《こうさ》して拳を受け止め、後ろに跳躍《ちょうやく》する事で勢いを殺そうと試みる。

しかしながら、そのような常識《じょうしき》が通用するような威力《いりょく》ではなかった。

大砲《たいほう》の弾《たま》を両腕で受けようが、後ろに飛ぼうが、正面から喰らった時点で結果は同じである。

静雄の拳と臨也の両腕が接触《せっしょく》した瞬間《しゅんかん》——

臨也の両腕の骨がへし折れる音を、周囲にいた者達は確かに聞いた。

そして、そのまま静雄は斜め下に向かって拳を振り抜き、両腕の折れた臨也は、地面に叩《たた》きつけられ、交通事故《じこ》に遭《あ》ったように数メートル跳《は》ね飛ばされた。

もしも斜め上に向かって振り抜かれていたら、ちょっとしたビルの高さまで飛ばされていたかもしれない。

目撃者達《もくげきしゃたち》にそう思わせる程《ほど》に、圧倒《あっとう》的な力の籠《こ》もった一撃《いちげき》だった。

だが、臨也の足掻《あが》きが無駄《むだ》だったわけではない。

もしも両腕を犠牲《ぎせい》にしていなければ、胸骨《きょうこつ》を砕《くだ》かれ、そのまま心臓《しんぞう》が破裂《はれつ》していたかもしれないのだから。

代償《だいしょう》は両腕。

その代わりに、折原《おりはら》臨也はまだ絶命《ぜつめい》せず、静雄の前で立ち上がる事ができた。

もっとも、周囲のギャラリーからすれば、わずか数秒寿命《じゅみょう》が延びただけにしか見えなかったのだが。


——まだ、生きてるか。


折れただけではなく、肩から脱臼《だっきゅう》まで起こしている両腕をダラリと垂《た》らし、臨也はそれでも意識《いしき》を保っていた。

足の力だけで立ち上がるが、地面に叩きつけられた衝撃で、もはや呼吸をする事もままならない。

先刻《せんこく》、鉄骨《てっこつ》で打たれて隣《となり》のビルまで飛ばされた時《とき》以上の衝撃だった。

口から血を吐き出し、臨也は静雄の姿《すがた》を見る。

静雄もまた身体中《じゅう》から血を流しており、決して軽いダメージには見えなかった。

身体中を血に染めながら、一歩、まった一歩、ゆっくりと臨也に近づいて来る。

──最初からこうやって喧嘩《けんか》してたなら……俺《おれ》は、勝てたかもしれなかったのか。

──まったく、皮肉《ひにく》な話だ。

血だらけの静雄《しずお》を見て、臨也《いざや》は朦朧《もうろう》としながらそんな事を考えた。

脳内麻薬《のうないまやく》でも出ているのだろうか、既《すで》に両腕《うで》と身体中《からだじゅう》の痛みすら曖昧《あいまい》になっている。

悔《くや》しがりながらも、臨也は笑う。

ただ、笑う。

これから先に迎える、自分の死を前にして。

自分の命を生贄《いけにえ》として、平和島《へいわじま》静雄は『怪物《かいぶつ》』として人の世から追放される。

人間の合間《あいま》を化《ば》け物《もの》が我が物顔《ものがお》で闊歩《かっぽ》する未来を防ぐ事ができたと思えば、自分の勝利と言っても良いのではないだろうか。

そんな事を考えながら、臨也は静雄の前に立ち続ける。

立ち続ける事しか、できなかった。

静雄が傍《かたわ》らに転がっていた自販機《じはんき》を掴《つか》みあげ、臨也に更《さら》に一歩近づいた時──

臨也は、肺《はい》の奥から言葉を絞《しぼ》り出した。

「……やれよ、化け物」

その声が届いていたのかどうか確認《かくにん》する前に、臨也の身体を衝撃《しょうげき》が貫《つらぬ》いた。

しかし、それは静雄の一撃《いちげき》によるものではなかった。

静雄はまだ、自販機を持ったままだ。

寧《むし》ろ、臨也の方を見て動きを止めたようにも思える。

「え……？」

臨也はそこで自分の身に起こった異常に気付く。

身体の脇腹《わきばら》の辺りに、何かが刺《さ》さっていた。

それが、銀色《ぎんいろ》に輝く刃《やいば》だと気付いた時、臨也は、視界《しかい》の端《はし》に一つの影を見つける。

チンピラ達によって生み出されたギャラリーの輪から一歩内側《うちがわ》に立っていたのは――

い、
刃を失ったナイフの柄だけをこちらに向ける、ヴァローナの姿だった。

彼女は醒《さ》めた目を臨也に向けたままナイフの柄《え》を捨て、左手で持っていたものを両手で構え直した。

それが拳銃《けんじゅう》だと解《わか》った瞬間《しゅんかん》、周囲のギャラリーがざわめき始める。

銃口《じゅうこう》は真《ま》っ直《す》ぐに臨也へと向けられており、彼女の周囲や臨也の背後にいたギャラリー達が悲鳴をあげながら左右に散った。

「ヴァローナ……？」

ゆっくりと振り返った静雄の目には、折原《おりはら》臨也への怒りに混じって、強い困惑《こんわく》の色が見受け

られる。

そんな静雄《しずお》と、ゆっくりと両膝《ひざ》をつく臨也《いざや》を交互《こうご》に見た後——

ヴァローナは、淡々《たんたん》と静雄に告げた。

「静雄先輩《せんぱい》は、人間です」

臨也の考えを知っていたわけではない。

しかし、単なる偶然《ぐうぜん》とはいえ、彼女の言葉は臨也の考えを否定《ひてい》するものだった。

「獣《けもの》になる必要は、皆無《かいむ》です」

そして、ヴァローナは臨也に銃口《じゅうこう》を向ける。

頭と心臓《しんぞう》の二ヶ所《しょ》を撃《う》ち抜き、確実にこの世から排除《はいじょ》する為《ため》に。

事態《じたい》を理解した静雄の目に、徐々《じょじょ》に理性《りせい》の光が宿り——

焦燥《しょうそう》に満ちた顔で、銃《じゅう》を構える後輩《こうはい》に叫んだ。

「おい、よせバカ！　お前が人殺《ひとごろ》しになってどうすんだ！」

ヴァローナは、そんな静雄の声に微笑《ほほえ》み、臨也から視線を外さぬまま言葉を返す。

「安堵《あんど》を要求します」

「私は元から、人殺しが好きな……獣《ケダモノ》です」

♂♀

「おい……あれ、静雄じゃねえか!?」

目を押さえて蹲《うずくま》ったり、あるいは気絶《きぜつ》したりしている『罪歌憑《さいかつ》き』の群の間で、店から出て来たトムが声をあげた。

スタングレネードや煙幕弾《えんまくだん》を投げながら、なんとかこの通りを脱出《だっしゅつ》しようと試みたトム達だったが、いざ表《おもて》に出てみれば、信じられない光景《こうけい》が目の前に広がっていたのである。

なるべく人の少ない方にと考えて見回していると、妙《みょう》な人垣《ひとがき》が見え、その合間《あいま》に自販機《じはんき》が転がっていたのである。

つまり、その傍《そば》に見えたバーテン服は静雄に間違いないだろう。

「オー、臨也もいるね……」

視力《しりょく》の良いサイモンが、トムの言葉に合わせて交差点《こうさてん》の様子《ようす》を見ていると——人混《ひとご》みの一部が蜘蛛《くも》の子を散らすように左右に分かれるのが見えた。

開けた視界《しかい》の中に、サイモンは臨也に向かって銃を向けるヴァローナの姿《すがた》を視認《しにん》する。

露西亜寿司前《ロシアずしまえ》

「！」

その次のサイモンの行動は、実に迅速《じんそく》だった。

彼は無言《むごん》のまま、手持《ても》ちのスタングレネードからピンを外す。

タイミングを計った後、あらん限りの力を持って、交差点目《こうさてん》がけて投げ込んだ。

「へーイ！」

ノーバウンドで飛んだスタングレネードは、即座《そくざ》に交差点に達し――

♂♀

ハンズ側　交差点
――まさか……こんな馬鹿《ばか》げた終わりとはね。
自分に銃《じゅう》を向けるヴァローナを見て、臨也《いざや》は強い落胆《らくたん》を覚える。
だが、彼は半分諦《あきら》めたように笑い、ヴァローナを真正面《ましょうめん》から見つめた。
――いいよ、許そう。俺《おれ》は人間が好きだからね。
「……君は人間だよ。どこにでもいる、人間さ」

臨也の呟《つぶや》きの意味が解《わか》らず、ヴァローナは一瞬戸惑《いっしゅんとまど》ったが——

静雄《しずお》に銃を向けた時とは違い、引《ひ》き金《がね》を絞《しぼ》る事に躊躇《ためら》いは感じなかった。

そして、静雄が自分に向かってくるのを見た彼女は、止められる前に臨也を撃《う》とうとする。

ところが、そんな彼女の視界《しかい》に、全く予想外のものが映り込んだ。
それが、自分も愛用《あいよう》している、父の会社が扱っているのスタングレネードだと気付くよりも
先に——スタングレネードはノーバウンドのまま空中で炸裂《さくれつ》し、周囲を光と混乱が包み込んだ。

♂♀

露西亜寿司前《ロシアずしまえ》

トムやサイモン達がハンズ前の方角まで走っていった後——現場《げんば》に残された那須島《なすじま》は、怒りと屈辱《くつじょく》、そして目が眩《くら》んでいる間に膨《ふく》れあがった静雄への恐怖《きょうふ》に、感情を爆発《ばくはつ》させる。

「畜生《ちくしょう》……斬《き》れ！　いいからお前ら、あの暴走族《ぼうそうぞく》の連中《れんちゅう》も、全員罪歌憑《さいか》きにしろ！　もう我慢《がまん》はやめだ！　この街の人間を全員罪歌憑きにしろぉッ！」

「はい、母《かあ》さん」

その言葉に最初に答えたのは、春奈《はるな》だった。

彼女はスタングレネードから距離があったせいか、既《すで》に視力《しりょく》は回復しつつあるようだ。

そして、那須島《なすじま》と春奈が増殖《ぞうしょく》させ、それまでたんなる野次馬《やじうま》であった通行人達《にんたち》が、一斉《いっせい》にダラーズの群衆《ぐんしゅう》へと襲《おそ》いかかった。

♂♀

そして、ハンズ前を中心として、大規模《だいきぼ》な混乱が巻き起こる。

遠巻《とおま》きに静雄《しずお》と臨也《いざや》の決闘《けっとう》を見ていた暴走族《ぼうそうぞく》達の前で、突然閃光《とつぜんせんこう》が走ったかと思うと、赤い目をした集団が突然自分達に襲いかかってきたのだ。

突然ゾンビ映画の中に投げ出されたかのようなパニックに陥《おちい》った暴走族達は、鉄パイプなどを握ったままわけもわからず罪歌憑《さいかつ》き達を迎え撃《う》たんとする。

もはや小競《こぜ》り合《あ》いというレベルで済む筈《はず》もなく、死者も含めた大規模な流血沙汰《りゅうけつざた》となるのは明らかだった。

しかし——そこで、一つの奇跡《きせき》が起きる。
いや、奇跡というには、あまりにも禍々《まがまが》しい光景《こうけい》だった。

突然空から『影』が雨のように降り注《そそ》ぎ――暴走族も罪歌憑きも含め、全ての人々を絡《から》め取ってその動きを封じたのである。

一瞬《いっしゅん》にして黒い影に支配され、殆《ほとん》どのものの身動きが取れなくなった所に――影に包まれた全ての人々の耳に、『彼女』の声が響《ひび》き渉《わた》った。

【状況は、理解した】」

影が直接言葉《ことば》を放っているかのように、彼女の声は人々の鼓膜《こまく》を同時に震わせる。

鼓膜だけではなく、心にも直接語《かた》りかけられているかのようにも感じられた。

そんな、多くの者が今までに経験した事もない不気味《ぶきみ》な声で――『彼女』は言葉を続ける。

「【この町を去る前に、私の『身体《からだ》』に関わるトラブルは排除《はいじょ》しよう】」

声は淡々《たんたん》と、しかし明確な力を感じさせながら人々の心に響き続けた。

「【私の『身体』がこの街を混乱させた事への、せめてもの罪滅《つみほろ》ぼしだ】」

♂♀

雑居《ざっきょ》ビル　屋上

認識《にんしき》する空間の全てが、闇《やみ》に包み込まれた。

屋上に夜空から『影』が降り注《そそ》ぎ、帝人《みかど》と正臣《まさおみ》を瞬時《しゅんじ》にして覆《おお》い尽くしたのである。

銃声《じゅうせい》が響《ひび》いた瞬間《しゅんかん》と、ほぼ同時の出来事《できごと》だった。

だからこそ帝人は、自分が死んだのだと勘違《かんちが》いをした。


——ああ、痛みとか、ないんだ……。

——でも、真《ま》っ暗《くら》だ。

——もしかして……このままずっと真っ暗なのかな……。


それから、何分ほど経過しただろうか。

心が落ち着くと同時に、帝人の目から再び涙が溢《あふ》れてくる。

——……ごめん。本当にごめんよ、園原《そのはら》さん、正臣……。

帝人がそんな事を考えていたのも束《つか》の間《ま》——


「【状況は、理解した】」

と、鼓膜《こまく》と心、両方に響く不思議《ふしぎ》な声が聞こえてきた。

「【この町を去る前に、私の『身体《からだ》』に関わるトラブルは排除《はいじょ》しよう】」

そして、帝人は理解する。

自分の右手にはまだ銃《じゅう》を握る感触《かんしょく》が残っている事に。

——もしかして……僕はまだ……生きてる……？

おぼろげにそんな事を考えている間にも、おかまい無しで『声』は響き続けた。

【私の『身体』がこの街を混乱させた事への、せめてもの罪滅《つみほろ》ぼしだ】」

──私の、身体？

独特《どくとく》な言い回しに、帝人の中にある人物の姿《すがた》が思い浮かぶ。

──セルティ……さん？

同時に、彼を包み込んでいた『影』が緩《ゆる》み──

帝人の世界の中に、池袋《いけぶくろ》の街の姿と音が戻って来た。

視線の先には、先刻《せんこく》と同じ体勢《たいせい》のままの正臣がいる。

「みかど……？　帝人！　おい！」

「正臣……？」

声を漏《も》らすと、正臣は深い安堵《あんど》の溜息《ためいき》を吐き出した。

「良かった……生きてた……生きてたんだな！　帝人！」

「あ……」

視線を右手に向けると、そこには銃が握られている。

だが、次の瞬間、手に絡みついた無数《むすう》の影に指を無理矢理《むりやり》押し広げられ、左手のＨＦＭも含めて、あっさりともぎ取られてしまった。

そして、帝人の頭の傍《そば》にあった影の中から小さな固まりが落下《らっか》する。

拉《ひしゃ》げた金属《きんぞく》がコロコロと転がるのを見て、帝人《みかど》と正臣《まさおみ》は、それが拳銃《けんじゅう》から発射《はっしゃ》された銃弾《じゅうだん》であると理解した。

引《ひ》き金《がね》を引いた瞬間《しゅんかん》、影がこめかみと銃の隙間《すきま》に割り込み、弾丸《だんがん》が帝人の頭部《とうぶ》に辿《たど》り着く前に受け止めたのである。

当然ながら、『影』を操《あやつ》っている時点で人間業《わざ》ではない。

しかし、帝人は誰《だれ》がそれを成したのか気付いていた。

帝人がその名前を口にするよりも先に——

『彼女』は、空から舞い降りた。

バイクの代わりに、首無《くびな》しの馬に跨《また》がり。

ライダースーツの代わりに、漆黒《しっこく》の鎧《よろい》を身に纏《まと》い。

そして——一つの『首』を、脇腹《わきばら》の辺りに抱え込みながら。

QRRRRRRRRRRRRrrrrrrrrrrrrr

『影』で生み出された道を駆《か》け下り、首無し馬の嘶《いなな》きを響《ひび》かせながら屋上に舞い降りた『彼女』を見て、正臣は足の痛みも忘れ、目を見開きながら呟《つぶや》いた。

「なんだよ……これ」

そして、『彼女』が抱えている首を見て、叫ぶ。

「お、おい……あの首って……帝人のクラスの張間美香《はりまみか》じゃねえか!?」

「ちがう……違うよ、正臣。似てるけど、違うんだ」

帝人は呆然《ぼうぜん》としながら、屋上の手すり際《ぎわ》に舞い降りた『彼女』――セルティ・ストゥルルソンに話しかけた。

「セルティさん……ですよね？」

「【……】」

名前を呼ばれた彼女は、首の視線を帝人に向け、無《む》表情のまま口を開く。

先刻《せんこく》のような、影を伸ばした全ての人間に対しての言葉ではなく――目の前にいる少年達《たち》だけに聞こえる声で、セルティは答えた。

「【人間の少年。君は……竜ケ峰《りゅうがみね》帝人だな】」

「え？」

まるで初対面《しょたいめん》であるかのような言葉に、帝人は困惑《こんわく》する。

そんな彼の前で、セルティは帝人の両手からもぎ取った二丁《にちょう》の銃器《じゅうき》を影で引き寄せ――

次の瞬間、その銃器は影によって一瞬《いっしゅん》のうちに分解された。

「【私の身体《からだ》が君に何を言ったのかは知らないが、私の存在は、君が死の先に希望を抱く理由にはならない】」

バラバラになった銃《じゅう》のパーツを屋上にばらまきながら、セルティは淡々《たんたん》と言葉を続ける。

「【どうやら君が、私の『身体《からだ》』がこの街に存在した事で、もっとも強く影響《えいきょう》を受けたらしい】」

「影響……？」

「【だから、人間の少年よ。君には個別に、離別《りべつ》の言葉を告げておく事にしよう】」

セルティは影を蠢《うごめ》かせながら、帝人《みかど》に語る。

「【意識を取り戻した後、私は影を街の空に張り巡らせ、情報を収《しゅうしゅう》集させてもらった。まさか20年もの間、遠い異国《いこく》の地を彷徨《さまよ》っていたとは思わなかったが】」

「セルティさん、何を……？」

混乱する帝人。

そんな中――

非常階段《ひじょう》のあたりに、新たな足音が鳴り響《ひび》いた。

「竜ケ峰《りゅうがみね》君……紀田《きだ》君も⁉」

「正臣《まさおみ》！」

現れた者達の声を聞いて、帝人と正臣が立て続けに声をあげた。

「……園原《そのはら》さん⁉」

「沙樹《さき》⁉　なんで……なんでこんなとこに……」

彼女達だけではない。その背後には、矢霧誠二《やぎりせいじ》と張間美香《はりまみか》の姿《すがた》もあった。

杏里達《あんりたち》は門田《かどた》に言われて歩道を走りながら、どこに向かうか決めあぐねていた。

このまま沙樹たちをどこか安全な場所に退避《たいひ》させ、那須島《なすじま》がいるという露西亜寿司《ロシアずし》の前まで行くべきだろうか？

そんな事を考えていた杏里達の頭上《ずじょう》から、三度目の銃声《じゅうせい》が聞こえて来た。

「!?」

更《さら》には、それに続いて——聞き覚えのある少年の絶叫《ぜっきょう》が、聞こえて来たのである。

——「帝人ぉ！」

正臣の叫びを聞いた杏里達は、慌《あわ》てて頭上に視線を巡らせ——

色濃い【影】が屋上に満ちたビルを見つけ、不安を胸に抱きながら、慌ててそのビルの非常階段へと駆《か》け込んだのである。

屋上に駆け上がった所で、ついに杏里は辿《たど》り着いた。

一番会いたかった帝人の姿を見て、杏里は深い安堵《あんど》に包まれる。

同時に、涙すら溢《あふ》れ出しそうになった。

しかしながら——

彼女の視界《しかい》に映る状況が、感動の再会《さいかい》の機会《きかい》を奪《うば》い去った。

「正臣《まさおみ》君……?」

屋上の床を這《は》っている正臣に、その奥に立つ首無《くびな》し馬。

馬の背に跨《また》がった騎士《きし》の小脇《こわき》には、杏里《あんり》の背後に立つ張間美香《はりまみか》と同じ顔が抱えられていた。

「セルティ……さん?」

♂♀

ハンズ前
閃光《せんこう》で目の眩《くら》んだ静雄《しずお》の視力《しりょく》が回復した時、周りには異様《いよう》な光景《こうけい》が広がっていた。

赤い目をした群衆《ぐんしゅう》や、暴走族達《ぼうそうぞくたち》が、皆揃《みなそろ》って手足を黒い影に縛《しば》られているではないか。

何故《なぜ》か自分は縛られておらず、手足が自由に動く事を確認《かくにん》する。

慌《あわ》てて周囲を見渡すが——既《すで》に折原臨也《おりはらいざや》の姿はなく、血痕《けっこん》が残されているだけだった。

「……」

ヴァローナの行為によって掻《か》き消された怒りが再燃しかけるが、彼女の事を思い出し、先にそちらに目を向けた。

すると、先ほど彼女が立っていた場所に、トムやサイモン、デニスが集まっており——

気絶《きぜつ》しているヴァローナを介抱《かいほう》している姿が見える。

「！　ヴァローナ！」

身体中《からだじゅう》の傷から血が滴《したた》っているが、それには構わず、彼女へと駆《か》け寄った。

「静雄……おい、お前大丈夫《だいじょうぶ》か!?」

トムの言葉に、静雄は力強く頷《うなず》いて見せる。

「俺は大丈夫です。それよりヴァローナは……」

心配して尋《たず》ねる静雄に、サイモンとデニスが答えた。

「オー、気絶してるだけネ。目が醒《さ》めたら、すぐに熱いアガリでお出迎えヨ」

「あちこち怪我《けが》してやがるが、命に別状《べつじょう》はないだろ。疲労してた所にスタングレネードだ。流《さす》石《が》にこいつも耐えられなかったらしい」

「ヴァローナ……なんであんな真似《まね》を……」

先ほどのヴァローナの行動を思い出しながら言う静雄に、デニスが言う。

「まあ、チラっと見ただけだが……お前を、人殺しにはしたくなかったんだろう」

「……そうか」

心の中に、様々《さまざま》な想いが去来《きょらい》する。

あそこで臨也を殺してたら、彼女は『自分の仇《かたき》を討《う》つ為《ため》に、静雄が人殺しになった』と考えてしまったのではないだろうか。

――……。

――俺《おれ》は、まだまだ弱ぇな……。

――すまねえ、ヴァローナ。

大きく溜息《ためいき》を吐き出し、未《いま》だ燻《くすぶ》る臨也《いざや》への恨《うら》みを、今度こそ腹の奥へと呑《の》み込んだ。

――まあ、まだ彷徨《うろつ》いてるのを見つけたら、勢いでぶち殺しちまうかもしれないが……。

そんな事を考えながら、改めて周囲を見渡す静雄《しずお》。

すると静雄は、ある一点で視線をとめる。

「……あれは」

静雄の視界《しかい》に映ったのは、臨也ではなく――

大通りの中央で松葉杖《まつばづえ》をつきながら歩く、白衣《はくい》を纏《まと》った幼馴染《おさななじ》みの姿《すがた》だった。

♂♀

雑居《ざっきょ》ビル屋上

「見つけた……俺の……愛《いと》しい人」

「……」

矢霧誠二《やぎりせいじ》が呆然《ぼうぜん》と呟《つぶや》き、張間美香《はりまみか》は無言《むごん》のまま、黒騎士《くろきし》の脇《わき》に抱えられた生首《なまくび》を睨《にら》み付けた。

そんな美香を見て、正臣《まさおみ》が痛みに耐えながら首を傾《かし》げる。

「あ。あれ……やっぱり、同じ顔だよな……？」

「正臣！　そんな事より、血を止めないと……！」

沙樹《さき》が駆《か》け寄り、正臣の怪我《けが》を見ようとする。

すると次の瞬間《しゅんかん》、正臣の足に影が絡《から》みつき、傷口《きずぐち》を覆《おお》って出血《しゅっけつ》を止めた。

「うぐあッ……!?」

一瞬《いっしゅん》痛みに身をよじった正臣だが、次の瞬間、その影が複雑に蠢《うごめ》き——傷口の奥に留《とど》まっていた、小さな銃弾《じゅうだん》を排除《はいじょ》する。

「!?」

【私の『身体《からだ》』が原因の争いで、人死《ひとし》にが出るのは忍《しの》びない。私を知る者達の記《き》憶《おく》を消す事はできないが、せめて、犠牲者《ぎせいしゃ》だけは減らしてから去るとしよう】」

淡々《たんたん》とした声で語られる、事務的な言葉の数々。

「セルティさんが原因なんて……これは、全部僕《ぼく》のせいです！」

「【人間の少年。ならば聞くが、君が『首無《くびな》しライダー』に出会わなかったとしたら、今、ここで友人を撃《う》つ現実を迎えていたか？】」

「……ッ！」

その言葉に、帝人《みかど》は何も言い返せなかった。

ダラーズを設立したのは自分だが——それを初集会《はつ》という形で具現化《ぐげんか》できたのは、『首無《くびな》しライダー』という非日常《ひ》を目にし、彼女を取り巻く事件に関わったからである。

もしもそれが無ければ、今頃《いまごろ》帝人は、普通の高校生として、正臣《まさおみ》とも杏里《あんり》とも行き違いにならずに過ごせていたのかもしれない。

「【私がこの街に存在した事で、矢霧製薬《やぎりせいやく》は道を誤り、矢霧誠二《せいじ》は無《む》意味な愛にふりまわされ、張間美香《はりまみか》は生まれながらの顔を捨てる結果となった】」

「無意味な愛……？　何を言ってるんだ？」

恍惚《こうこつ》とした表情を浮かべながら、生きた首を見つめる誠二。

セルティは誠二の言葉には答えず、淡々《たんたん》と自分の意見を述べ続けた。

「【これは一部の例に過ぎない。『首無しライダー』という幻想《げんそう》に振り回され、人生を狂《くる》わされた者は数多くいる事だろう】」

「セルティさん……？　何を言ってるんですか？」

不安に満ちた表情で、杏里《あんり》が問う。

デュラハンの首は杏里に視線を向けると、何の感情も見せずに言葉を並べ立てる。

「【はっきりと言っておこう、妖刀使《ようとうづか》いの少女よ。今の私に、君達と過ごした生活の記憶《きおく》はない。ただ、収集《しゅうしゅう》した情報から得た結果を元に、事実を述べているに過ぎない】」

「え……？」

「【確実な事は、この街は、私という存在のせいで大きく歯車《はぐるま》を狂わせたという事だ。今日《きょう》の騒動《そうどう》だけを見ても、それは一目瞭然《いちもくりようぜん》だろう】」

その言葉を聞いて、杏里が叫ぶ。

「そんな……違う！　違います！　セルティさんが悪いわけじゃありません！　セルティさんに会った事で、救われた人だってたくさんいるんです！　私だって……」

「【妖刀使いの少女よ、救いもまた、歯車の狂いに過ぎない】」

「え……」

「【私はただのシステムだ。大いなる意志《いし》に従い、限られた地域《ちいき》で、選ばれた者に死を告げる。その意味合《あ》いは君達《きみたち》人間が知る必要はないし、知った所で理解はできないだろう】」

混乱する帝人達に、セルティはシューターに跨《また》がったまま続けた。

「【ここに居てはならないシステムに振り回され、君達に無駄《むだ》な時間を過ごさせた事を残念に思う。誰《だれ》も幸せにならない結末だ】」

そして、影で作られた手綱《たづな》を引きながら、足元《あしもと》の影から空に道を生み出し、そちらへと首無し馬の身体《からだ》を向けさせる。

「【私は故郷《こきよう》に帰り、役目に戻る。私と深く関わり、最も運命《うんめい》を狂わせてしまった人間、竜ケ《りゆうが》峰《みね》帝人に離別《りべつ》の言葉を告げる事で、この街での責務《せきむ》は終わる。私の事は忘れろ、人間】」

「おい、待て……待ってくれ！」

誠二《せいじ》がフラフラと駆《か》け寄るが、その足に黒い影が絡みつき、地面へと転ばせる。

【君が好きになったのは私ではなく、私の首という一部に過ぎない。そして、私はその想《おも》いに応《こた》える義務《ぎむ》も感情も存在しない】」

自分が本当にただのシステムだとでもいうように、セルティは機械的《きかいてき》に答えた。

「諦《あきら》めないぞ……！　貴女《あなた》が故郷《こきよう》に戻るというなら、俺《おれ》は地球の反対側《がわ》だって行ってやる！」

足を影に縛《しば》られたまま、誠二はストーカーまがいの事を叫ぶ。

そんな誠二に駆け寄る美香《みか》の背を見て――

園原杏里《そのはらあんり》は、心の中でセルティの言葉を否定した。

――違う。

――セルティさんは、嘘《うそ》をついてる。

――だって、セルティさんと一番関《かか》わりが深かったのは……

――セルティさんに、一番人生《じんせい》を変えられたのは……

ある男の名を口に出し、セルティを引き留めようとした瞬間《しゆんかん》――

「今日《きよう》のセルティは……嘘吐《うそつ》きだね」

杏里の背後から、その男の声が響《ひび》いた。

力強い声ではない、どちらかというと優しい声だ。

しかし、その声は屋上の中に透《す》き通るように響き渉《わた》り――

歩みかけていた首《くび》無《な》し馬の足が、ピタリと止まる。

だが、セルティは何も答えず、手綱《たづな》を軽く揺らした。

「【……どうした、シューター。進め】」

まるで、今の声が聞こえていないかのようだった。

そんな彼女に対し――杏里の背後にいた男は、朗々《ろうろう》と告げる。

「ええと……『いいから進め、シューター。ここで立ち止まったら、私が嘘をついた意味がないだろう』……かな？」

「【……】」

男の言葉に、黒い騎士《きし》の小脇《こわき》に抱えた首が、ぐるりとこちらを振り返った。

その視線の先に居た男――白衣《はくい》を着て、澄んだ目をしている岸谷新羅《きしたにしんら》を見て、セルティはゆっくりと口を開く。

「【人間……お前は、誰《だれ》だ？】」

彼女の言葉を聞き、杏里《あんり》は大きなショックを受けた。

杏里だけではない、二人の関係を知る帝人《みかど》もまた、信じられないものを見るかのように目を見開いている。

だが——当の新羅《しんら》だけは、柔《やわ》らかい微笑《ほほえ》みを浮かべたまま、言葉を続けた。

「そうだね……『どうしてここにいるんだ？　会えば別れが辛《つら》くなるだけなのに、こっちが全てを忘れたふりをすれば、お前も諦《あきら》めがつくと思ったのに！　そもそも、どうして私が記憶《きおく》を無くしていない事を前提《ぜんてい》で話しているんだお前は！』……かな」

ストーカーの妄想《もうそう》のように、相手の心の声を代弁《だいべん》し始める新羅。

それを聞かされた『首』は、無《む》表情のまま口を開いた。

【なんだ？　この人間は、一体《いったい》何を言っている？】」

「僕は君が記憶を取り戻した事は疑ってない。それと同じぐらいに、信じてるんだよ。君の中に、この街の記憶が残ってるって」

【なんの戯言《ざれごと》だ？　私には、この20年間の記憶などない】」

「どっちでもいいさ。希望だったんだからね。ただ、こうして君と話して確信《かくしん》に変わった。君はやっぱり、優しいよセルティ。ちょっと、優しすぎるんだけどね」

新羅も無傷《むきず》ではない。

痛み止めの処置《しょち》をしているとはいえ、本来は門田《かどた》と同じように安静《あんせい》にしていなければならない身の上である。

それでも、そんな辛《つら》さを微塵《みじん》も感じさせないように、松葉杖《まつばづえ》をカツリと打ち鳴らして続けた。

「ああ、こうかな……『やめろ！　私はこの街にいてはいけない存在なんだ！　私のせいで新羅が大怪我《おおけが》をして、私がこの街にいたばかりに、帝人君の人生まで狂わせてしまった！』……」

【時間の無駄《むだ》だ。お前が何を言っているのか理解できない】」

「……『だから、だからせめてこの街のゴタゴタを全て終わらせてから消えようと思った！　私の本性《ほんしよう》が冷酷《れいこく》な怪物《かいぶつ》だと知れば、みんな私の事をすぐに忘れてくれるだろうと思ったのに！　私の記憶が消えていると思わせれば、みんな諦めてくれるだろうと思ったのに！　どうして一番忘れて欲しいお前が台無《だいな》しにするんだ！』……だろ？」

「【くだらん】」

顔をこちらに向けたまま、セルティは鼻で笑う。

だが、新羅は微笑んだまま続けた。

「そんなこと言わないで、こっちを向きなよ、セルティ」

「【……】」

首は既《すで》に新羅の方を向いている。

だが、身体《からだ》は背を向けたままだ。

「【もういい、人間。貴様《きさま》の妄想はたくさんだ】」

「うわッ」

セルティは影を伸ばし、新羅《しんら》の身体《からだ》をグルグル巻きに縛《しば》り上げる。

床に転がった新羅を背に、足でシューターの腹を軽く叩《たた》いた。

「【行け】」

Qrrrrrrrrrr――

シューターが小さく唸《うな》りを上げ、前に進まぬまま、蹄《ひづめ》をその場で打ち鳴らす。

まるで何かを促《うなが》しているようだが、セルティは叫んだ。

「【行け！　行くんだ！　シューター！】」

その時点で、帝人《みかど》も、杏里達《あんりたち》も理解していた。

恐らくは、新羅の言葉の通りなのだろうと。

「セルティさん……」「待って下さい、セルティさん！」

杏里や帝人が何かを呟《つぶや》きかけた所で、シューターは悲しげにひと鳴きした後、ゆっくりと空に生まれた『影の道』を歩み始めた。

もはやセルティが何も言葉を紡《つむ》ぐことはなく、ただ、影に覆《おお》われた空へと登っていく。

自分自身《じしん》を、深い闇《やみ》の中へと消し去ろうとしているかのように。

声をかける事すらできなかった帝人達は、途轍《とてつ》も無い無力感《むりょくかん》に襲《おそ》われて動く事ができなかったのだが――

　その現場《げんば》に、更《さら》に新しい声がこだまする。

「おい……今《いま》飛んでったの、もしかしてセルティか？」

　声の方を振り返ると、そこには身体中《じゆう》を切り刻まれ、あちこちから血を流している静雄《しずお》の姿《すがた》があった。

「静雄さん……!?」

　誰《だれ》もが驚いて声をあげる中、ゆっくりと立ち上がる男が一人。

「やあ、静雄君、丁度《ちょうど》良かった」

　一体《いったい》何をしたのか、セルティの影の拘束を解いた新羅が、静雄に対して声をかけた。

「おお、お前がこのビルに入っていくのを見てよ……そしたら屋上にシューターとセルティっぽい奴《やつ》が見えたから登ってきたんだが……こりゃ、どういう状況なんだ？」

　眉《まゆ》を顰《ひそ》める静雄に、新羅は笑う。

「どういう状況かって？　それはね、僕が、これから、悪人《あくにん》になる所さ」

「あぁ？」

「ねえ静雄君、高校の時の約束、覚えてるかい」

「……？」

　突然《とつぜん》高校の時の話を持ち出され、眉を顰める静雄。

だが、笑いながらも新羅《しんら》の目は真剣そのもので、静雄《しずお》は黙《だま》って相手の話を聞く事にした。

「……言ってみろ」

「僕が、大好《だいす》きな人の為《ため》に悪党《あくとう》になったら……その時は、君がその女の人の代わりに、空の果てまでぶっ飛ばしてくれる……って話だったよね」

「……ああ、したな、そんな話」

「今が、その時だよ」

新羅は空に向かって消えて行くセルティを見上げ、静雄に言った。

「僕は、これからセルティにとても酷《ひど》い事をする。でも、セルティは優しいから、きっと僕の事を許してくれると思うんだ」

「……」

「だから……君が、約束通《どお》り、空まで吹っ飛ばしてくれないか？」

冗談《じょうだん》のように言う新羅に、静雄は真剣な顔をして尋《たず》ねる。

「……正気《しょうき》か？」

「ああ」

「落ちたら、１００％死ぬぞ。あの角度じゃ、俺《おれ》も受け止めには行ってやれねえ。つーか、俺を人殺しにする気かよ、お前」

ヴァローナの事を思い出しながら言う静雄に、新羅は少し黙《だま》った後、答えた。

「ああ、その時は……ごめん。だけど、僕はセルティを信じてる。静雄は事情を何も知らないだろうけど、これだけは言える。セルティを信じる、俺を信じてくれないか？」

「……」

静雄は暫《しば》し考え込んだ後、無言《むごん》のまま笑い――

新羅の足を掴《つか》み上げ、人間を遥かに超えた力で放り投げた。

無数《むすう》の傷を負い、決して万全《ばんぜん》な状態ではなかった静雄だが――

「後悔《こうかい》すんなよ、この悪党があぁぁッッ！」

それは確かに、臨也との殺し合いも含めた中で、最も力の入った一投《いっとう》だった。

♂♀

空

「【……そう不機嫌《ふきげん》になるな。シューター】」

周りに誰《だれ》もいなくなった空で、セルティは愛馬《あいば》にそう語りかけた。

「【これで良かったんだ。全ての記憶《きおく》を取り戻した今、私が人間と一緒《いっしょ》に生活すれば、ますます辛《つら》い思いをさせる事になる……】」

自分の影が生み出した暗闇《くらやみ》の空に上りながら、セルティはシューターに話し続ける。

【ああ、辛《つら》いよ、確かに辛いんだ、シューター。こんな想《おも》いをするぐらいなら、私はもう、二度と人間とは関わらない……】

悲しげに語るのに、セルティの首にはやはり表情一つ浮かばなかった。

【新羅《しんら》には私の事を忘れて欲しいのに……私は忘れたくないんだ、新羅の事……を……？】

そこで、彼女の言葉が止まった。

影に包まれ、異常な暗闇《くらやみ》に閉ざされた池袋《いけぶくろ》の空。

自分の真横《まよこ》を、夜空とは逆に、白く輝く影が通り過ぎたからだ。

それが新羅の姿《すがた》だと気付いた時——セルティは頭の中が真《ま》っ白《しろ》になる。

【なッ……】

「やあ」

【な、ななッ……ななな……何をしてるんだお前はぁッ！】

緩やかに落下《らっか》の軌跡《きせき》を描きながら落ちていく新羅を見て、セルティは思わず両手を前に差し出した。

空気を読んだように、シューターが『影の道』を強く蹴《け》り出し、勢い良く新羅へとその身を躍《おど》らせる。

そのせいで首が零《こぼ》れ落ちるが、さして問題ではない。

今は首から出た細い『影』が、頭部《とうぶ》の方の断面《だんめん》と完全に繋《つな》がっていた。

落ちる事も無ければ、無くす事もない。

もはや完全に、首と身体《からだ》の魂《たましい》は繋がっているのだから。

ノコギリでも火薬《かやく》でも、如何《いか》なる方法を用いようとも、魂とも言える『影』で繋がった頭部を切り放す事はできない。

ただ一つ――魂を斬ると言われた、とある妖刀を除いては。

「……セルティ」

落下しながら呟《つぶや》く新羅に追いつき、セルティが手を伸ばす。

【掴《つか》まれ！】」

もはや演技をしている場合ではないと、素《す》の声を聞かせたセルティに、新羅は答えた。

「ごめんね」

「【えッ？】」

そのまま、勢いよく下《か》降《こう》していく新羅と、それを追うセルティ。

セルティは見た。

充血《じゅうけつ》ではない。

新羅《しんら》の目が、杏里《あんり》のそれと同じように、煌々《こうこう》と赤い光を放つのを。

そして、新羅の右手の先から、鋭い刃が生み出される瞬間を。

「【しまッ……】」

刹那《せつな》、銀光《ぎんこう》が夜空に煌《かがや》き——

セルティの身体《からだ》と頭部《とうぶ》を繋《つな》ぐ影が、『罪歌《さいか》』によって勢い良く断ち切られた。

♂♀

十数分前《まえ》

「あ、そうだ……鯨木《くじらぎ》さん」

「？」

立ち去りかけた鯨木に、新羅が思い出したように言った。

「君の持ってる『罪歌』……レンタルするとしたら、いくらになるかな？」

「━━━━━━━━━━━━━━━━」

♂♀

首と胴体《どうたい》を切り放されたセルティが、空中で激しく仰《の》け反《ぞ》った。

リンクを失った首と身体、双方《そうほう》の断面から、異常な量の『影』が湧《わ》き出し、池袋《いけぶくろ》の空に異常な勢いで広がった。

Ｑｒｒｒｒｒｒｒｒｒｒｒｒｒｒｒｒｒｒｒｒｒｒｒｒｒｒｒ――――

セルティの身体はそのまま少しの間痙攣《けいれん》していたが、シューターが激しく嘶《いなな》いた事で、即座《そくざ》に意識《いしき》を取り戻す。

寝ている時ではない、起きながらにして頭部のリンクが急激《きゅうげき》に斬《き》られた事で、閃光《せんこう》のように様々《さまざま》な記憶《きおく》が入り乱れる。

――ああ……あああああああああああッ！

――私は……私……私は……！

数十年、数百年にわたる無数《むすう》の記憶がフラッシュバックし、走馬燈《そうまとう》のようにセルティの心を支配しかけた。

混乱したまま、彼女はシューターと共に下降《かこう》を続けたのだが――

高速で移り変わる記憶《きおく》の中に、ちらりちらりと映る白い影。

セルティは混乱しながらも、その『白い何か』に手を伸ばす。

まるで、それが自分にとって最も大事《だいじ》なものだとでも言わんばかりに。


次の瞬間《しゅんかん》――無意識《むいしき》に伸ばされた手が、何かを掴《つか》んだ。

それは、白衣《はくい》を纏《まと》った一人の男の腕。

――しん……ら。しんら……。


――……新羅《しんら》！

そこで意識が覚醒《かくせい》し、セルティは四方《しほう》に影を展開させる。

急速に生み出された影のクッションが下方に広がり――セルティ達は、サンシャインシティの一画《いっかく》へと勢い良く落下《らっか》した。

クッションに跳《は》ね返されながらも、セルティは新羅の腕を離さない。

シューターの誘導《ゆうどう》が無ければ、恐らく落下する新羅を掴む事はできなかっただろう。

それを踏まえても、様々《さまざま》な奇跡《きせき》が積み重なった事で、新羅は落下死《し》を免《まぬか》れる事ができた。

だが、今のセルティにそんな事を分析《ぶんせき》する余裕《よゆう》などなく――

――新羅！

『起きろ、新羅！』

セルティはシューターから飛び降りると、『せめてもの思い出に』と持ち続けていたＰＤＡを鎧《よろい》の隙間《すきま》から取り出し、目を回している新羅の前に突きつけた。

『頼む！　起きてくれ！　死なないでくれ！』

必死《ひっし》に文字を打ち込み、新羅の肩を揺するセルティ。

そんな彼女に――新羅はゆっくりと目を開け、言った。

「……駄目《だめ》だよセルティ……怪我人《けがにん》をそんなに揺すっちゃ」

『……新羅！』

目を醒《さ》ました新羅の胸を、ポコポコと叩《たた》く。

『馬鹿《ばか》！　この馬鹿！　お前は大《おお》馬鹿のろくでなしだ！』

「アイタタ……痛いよ、セルティ」

『なんで、なんでこんな危ない真似《まね》をした！　一歩間違《まちが》えたら……死んでた……新羅、お前は死んでたんだぞ！』

身体《からだ》をブルブルと震わせながらＰＤＡを突きつけてくるセルティに、新羅は言った。

「僕は、君の決意《けつい》を否定《ひてい》した」

笑顔を浮かべながらも、新羅は言う。

「デュラハンとしての生き様《ざま》と……君が選んだ未来を侮辱《ぶじょく》したんだ」

セルティの首筋《くびすじ》をそっとなで、闇医者《やみいしゃ》の男は微笑《ほほえ》んだ。

「命ぐらい懸《か》けなきゃ、釣《つ》り合わないだろう？」

そんな新羅《しんら》に、セルティはＰＤＡに文字を綴《つづ》る。

いつか大事《だいじ》な時に書いた文字。

同時に、一番書《か》き慣れている一文を。


『お前は……本当にバカだ』

♂♀

ハンズ前

「さて……祭は終わった、って思っていいのかね」

千景《ちかげ》の言葉に、青葉《あおば》が苦笑《くしょう》しながら答える。

「そうじゃないかな。まさかこんな終わりとは思わなかったけど」

「……ところで、なんで俺《おれ》は縛《しば》られてないのに、お前は縛られてんだ？」

自由に動ける千景とは逆に、青葉やヨシキリ達は他の暴走族《ぼうそうぞく》と同じように、影で手足《てあし》を縛られて転がっていた。

「さあね。まさか、こんな風《ふう》にあんたと決着《けっちゃく》になるとは思わなかったよ」

実際の所、正臣《まさおみ》と常に行動しているのを見ていたセルティの判断《はんだん》によるものだったのだが、そんな事は知らない千景と青葉は、単に運の差によるものだと考えていた。

「決着ねえ……まあ、正直、そこのでかいの二人と、他の族の連中《れんちゅう》とやりあってたら、転がってるのは俺の方だったかもな」

千景は転がる青葉に近づき、目出《めだ》し帽《ぼう》を剝《は》ぎ取る。

「……ッ！」

屈辱的《くつじょくてき》な顔で睨《にら》む青葉に、千景は言った。

「だが、こんな状態のガキ共をボコって『勝った』って言う程《ほど》マヌケじゃねえんでな。お前の面《つら》は覚えた。……多分。だからまあ、お前らとうちのチームの因縁《いんねん》のケリは、また今度じっくりつけてやるさ」

そして千景は、やはり地面に転がっている赤い目の者達を見て、首を傾《かし》げた。

「つーか……こいつら、結局なんなんだ……？　まだ目ぇ赤いしよ……」

♂♀

歩道

雑居《ざっきょ》ビルから降りた帝人《みかど》は、正臣《まさおみ》に肩を貸しながら歩道を歩いていた。

セルティ目がけて空高く投げられた新羅《しんら》も気になったが、目視《もくし》で二人が接触《せっしょく》したらしい所までは確認《かくにん》している。その為《ため》、セルティが新羅を助けたと信じ——まずは正臣を病院に連れて行くのが先だと考えたのである。

静雄《しずお》は『後輩《こうはい》が心配だ』と言ってハンズ前の方まで戻り、誠二《せいじ》と美香《みか》は『セルティの様子《ようす》を見てくる』とサンシャインシティの方に走っていった。

なので、帝人と沙樹《さき》の二人で両側から正臣を支え、来良総合病院《らいらそうごうびょういん》まで向かおうという事になったのだが——

暫《しばら》くの間、帝人は口を開く事ができなかった。

帝人を非《ひ》日常に引きずり込んだセルティ本人に、彼女との出会いが『無《む》意味だ』と否定され、『死ぬのを私のせいにするな』とまで言われてしまい、いよいよ自分のすべき事が解《わか》らなくなってしまったようだ。

「おい、帝人」

そんな帝人に、正臣が声をかけた。

「……」

口をパクパクさせる帝人に、正臣が声をかける。

「どうやって誤魔化《ごまか》すよ、俺《おれ》の足の銃《じゅう》の傷」

「え……？」

「お前も考えろよ、銃の傷だってなったら、警察絡《けいさつがら》みだぜ？　そこらへんに転がってる暴走族《ぼうそうぞく》の一人がたまたま銃を持ってた……ってのはどうだ？　それなら、どこのチームの仕業《しわざ》かも解らないだろうしよ……」

「……」

全身に痛みが響《ひび》いているであろう状態にもかかわらず、正臣はそんな冗談《じょうだん》を言った。

泣きそうな顔になる帝人に正臣は続ける。

「おいおい、杏里《あんり》に会えたからって嬉《うれ》し泣きか？　早く告白《こくはく》しねえと、俺がとっちまうぞ？」

「もう、正臣ったら」

沙樹がそう言って笑いながら、コツリと正臣の頭に頭突《ずつ》きする。

そんな二人のやりとりと、こちらを心配そうに見つめながら横を歩いている杏里を見て、帝人は俯《うつむ》きながら答えた。

「僕は、誰《だれ》かに憎《にく》んで欲しかったのかもしれない。僕の事を悪人だって、誰かにハッキリと止めて欲しかったんだと思う……」

帝人《みかど》は僅《わず》かに涙ぐみながら、それでも必死《ひっし》に笑顔を形作《かたちづく》ろうとした。

「その相手は、園原《そのはら》さんか紀田《きだ》君だったらいいなって思ってた」

「正臣《まさおみ》って言えよ……。こんな時に、昔の他人行儀《たにんぎょうぎ》な感じに戻るとかおかしいだろ」

不器用《ぶきよう》な作り笑いを浮かべる帝人に、正臣は足を引きずりながら言った。

そんな二人を見て、杏里《あんり》は心の底から安堵《あんど》すると、彼女も僅《わず》かに涙を浮かべながら微笑《ほほえ》んだ。

「三人……揃《そろ》っちゃいましたね」

「今は四人だけどね」

沙樹《さき》が指摘《してき》し、笑いながら軽く目を瞑《つむ》る。

「いいよ、私はお地蔵《じぞう》さんだと思って、三人だけの話をしなよ」

そんな沙樹の言葉を聞いて、杏里は感謝するように微笑み、少し前を歩きながら言った。

「揃ったら、話す約束でしたよね、三人の秘密《ひみつ》」

「……そうだね」

「なに？　そんな約束してたの？　おいおい、俺《おれ》だけ仲間外《なかまはず》れかよ」

苦笑《くしょう》する正臣に、帝人と杏里が顔を見合わせて笑った。

「そうだなあ……誰から話そうか？」

「やっぱり、ここは帝人だろ？　俺は杏里の秘密はデザートにとっておきたいからよ」

全身の苦痛《くつう》を隠《かく》すように冗談《じょうだん》を言い続ける正臣。

そんな痛々しさを感じつつも、帝人は自分の心が少しずつ緩んでいくような気がした。

ダラーズ初《はつ》集会の夜に手に入れた『非日常《ひ》』への切符《きっぷ》。

GW、黒沼青葉《くろぬまあおば》の右手を刺《さ》し貫《つらぬ》いた時に、それは特急券《とっきゅうけん》へと変わっていた。

それぞれの代償《だいしょう》として失ったものが、今、少しずつ自分の中に戻って来たように感じる。

――ああ、そうか。

――昔、園原さんが言ってた通りだ。

――何気ない日常がずっと続く事が、本当の非日常なのかもしれない。

帝人は過去の日々を思い出し、涙をボロボロと溢《こぼ》しながら杏里の顔を見た。

そして――


彼女の背後に迫る、一人の男に気付く。

「え……？」

手には小振《こぶ》りなナイフを握っていて、目は赤く充血《じゅうけつ》している。

何やらホスト風《ふう》の髪型《かみがた》になっているが、帝人はその男に見覚《みおぼ》えがあった。

――那須島《なすじま》先生……？

混乱する帝人《みかど》の視線の先で、那須島《なすじま》は下卑《げび》た笑《え》みを浮かべながら、杏里《あんり》の背中目《め》がけてナイフを突き刺《さ》そうとする。

——なんで……？

————

無意識《むいしき》の内に、帝人は正臣《まさおみ》から離れ、杏里を突き飛ばした。

ヨロめく正臣と、横に突き飛ばされた杏里が状況を把握《はあく》するよりも先に、帝人は那須島の前に立ち塞《ふさ》がり——

その凶刃《きょうとう》が、帝人の腹部《ふくぶ》に食い込んだ。

「あッ……」

悲鳴をあげる事すらできぬまま、刺された場所を中心として、帝人の全身に熱と痛みが駆《か》け巡る。

そして、那須島は『くそ！　邪魔《じゃま》しやがって！』と言いながら舌打《したう》ちをし、二度、三度と帝人の脇腹《わきばら》をナイフで刺《さ》し貫《つらぬ》いた。

悲鳴が聞こえる。

正臣だろうか。それとも杏里の悲鳴だろうか。
その判断《はんだん》すらできなくなり——
竜ヶ峰《りゅうがみね》帝人の世界は、光すらない暗い影に包まれた。

チャットルーム

チャットルームには誰《だれ》もいません

・・・

参さんが入室されました。

参【また会おうね】

参さんが退室《たいしつ》されました。

チャットルームには誰もいません

チャットルームには誰もいません

・・・

エピローグ

そして、東京《とうきよう》は朝を迎える。

だが、時計の針《はり》が朝の6時を過ぎようとも、7時を過ぎようとも——池袋《いけぶくろ》の街に、日光が降り注《そそ》ぐ事はなかった。

曇りという言葉すら生ぬるい、漆黒《しっこく》の『影』が街の上を覆《おお》い尽くす。

まるで夜が続いているような光景《こうけい》に、人々は不安がり、朝のニュースでも大々的に取り上げられた。

昼前にはすっかり影も消え去り、世間《せけん》的には、『特殊《とくしゅ》な砂塵《さじん》の影響《えいきよう》による自然現象《げんしよう》』として片付けられ、いつも通りの日常に戻っていったのだが——

『影』そのものと深く関わっていた者達は、それぞれの変化を迎える朝となった。

♂♀

車内

「……」

薄れる意識《いしき》の中、折原臨也《おりはらいざや》は自分が何かに揺られている事に気付く。

どうやら、背後に倒された車の助手席に座っているらしい。

横を見ると、スキンヘッドの男が無表情で運転を続けている。

「……黄根《きね》さん……かい」

「俺《おれ》がたまたま傍《そば》に居て運が良かったな……とは、少し言いがたい」

「……」

「お前の傷、今から病院に駆《か》け込んだ所で、助かるかどうかは五分五分《ごぶごぶ》といった所だ」

なんの感慨《かんがい》もなく、黄根は淡々《たんたん》と自分の見立てを口にした。

「正直、その腹に刺《さ》さってるナイフよりも、全身の打撲《だぼく》が酷《ひど》そうだ。内臓《ないぞう》もいくつかヤラレてそうだが、よくそんな状態で静雄《しずお》とやりあったもんだ」

「……」

臨也は言われて、自分の脇腹《わきばら》に目を移す。

確かにそこには、射出《しゃしゅつ》式ナイフの刃《は》がめり込んでいた。

だが、傷口の周囲には『影』がまとわりついており、出血《しゅっけつ》を最小限に抑えている。

「抜かない方がいい。出血して、五割が一割まで減るぞ」

「……」

「まあ、死ぬ前に、後ろの奴《やつ》にも礼《れい》ぐらいは言っておけ。静雄の目が眩《くら》んでる間に、お前を運ぶの手伝ってくれたんでな」

「……？」

臨也が青い顔のままバックミラーに目を向けると、そこには冷めた表情をした少女——間宮《まみや》愛海《まなみ》の姿《すがた》があった。

「勘違《かんちが》いしないで、私はただ、邪魔《じゃま》されずに貴方《あなた》の末路《まつろ》を見届けたかっただけ」

彼女は鏡越《かがみご》しに、露骨《ろこつ》な憎《にく》しみと蔑《さげす》みの色を湛《たた》えた目を向ける。

「貴方がこのまま死んだら、『お前は平和島静雄《化け物》に殺された。ざまあみろ』って言ってあげる。もしもその傷口の『影』のおかげで生き延びたら、『お前は首無しライダー《化け物》に助けられてのうのうと生きてる。ざまあみろ』って言ってあげる」

「……はは……厭《いや》な事を……言うね」

「さっき、岸谷新羅《きしたにしんら》さんと話して色々と聞いたの。貴方の嫌《いや》がりそうなこと」

「あいつ……め……」

苦笑《くしょう》しながら大きく息を吐き出し、虚《うつ》ろな目をしたまま、窓から見える漆黒《しっこく》の空を見上げた。

そのまま暫《しばら》く黙《だま》り込む臨也《いざや》に、黄根《きね》が尋《たず》ねる。

「どうする？　近くの緊急《きんきゅう》病院に放り込んでやってもいいが、俺《おれ》のコネのある闇医者《やみいしゃ》の方が都合《つごう》がいいか？」

すると臨也は、瀕死《ひんし》にも関わらず、池袋《いけぶくろ》の空を覆《おお》う『影』を睨《にら》み付けながら口を開いた。

「ああ……まずは、この街の外へ……できるだけ遠くへ行ってくれないかな……」

「……」

「死ぬとしても……化《ば》け物《もの》に看取《みと》られるのは……まっぴらだからね」

強がって笑う臨也だが、その顔からは少しずつ血の気が失われていく。

黄根は何も言わないまま、警察の手で行われているであろう検問《けんもん》を抜けるルートを考えながら車を走らせ続けた。

やがて、彼らを乗せた車は、街の外へと消え去っていく。

臨也はそのまま、池袋から姿《すがた》を消し——その生死に関する情報は、闇の中へと伏せられた。

それを伝える情報屋《じょうほうや》自身が、街から去ってしまったのだから。

♂♀

やがて空の闇は薄れ始め、同時に、暴走族《ぼうそうぞく》や罪歌憑《さいかつ》きを縛《しば》っていた影も霧散《むさん》していく。


「……あれ？」

贄川周治《にえかわしゅうじ》が意識《いしき》を取り戻した時、彼は池袋の街中《まちなか》で転がっていた。

「俺……何でこんな所に？」

周りを見ると、周囲の人々も不思議《ふしぎ》そうに辺りを見回している。

「ええと……俺……春奈《はるな》を見つけて……それからどうしたんだっけか……」

混乱している彼の携帯《けいたい》に、メールの着信音《ちゃくしん》が響《ひび》いた。

見ると、それは娘《むすめ》からのものである。

そこには、ただ一言《ひとこと》こう書かれていた。

『安心して父《とう》さん。私は今、愛している人と一緒《いっしょ》だから』

と、全く安心できない一言が。

都内某所《ぼうしょ》

――ん？

――なんだここは……？

那須島隆志《なすじまたかし》が目覚めると、そこは薄暗《うすぐら》い部屋の中だった。

「……あ……ぐぁッ……！」

起き上がろうとしても、身体《からだ》が動かない。

しかも、全身に酷《ひど》い痛みがある。

――なんだ……何が起こった……？

全身の痛みに脳味噌《のうみそ》を揺さぶられながらも、那須島は少しずつ思い出す。

自分が意識《いしき》を失うまでの出来事《できごと》を。

静雄《しずお》を怖《おそ》れ、露西亜寿司《ロシアずし》の店内に身を隠《かく》していた事が幸いし、『影』の拘束《こうそく》を逃《のが》れた那須島。

彼はそのまま新たな『手駒《てごま》』を求めて彷徨《さまよ》ったのだが――

♂♀

そこでたまたま、歩道を歩いている園原杏里《そのはらあんり》の姿《すがた》を発見したのである。

しかも、怪我《けが》をした誰《だれ》かに注意を向けて、隙《すき》だらけもいい所だった。

最高の手駒が手に入ると、那須島は舌《した》なめずりしながら近づいたのだが——。

——そうだ、あそこで変なガキが邪魔《じゃま》しやがって……。

苛立《いらだ》って数回刺した所で、園原杏里が悲鳴をあげ——身体から日本刀《にほんとう》を生み出してこちらに斬《き》りかかってきた。

——それで……ええと……。俺《おれ》は、斬られなかったんだ。

——あれ？　俺、なんで園原に斬られなかったんだ？

那須島は背骨《せぼね》が強く軋《きし》むのを感じながら、更《さら》に深く思い出そうと試みる。

♂♀

那須島に杏里の『罪歌《さいか》』が届こうかというその瞬間《しゅんかん》——

間に割り込んだ春奈《はるな》が、手にしたナイフでその一撃《いちげき》を受け逸《そ》らした。

「……!?　春奈さん！」

「駄目《だめ》……駄目よ杏里……いくら友達でも、隆志は、隆志だけは渡せないわ」

怒りと陶酔《とうすい》に満ちた言葉を聞き、那須島の全身に鳥肌《とりはだ》が立つ。

「に……贄川《にえかわ》……？　お前……俺《おれ》に支配されてた筈《はず》じゃ……」

すると、春奈《はるな》は一瞬《いっしゅん》の沈黙《ちんもく》の後に答えを返す。

恋する乙女《おとめ》の瞳《ひとみ》で、身体《からだ》をくねらせながら——口元を最大限に歪《ゆが》ませて。

「……だって、隆志は、そんな私を望んでたんでしょう？」

演技をしていたという事か、あるいはわざと罪歌《さいか》に支配されていたという事だろうか。

「ずっと隆志の望む私でいてあげられなくてごめんなさい……だけど、このままじゃ、この泥《どろ》棒猫《ぼうねこ》に隆志が取られると思って……」

どちらにせよ、那須島《なすじま》にとっては全く望ましくない事実であり、彼は『あひぇ』と情《なさ》けない声をあげて杏里《あんり》と春奈に背を向けた。

「あッ……待って、隆志……！」


——糞《くそ》！　糞！　畜生《ちくしょう》が！　なんでだ!?　どうしてこうなった！

——俺《おれ》は力を手に入れた筈じゃあないのか!?　なんで俺がこんな目に遭《あ》う！

教師《きょうし》であるにも関わらず『自業自得《じごうじとく》』という単語《たんご》が頭の辞書《じしょ》から欠落《けつらく》した那須島は、全力で逃げながら街の路地《ろじ》を走り続けた。

そして、こちらに向かってくる一台のバンを見つけ、その前に立ち塞《ふさ》がって手を振った。

「おい、止まれ！　俺を乗せろ！」

一般《いっぱん》車両だろうが暴走族《ぼうそうぞく》の車だろうが、運転席から出て来た瞬間《しゅんかん》にナイフで斬《き》り付ければ支配できる。そう考えて堂々と車の前に立ち塞がったのだが――

「おい、誰《だれ》か道の真《ま》ん中《なか》に飛び出してきたぞ」

　フロントガラスの割れたバンを走らせる渡草《とぐさ》が、そんな事を呟《つぶや》いた。

　先刻《せんこく》、街に『影』が降り注《そそ》いだ後、泉井《いずみい》達は全員影に拘束《こうそく》されて地面に転がっていたのだが、何故《なぜ》か門田《かどた》達は無事《ぶじ》であり、とりあえず泉井達を放っておいて現場から離脱《りだつ》する事にしたのである。

　一旦《いったん》距離をおいてから杏里達に電話をしようとしていた所で、道の先に突然《とつぜん》一人の男が立ち塞がった。

　狩沢《かりさわ》は後部《こうぶ》座席からその男を見て、思わず声を上げる。

「ああッ！　あいつだよ！　帝人《みかど》君をどうこうするとか言ってた、赤目《あかめ》達のボス！」

　続いて、門田が独《ひと》り言《ごと》を呟いた。

「……ああ？　ありゃ……切り裂《さ》き魔《ま》に俺を跳ねさせた奴じゃねえか」

　それを聞いた瞬間《しゅんかん》、渡草の中で何かがキレる。

「あッ、おい、待て渡草……」

　門田の制止は間に合わず、渡草は勢い良くアクセルを踏み込んだ。

そして、衝突音《しょうとつ》が響《ひび》き——那須島隆志《なすじまたかし》の意識《いしき》は、そこで一度途絶《とだ》える結果となった。

♂♀

「そうだ……俺《おれ》はあの車に跳《は》ねられて……」

完全に思い出した所で、那須島は更《さら》なる異常に気付く。

自分の手足が、ベッドの四方《しほう》に革製《かわせい》の拘束具《こうそくぐ》で縛《しば》り付けられているではないか。

「なッ……ぐぁッ……」

跳ねられた時の怪我《けが》だろうか、やはり全身の痛みが酷《ひど》い。

「どうなってる……ここは何処《どこ》なんだ？」

そんな彼に、部屋の隅《すみ》から声が聞こえてきた。

「あぁ……目が醒《さ》めたのね、隆志……」

「えッ……」

「ここは折原臨也《おりはらいざや》の用意してたアジトの一つよ。安心して、誰《だれ》も来ないし、どれだけ激しく愛し合っても、外に音は響かないから……」

「ひッ⁉」

視線と首を動かすと、そこには恍惚《こうこつ》とした目をした春奈《はるな》が居た。

「隆志を跳ねた奴《やつ》を切り刻んでやろうと思ったけど……許してあげる事にしたの。だって、隆志が跳ねられたお陰で、貴方《あなた》と私の絆《きずな》はもっともっと強くなるんだから……」

彼女の手に光るのは、一本のナイフ。

「あぁぁぁ！　あぁぁぁぁ！」

怯《おび》えて悲鳴をあげる那須島だが、それを怪我の痛みによる苦痛と受け取ったのか、春奈はゆっくりと那須島の頬《ほお》を撫《な》でた後、ベッドの横に置かれていたロッカーを開け広げた。

「安心して、隆志……私が治療《ちりょう》してあげるから」

ロッカーの中はいくつかの棚《たな》に区切られており、メスやハサミ、カッターナイフといった小物から、ノコギリや手斧《ておの》、チェーンソーに至るまで、様々《さまざま》な『刃物《はもの》』が並べられている。

そんな刃物をいくつも手に抱えながら、春奈は隆志に自分の想《おも》いを打ち明けた。

「好きよ、隆志」

「あ……あぁぁぁぁ……」

「貴方の痛みを……私の痛み《愛》で全部塗り潰《つぶ》してあげる」

那須島の絶叫《ぜっきょう》が室内に響き渉《わた》り――

誰にも邪魔《じゃま》されない、二人だけの濃密《のうみつ》な時間が幕《まく》を開けた。

♂♀

池袋某所《いけぶくろぼうしょ》

『はい、というわけで、【首】は無事《ぶじ》に回収班《かいしゅうはん》が空港まで輸送中《ゆそう》でございますです。このまま特殊《とくしゅ》な人体標本《ひょうほん》としてシカゴの本社に輸送するとの予定ですます』

奇妙《きみょう》な日本語《にほんご》で話す、携帯《けいたい》電話越しの声——エミリアに、森厳《しんげん》は呆《あき》れたように言う。

「回収班を呼んでいたのか。全く君は、料理の手際《てぎわ》は最悪な割に、こういう事は呆れる程《ほど》にそつが無いな」

『森厳さんに手間《てま》をかけさせるわけにはいかないですますから』

「その気持ちは実に嬉《うれ》しいが、できる事なら料理に火薬《かやく》を混ぜるのはやめてくれたまえ」

惚気《のろけ》ともとれる会話を暫《しばら》く続けた後、森厳は電話を切って背後に立つ女性に声をかけた。

「だ、そうだが、どうするね、波江《なみえ》君」

「……何がどうするね、よ」

縊《くび》り殺してやりたいと思ったが、背後にいるロシア人らしき男が目を光らせている為《ため》、それままならない。

誠二《せいじ》よりも先に『首』を回収しようと独自《どくじ》に動いていた彼女だが、その最中《さなか》に森厳に捕《つか》まり、

――「首はもう『ネブラ』が回収したよ」

と忌々《いまいま》しい知らせを受けた。

その苛立《いらだ》ちも消えないうちに、森厳がいけしゃあしゃあと言葉を紡《つむ》ぐ。

「どうするもこうするも、ここだけの話、君の叔父上《おじうえ》はショックを受けて放心《ほうしん》状態となっている上に、顔面にマジックで『Ｉ　Ｌｏｖｅ　生首《なまくび》』とハートマーク付きで書かれ、もはや滑稽《こっけい》を通り越して憐《あわ》れみを覚える始末《しまつ》だ。もはや君をどうこうしようという気概《きがい》もあるまい」

「……それで？」

「我々『ネブラ』としては、首に誰《だれ》よりも長く執着《しゅうちゃく》していた君の手腕《しゅわん》が欲しいのだがね？」

「はあ？　なにそれ、勧誘《かんゆう》でもしてるつもり？」

「おやおや、ここまでストレートに話をしてやっても勧誘だと確信が持てないとは、君はもしかして頭があまり良くないのかごごががががが！　喉仏《のどぼとけ》……喉仏を親指で潰《つぶ》そうとするのは洒落《しゃれ》にならんからやめたまげごごごごご……」

結局、エゴールが止めるまで延々《えんえん》と波江の攻撃《こうげき》は続く事になり――その頃《ころ》には、すっかり空から黒い『影』は消え去ってしまっていた。

そして、月日はゆるやかに流れ始める。

♂♀

数日後　誠二《せいじ》のアパート

「本当にいいのか？」

「もちろんです！」

「簡単に行くって言っても、金も手間《てま》も掛かるぞ」

「誠二がいくなら、どこにだって行きますよ！」

そんな会話を、誠二と美香《みか》が続けている。

近所のデートの場所について話しているわけではない。

二人は、アメリカへの留学《りゅうがく》について検討《けんとう》していた。

姉がアメリカに行くという話に続き、美香から『首がシカゴに運ばれたらしい』という情報を聞いた誠二は、すぐに留学という形でアメリカに渉《わた》る計画を立て始め——当然だとばかりに、美香もその準備を始めたのである。

「だけど……どうして俺《おれ》に首がシカゴにあるって教えてくれたんだ？」

「え？」

「俺に黙《だま》って一人で行った方が、首を手に入れて破壊《はかい》できるチャンスがあるんじゃないのか」

「それでも、誠二と一緒《いっしょ》の方がいいですから！」

裏表《うらおもて》の無い笑顔で言った美香に、誠二がぼそりと言った。

「……やっぱり俺は、あの首を愛してる」

「はい！」

いつも通りのやり取りの後、誠二はさらに一言《ひとこと》付け加える。

「だけどな、恋人じゃなくても……美香の事は、家族みたいなものだと思ってる」

その言葉に、美香は何も言葉を返さず、ただ、誠二を後ろからキュッと抱きしめた。

誠二も、それを特に嫌《いや》がる素振《そぶ》りは見せず——二人の不思議《ふしぎ》な関係は、どこまでも真《ま》っ直《す》ぐに、『首』へと向かって続いていく。

どこまでも平行線だと知りながら。

それでも、すぐ隣《となり》に互いの温《ぬく》もりを感じ、二人はただ、前へ前へと進み続ける。

♂♀

都内某所《ぼうしょ》

『連続殺人鬼《さつじんき》【ハリウッド】の容疑者《ようぎしゃ》が浮上《ふじょう》した』という話を事務所のマネージャーから聞かされた時、聖辺《ひじりべ》ルリは、いよいよ来る時が来たと思った。

親の仇討《かたきう》ちとはいえ、罪は罪である。

償《つぐな》う時が来ただけの話であり、覚悟《かくご》はできていた。

ただ一つ、首謀者《しゅぼうしゃ》である澱切陣内《よどぎりじんない》を逃《のが》してしまっていることだけが心残りではあったが——

今さら彼を殺そうという気にもならない。

全てを受け入れるのは構わない。

ただ、羽島幽平《はねじまゆうへい》にだけは迷惑《めいわく》をかけないようにしなければ。

そんな事を思いながらマネージャーの話の続きを聞き、彼女は混乱する結果となった。

『澱切陣内と、その秘書《ひしょ》である鯨木《くじらぎ》かさねが連続殺人の犯人として浮上しているらしい』

公《おおやけ》に発表されているわけではないが、現在警察が参考人《さんこうにん》として行方《ゆくえ》を追っており、元々澱切の事務所に所属《しょぞく》していたルリも事情を聞かれるかもしれない。

マネージャーの話はそれだけで、ルリは何がなんだか解《わか》らぬまま、夜の街を帰路《きろ》についた。

羽島幽平に相談しよう。

そんな事を考えながら、自宅マンションに程近《ほどちか》い夜道を歩いていると——

前方から、一台のトラックが迫ってくる事に気が付いた。

避けようと思って道の端《はし》に寄った彼女だったが、そこで異常に気付く。

トラックは細い道だというのに欠片《かけら》も速度を落とす事なく、寧《むし》ろ、ルリ目がけて一直《いっ》線に突っ込んで来ているという事に。

——ッ！

判断《はんだん》が、ほんの僅《わず》かに遅れた。

運転席に座る男の狂気《きょうき》に満ちた『執着《しゅうちゃく》』の色に、一瞬《いっしゅん》心が呑《の》まれてしまったのだ。


聖辺ルリは知らない。

その運転席の男が、熱狂《ねっきょう》的な自分のストーカーであり——ルリが父の敵《かたき》として殺した男の息子《むすこ》、徒橋喜助《あだばしきすけ》だという事を。

「はは……はははぁあ……ハハハハハハアアアアハハア！」

折れた足を引きずりながら臨也《いざや》のアジトを脱出《だっしゅつ》した徒橋は、執念一つでルリの元まで辿《たど》り着き、こうして盗《ぬす》んだトラックで襲撃《しゅうげき》を仕掛けたのである。

人間離れした膂力《りょりょく》を持つルリだが、愛情と破壊《はかい》を同一視する異常な男の妄執《もうしゅう》を前に、完全に避けるタイミングを逸《のが》してしまった。

そして、彼女の身体《からだ》が暴力《ぼうりょく》的な質量に蹂躙《じゅうりん》されようかという直前――ルリをも超える膂力《りょりょく》の持ち主が、彼女の身体を一瞬《いっしゅん》で抱えあげ、迫るトラックの前面を駆《か》け上り、そのまま跳躍《ちょうやく》して飛び越えたではないか。

次の瞬間《しゅんかん》、衝突《しょうとつ》音が響《ひび》き、電柱《でんちゅう》に衝突したトラックの前面が拉《ひしゃ》げかける。

折れた電柱が軋《きし》みを上げているのを聞きながら、ルリは自分を抱えて跳《と》んだのが何者であるかを理解した。

「あ、貴女《あなた》は……鯨木《くじらぎ》さん……？」

憎《にく》き澱切《よどぎり》の秘書《ひしょ》である鯨木が自分を助けた。

その事実を把握《はあく》事しきれず、混乱し続けるルリに――彼女は言った。

「私が、憎いですか」

「えッ……」

「一方的な宣言《せんげん》で申《もう》し訳《わけ》ないのですが……私は、貴女に嫉妬《しっと》しています」

突然《とつぜん》そんな事を告白《こくはく》する鯨木に、ルリは思わず問い返す。

「あの……どういう事ですか？」

憎しみよりも先に、疑問が先に湧《わ》き上がった。

しかし、ルリの疑問に答える事はなく、本当に一方的に『宣言』だけする鯨木。

「だから、私は貴女から奪《うば》う事にしました。殺人鬼《さつじんき》『ハリウッド』として、罪を償《つぐな》う機会《きかい》を」

「!?」

「これは、私の罪であり、貴女への罰《ばつ》です」

「殺人鬼『ハリウッド』の罪は、私が全て奪います。貴女が償う事で楽になどならないように、、、、、、、、、、、、、、、、、、」

鯨木は拉げたトラックの運転席から、意識《いしき》を失っている徒橋《あだばし》を引き摺《ず》り出し、肩に担《かつ》ぎ上げながらルリに背を向けた。

「……せいぜい、償えない罪の意識に苛《さいな》まされながら、幸せに生きて下さい」

「何を……言ってるんですか？　どうして……貴女がそんな事を？」

「自首《じしゅ》しても、無駄《むだ》ですよ」

ルリの質問には一切《いっさい》答えようとせず、鯨木は、目を赤く輝かせながら言葉を紡《つむ》ぐ。

「私の手は、警察《けいさつ》内部にも、報道機関《きかん》にも、深く食い込んでいますから」

その異常な目にビクリと身体を震わせた後、ルリは尚《なお》も食い下がる。

「待って下さい！　貴女は一体……」

しかし、結局鯨木は具体的な事は何一つ言わぬまま——

ただ一言《ひとこと》、自嘲気味《じちょうぎみ》に笑って答えを返し、そのまま人間離れした跳躍力で現場から消え去ってしまった。

「私は、貴女《あなた》に嫉妬《しっと》と羨望《せんぼう》を抱く……ただの、悪人です」

♂♀

数日後　来良《らいら》総合病院

「帝人《みかど》が迷惑《めいわく》を掛けてしまって、本当にすまなかったな、正臣君《まさおみ》」

「でも、園原《そのはら》さん……でしたよね、貴女に怪我《けが》がなくて、本当に良かったわ」

正臣と杏里《あんり》の前に立つ二人の『大人《おとな》』が、そう言って優しい声をかけてくる。

「これからも、どうか……どうか、帝人をよろしく頼む」

「本当に、あの子と友達でいてくれて、ありがとうね」

そう言って病室に戻った中年《ちゅうねん》の男女を見送った後、正臣と杏里はゆっくりと病院のエントランスへと歩き始めた。

「杏里が会うのは初めてだっけ、帝人の親父《おやじ》さんとお袋《ふくろ》さん」

「はい」

「びっくりするぐらい、普通の人達だろ？　でも、いい人達だよ。俺《おれ》もガキの頃《ころ》、よくスイカとか御馳走《ごちそう》になってさ」

言われてみて、改めて帝人の両親の顔を思い返す。

過去に帝人本人から、印刷《いんさつ》会社の人事部長《じんじ》をしていると聞いていた竜ヶ峰《りゅうがみね》家の父親。

色々と気苦労《きぐろう》が多そうな頭髪《とうはつ》だったが、それも含めて、人の良さそうな普通の父親、という印象《いんしょう》だった。母親の方も、杏里が想像《そうぞう》する『一般《いっぱん》的な母親』をそのまま当てはめたような外見であり、自分の息子《むすこ》が重体に陥《おちい》ったというのに、杏里の心配をするような優しい人物だった。

結局、早朝からハイキングに出かけようとした所で暴走族《ぼうそうぞく》の抗争《こうそう》に巻き込まれ、暴漢《ぼうかん》に刺《さ》されかけた所を帝人が庇《かば》った、という事になっている。

正臣の足の怪我については、肝心《かんじん》の銃弾《じゅうだん》が綺麗《きれい》に排出《はいしゅつ》されていた事と、『影』によって綺麗に血止めされていた事から、銃創《じゅうそう》ではなく『不可解《ふかかい》な傷』として処理された。

そして——竜ヶ峰帝人は、命こそ取り留めたものの、未《いま》だに目を醒《さ》ましていない。

「あの親父さん達があんな感じだからさ、やっぱり帝人がこんな目にあったのって、家庭の環《かん》境《きょう》とかじゃなくてさ……全部俺のせいなんじゃないかって気がしてよ」

「そんな事……」

杏里が否定しようとした時、二人の横から別の少年の声が響《ひび》く。

「自惚《うぬぼ》れない方がいいですよ」


「？」

正臣《まさおみ》が見ると、そこには一人の少年が立っていた。

「紀田先輩《きだせんぱい》に、そこまで影響力《えいきようりよく》はありませんって」

「黒沼君《くろぬま》……」

杏里《あんり》の呟《つぶや》きを聞き、正臣はハッと目の前の少年の顔を思い出し、睨《にら》み付ける。

「黒沼青葉《あおば》……手前《てめえ》、何しに来やがった……」

「病院の中で揉《も》めるつもりはありませんよ。信じて貰《もら》えないかもしれませんけど、僕も帝人先《みかど》輩のお見舞《みま》いですよ。悪いですか？」

「よくもヌケヌケと……」

殴《なぐ》り掛かりそうになる自分を抑えながら、正臣が問う。

「お前ら……まだ帝人を巻き込むつもりなのか？」

すると青葉は、溜息《ためいき》を吐《つ》きながら答えた。

「いいえ、さっき、ちょっと怖いおじさんに、い、い、い、い、い、い、釘を刺されましたし……俺《おれ》達としては大分《だいぶ》目的を達成したんで、もう帝人先輩に無理強《むりじ》いする事はないですよ」

「目的……？」

「案《あん》の定《じょう》、この前の騒動《そうどう》でダラーズは一気に『危険なチーム』として名前が知れ渡りましたからね。実際、一般人《いっぱんじん》はみんなビビってダラーズを抜けましたし、関連サイトもサブ管理人の九十九屋《つくもや》って人が一気に消しちゃったんで、本当に名前だけが一人歩きしてる状態ですよ」

「……その裏で、お前ら『ブルースクウェア』は自由に動けるってわけか。ダラーズに全部罪《つみ》をなすりつけて」

忌々《いまいま》しげに言う正臣に、青葉は苦笑《くしょう》して首を振る。

「本当は、帝人先輩と一緒《いっしょ》に泳《およ》ぎたかったんですけどね。水槽はだいぶ広がって、見通しは随分とよくなりましたよ」

「おい……」

「ま、そこまで上手《うま》くいくかどうかは解《わか》りませんけどね。六条千景《ろくじょうちかげ》には完全に俺の存在を認識《にんしき》されちゃいましたし……。『屍　龍《ドラゴンゾンビ》』のボスの嬰麗貝《エイリーベイ》も日本《にほん》に戻って来るらしいですし、紀田先輩の大嫌《だいきら》いな泉井蘭《いずみいらん》も何か企《たくら》んでますから、油断《ゆだん》はできませんよ。もちろん、黄巾賊《こうきんぞく》もね」

「どうだっていいんだよ、そんな事は」

肩を竦《すく》める青葉を睨み付けたまま、正臣はハッキリと告げた。

「もしも今後、帝人を巻き込んだり、あいつのやったことを貶《おとし》めるような真似《まね》しやがったら……その時は、俺がお前らを潰《つぶ》すからな」

「気を付けますよ」

溜息《ためいき》を吐《つ》いた後、青葉《あおば》は杏里《あんり》と正臣《まさおみ》の二人に対し、少しだけ素《す》の笑《え》みを浮かべてみせる。

「勘違《かんちが》いしないで欲しいんですけど……俺《おれ》も、帝人先輩《みかどせんぱい》の事は尊敬《そんけい》してるんですよ？」


青葉が帝人の病室へと向かったのを確認《かくにん》した後、正臣は忌々《いまいま》しげに呟《つぶや》いた。

「ったく、杏里も気を付けろよ。あいつと学校一緒《いっしょ》なんだろ？」

「ええ、でも……いつもと全然雰囲気《ふんいき》が違うから驚きました……」

後輩《こうはい》の本性《ほんしょう》については周囲から聞かされて知っていたが、今日《きょう》初めて目《ま》の当たりにした事で、杏里は戸惑《とまど》っているようだった。

正臣は話題を元に戻そうと、改めて杏里に問う。

「なあ……帝人が起きたら、なんて言う？」

「それは……」

まだ意識《いしき》が戻る兆候《ちょうこう》はないそうだが、彼らは信じていた。

帝人は、絶対に目を醒《さ》ますと。

だからこそ、少年が戻ってきた時に、なんと声をかけるべきかは大事《だいじ》な事だった。

二人で少し考えた後——正臣と杏里は、同じ答えに思い至った。

♂♀

正臣達が病院から出ると、そこには沙樹《さき》が待っていた。

「なんだよ、来てたのか」

「うん。でも、三人に水差しちゃだめかなって思って」

柔《やわ》らかい笑《え》みを浮かべながら言う沙樹に、正臣は呆《あき》れながら言う。

「変な気ぃ使うなよ。そんなんじゃ、帝人が目を醒ました後にお前を紹介《しょうかい》できないじゃねえか」

沙樹と正臣の会話を微笑《ほほえ》みながら聞いていた杏里は、病院の門から顔見知りが近づいて来る事に気が付いた。

杏里は与《あずか》り知らぬ事だったが――それは、青葉が言っていた『釘《くぎ》を刺《さ》してきた怖《こわ》いおじさん』に他ならなかった。

「よう、杏里ちゃん」

「赤林《あかばやし》さん？　どうしてここに？」

堅気《かたぎ》とは違う空気を感じ取ったのか、正臣は赤林を警戒《けいかい》していたのだが――杏里に紹介された事もあり、安堵《あんど》したように沙樹と共に帰って行った。

それを見送った後、赤林《あかばやし》は杏里《あんり》に言う。

「いやあ、杏里ちゃんを命がけで助けてくれたって子に、御礼《おれい》ぐらいしたかったんだけどさ、まだ目ぇ醒《さ》ましてないのかい？」

「はい……」

「そうか、そりゃ残念だ」

肩を竦《すく》める赤林。

彼の記憶《きおく》に、数日前の夜の青崎《あおざき》との交渉《こうしょう》が蘇《よみがえ》る。

帝人《みかど》とダラーズの今後について、譲《ゆず》る気配《けはい》の薄い青崎に、赤林は一つの提案《ていあん》を切り出した。

――「そりゃ俺《おれ》達もこういう稼業《かぎょう》だ。お情《なさ》けや義理《ぎり》で見逃《みのが》してくれとは言わねえさ」

赤林は、青崎に対して一つの『取引』を持ちかける。

――「俺の扱ってる利権《りけん》の一部……まあ、大したもんじゃないけどさ、それをあんたに譲渡《じょうと》するから、ここは引いちゃくれないかい」

青崎は驚きの混じった疑念の目を浮かべていたが、赤林が本気《ほんき》だと理解すると、暫《しばら》く考えた後に取引を了承《りょうしょう》した。

――「本当に丸くなりやがったな。手前《てめえ》と堂々《どうどう》と潰《つぶ》し合えるかとちいとは期待したんだが」

そんな事を言う青崎に、赤林は自嘲気味《じちょうぎみ》な笑み《え》を浮かべて答える。

――「逆さ。ガキ一人に殺し合いのきっかけを背負《せお》わせる程《ほど》、耄碌《もうろく》したつもりはねえよ。ただ、子供が道を踏み外しかけた時に手助けしてやるのが、大人《おとな》の役目ってだけさ」

彼はそこで一旦《いったん》肩を竦《すく》め、自嘲気味に一言《ひとこと》付け加えた。

――「まあ、俺は引き戻すんじゃなくて、押し返す側だけどな」


「ところで、おいちゃんはあれだ、杏里ちゃんに改めて聞きたい事があるんだけど、いいかい」

「？　はい」

素直に頷《うなず》く杏里に、赤林は一瞬《いっしゅん》の間を空《あ》けて問いかけた。

「竜ヶ峰《りゅうがみね》帝人君って子の事、好きなのかい？」

「……！」

予想《よそう》外の問いに杏里は目を丸くするが、少しの間を置き、堂々《どうどう》と頷いた。

「……はい。自分でも良く解《わか》らないんですけど……そうなのかもしれません」

「それは……別の何かのせいじゃなくて、杏里ちゃんの意志《いし》なんだよな？」

「え……？」

杏里はそこで、ハッと気付く。

赤林《あかばやし》は、母親と知り合いだったという。

ならば、『罪歌《さいか》』の事を何か知っているのではないかと。

だが、敢《あ》えてそれには触れず、杏里《あんり》はハッキリと答え直す。

「はい、私の……私自身の気持ちです」

「そうか、それなら、おいちゃんは安心だ」

赤林はそれ以上『罪歌』を匂《にお》わせる言葉を出すことはなく、満足そうに笑って杖《つえ》を鳴らした。

「青春を楽しみなよ」

自分の過去を思い返し、彼は偽《いつわ》らざる本音《ほんね》を口にする。

「おいちゃんには、できなかった事だからさ」

♂♀

数週間後

「もう、すっかり秋だねぇ」

強い日差しが差し込む車内で、狩沢《かりさわ》がそんな事を呟《つぶや》いた。

「……真夏日《まなつび》だぞ？」

再入院を経て、無事《ぶじ》に退院した門田《かどた》のツッコミに、狩沢と遊馬崎《ゆまさき》がそろって答える。

「何言ってるのドタチン、インドア派《は》に熱さ寒さは関係ないよ」

「そうっすよ！　秋かどうかを判断《はんだん》するのは、秋クールのアニメの新番組が開始されたかどうかで決まるんすからね！」

そんな二人に、フロントガラスをはじめとするバンの修理《しゅうり》を全て終え、ようやく機嫌《きげん》を直した渡草《とぐさ》が溜息《ためいき》を吐《つ》く。

「人の車でアニメイトに通ってるお前らがインドア派ねぇ」

そのツッコミをスルーしながら、狩沢が渡草に全く別の話題を切り出した。

「あ、そういえばこの前、聖辺《ひじりべ》ルリちゃんのストーカーが逮捕《たいほ》されたんだって？」

「おう、徒橋喜助《あだばしきすけ》って野郎《やろう》な。信じられねえ事に、トラックでルリちゃんを跳《は》ねようとしたらしい。通りすがりのファンが引き摺《ず》り出してボコボコにして、半殺しの状態で警察署《しょ》の前に放り出したって話だ」

「放り出した？」

「私刑《リンチ》も犯罪《はんざい》だからな。自分まで捕《つか》まっちゃ世話《せわ》ねえと思ったんだろう」

一旦《いったん》冷静に言いながら、渡草は次の瞬間《しゅんかん》、目をぎらつかせて言葉を続ける。

「俺《おれ》だったら、警察に突き出さねえでそのまま挽《ひ》き潰《つぶ》してやる所だがな」

静かな殺気《さつき》を漂《ただよ》わせる運転席の男に、門田《かどた》は溜息《ためいき》を吐き出した。

「まったく、結局はいつも通りだな」

そして、ガラス越しに流れる街の景色《けしき》を見て、門田は自然と笑顔を浮かべる。

「ま、やっぱ俺《おれ》は、こんぐらいの空気が好きだけどな」

♂♀

楽影《らくえい》ジム前

門田達を乗せたワゴンが前を通り過ぎるのと同時に、ジムの中から数名の少女と、二十歳《はたち》を超えた一人の女性が顔をだした。

「今日《きょう》は凄《すご》かったねー、茜《あかね》ちゃん！　ふたつも年上の男の子に勝っちゃうなんて！　期待の新《しん》星《せい》だね！　杖術界《じょうじゅつかい》に新たなヒロインの誕生《たんじょう》って感じ？」

「ううん、まぐれだよ……」

折原舞流《おりはらまいる》に褒《ほ》められ、顔を真《ま》っ赤《か》にしながらフルフルと首を振る粟楠《あわくす》茜。

そんな彼女の頭を、折原九瑠璃《くるり》が軽く撫《な》でた。

「……運……勢……」

「は、恥《は》ずかしいってば」

照れながら頭を振る茜に、三人の背後を歩く師範代《しはんだい》――写楽美影《しゃらくみかげ》が口を開く。

「ま、運がいいって言うか、ありゃあのガキが悪い。女相手だろうって油断《ゆだん》したらあのザマだからね。……ただ、その隙《すき》をうまく突いたのは合格点《ごうかくてん》かな」

美影はそう言った後、新弟子《でし》の少女に問いかけた。

「しかしまあ、茜ちゃんも、その年で格闘技《かくとうぎ》始めて、誰《だれ》よりも大まじめに練習してるけどさ、何か目標《もくひょう》でもあるの？」

「……勝たないといけない男の人がいるから……」

「へえ、クラスのイジメっ子か誰かかい？」

茜は首をフルフルと強く振って、小さな声である男の名を口にした。

「……平和島静雄《へいわじましずお》さん」

すると、美影は暫《しばら》く呆《ほう》けた表情をした後、堰《せき》を切ったように笑い出す。

「アッハハハ！　そりゃいいや！　大した目標だ」

顔を更《さら》に赤くして俯《うつむ》く茜を見て、舞流と九瑠璃が抗議《こうぎ》の声をあげた。

「ちょっとー、笑うなんてないよ美影さん」

「……酷《かわいそう》……」

「ああ、ごめんごめん、バカにしたわけじゃないんだ」

そして彼女は、あの怪物《かいぶつ》に一人で挑《いど》み、街から姿《すがた》を消した男の事を思い出しながら、感慨《かんがい》深げに言葉を紡《つむ》ぐ。

「私もあんたを強くしてあげるよ。あの怪物をギャフンと言わせられる人間がいるのかどうか……なにより、私自身が見てみたいからね」

♂♀

露西亜寿司《ロシアずし》店内

「つくしッ!」

小さなクシャミが、露西亜寿司の店内に木魂《こだま》する。

「オー、静雄《しずお》、風邪《かぜ》ひいたか? 栄養《えいよう》足りないからそうなるよ。うちの店の寿司食べて子供は風邪の子、元気の子ヨ。数《かず》の子《こ》とびっ子、イクラに玉子《たまご》。子供達をもりもり食べる、イイネ!」

「食欲無くす言い方するなよ……」

トムはサイモンにそう言った後、静雄を気遣《きづか》う言葉をかけた。

「大丈夫《だいじょうぶ》か? マジでそろそろ風邪が流行《はや》る時期だからな」

「いえ……多分、誰《だれ》かが俺《おれ》の噂《うわさ》でもしたんでしょう」

「そうか……そうだな、今頃《いまごろ》ヴァローナが、親父《おやじ》さん達にお前の武勇伝《ぶゆうでん》を語ってるのかもな」

「よして下さい、俺はあいつに……武勇伝なんて呼べる事は何一つしちゃいないんすから」

そう言って、静雄は僅《わず》かに目を伏せる。


ヴァローナは先日、スローンと呼んでいた知人と共に、ロシアへと帰国《きこく》した。

父親や過去の自分と向き合うという話だったが、静雄は敢《あ》えて深くは尋《たず》ねなかった。

彼女の目を見て、ある種《しゅ》の覚悟《かくご》をしていたように感じられ、それは何も知らない自分が踏み込んでいい領域《りょういき》ではないと感じたからだ。

しかし、それでも静雄は彼女に言葉を贈《おく》る。

――「詳しくは聞かねえが……。お前は、俺の大事《だいじ》な後輩《こうはい》なんだからよ。何かあったら、相談ぐらいにゃ乗るからいつでも言いに来いよ」

ヴァローナはその言葉に微笑《ほほえ》むと、自分の想《おも》いを隠《かく》さずに告げた。

――「またこの街に来訪《らいほう》する可能性が肯定《こうてい》できるなら……再来の際は、勝負を所望《しょもう》します」

突然《とつぜん》『勝負』と言われて首を傾《かし》げる静雄に、ヴァローナは続ける。

――「不惜身命《ふしゃくしんみょう》の決意《けつい》で、先輩《せんぱい》と正面から語り合いたい……。この満天下《まんてんか》に生存《せいぞん》している事の喜悦《きえつ》を実感することが、私の望みです」

そんなやりとりを思い出していた静雄《しずお》の心を察したのか、デニスが言った。

「心配すんな。あいつの親父《おやじ》さんは、冷酷《れいこく》で頑固《がんこ》なフリしてるが、意外《いがい》と人情家《にんじょうか》だ。ふんぎりがついたら、またこの国に遊びに来るさ」

静雄はその言葉を聞き、ポツリと本音《ほんね》を吐き漏《も》らす。

「結局、俺《おれ》はあいつのおかげでまだ人で居られるのかもしれねえのに……礼《れい》を言いそびれたまんまになっちまったからな……」

後悔《こうかい》しているような静雄に、サイモンが言った。

「静雄は正真正銘《しょうしんしょうめい》人間ヨ。私達が保証《ほしょう》するネ。オー、うちの店は清廉潔白《せいれんけっぱく》、明朗《めいろう》会計時価《じか》オンリーよ。食品偽装《ぎそう》もしてない正直ものネ。アカマンボウのネギトロに、オヒョウのエンガワ、シイラの握りにアナゴ風《ふう》ウミヘビ、どれも美味《お》しい、幸せ一杯《いっぱい》腹一杯ヨ」

代用魚《だいようぎょ》を堂々《どうどう》と素《す》の名前で書き並べている品書《しなが》きを見て、静雄とトムは何か言おうとしたのだが——

その瞬間《しゅんかん》、彼らの耳にとある音が届いた。

qrrrrrrrrrrrrrrrrrrrrrrrrr————

恐らくは、露西亜寿司《ロシアずし》とサンシャインシティの間にある都道《とどう》あたりからだろう。

馬の嘶《いなな》きにも似た不思議《ふしぎ》なエンジン音を聞き、静雄とトム、デニスやサイモン、他の店員や客達の間にも、僅《わず》かな微笑《ほほえ》みが浮かぶ。

白昼堂々《はくちゆうどうどう》と街を彷徨《さまよ》う都市伝説《でんせつ》。

非《ひ》日常極《きわ》まりない存在である筈《はず》の『それ』が今も健在であるという事に、かけがえのない日常を感じて安堵《あんど》しているかのように。

♂♀

都内某所《ぼうしよ》

道路の端《はし》に、ヘッドライトの無いバイクがゆっくりと停車した。

『ここまで来れば大丈夫《だいじようぶ》だろう』

セルティのPDAの文字を見て、後部シートに跨《また》がっていた新羅《しんら》が微笑みかける。

「ありがとう、助かったよセルティ。まだ折れた足が完治《かんち》してないからね、一人じゃ絶対に逃げ切れない所だった」

『まったく……何をどうすればチャイニーズマフィアと明日機組《あすきぐみ》の両方から追われるハメになるんだ……』

呆《あき》れた調子のセルティに、新羅《しんら》は楽しそうに言葉を返す。

「人間万事塞翁《にんげんばんじさいおう》が馬《うま》、禍福《かふく》はあざなえる縄《なわ》のごとし、楽《らく》あれば苦《く》ありさ。何の原因が無かったとしても、こんな日もあるって事だよ」

『お前の紡《つむ》ぐ縄は、禍福の禍しかない気がするが……』

「何を言ってるんだい！　こうしてセルティと一緒《いっしょ》にドライブできてる時点で充分に幸福だよ。このまま君の身体《からだ》に抱きついていられるから福の方が多いかなエヘヘヘグボボボボ」

影で新羅の顔面を絞《し》め付けながら、セルティが呆《あき》れたように文字を打った。

『じゃあ、苦しんでバランスを取らないとな』

いつも通りの会話。

何気ないやりとり。

そんな会話を経た後、影の拘束《こうそく》から逃《のが》れた新羅が、真剣な顔で話しかけた。

「ねえ、セルティ」

『なんだ』

「実際の所、『首』の記憶《きおく》、今度は残ってるんじゃないのかい？」

『急にどうした』

あの一晩《ひとばん》以来、新羅はその事には触れていない。

怪我《けが》の化膿《かのう》や再骨折《こっせつ》などが判明《はんめい》してそれどころではなかったというのもあるが、こうしてある程度回復した後も、新羅はセルティの記憶について尋《たず》ねる事はなかったのだ。

恐らく、今が良いタイミングだと思って、ある種《しゅ》の覚悟《かくご》をもって口にしたのだろう。

「寝てる時に斬《き》ったのとは事情が違うからね、ハッキリと覚醒《かくせい》した状態で斬ったんなら……」

『どうだっていいだろ、そんな事』

新羅の問いが終わる前に、セルティはピシャリとそう書き綴《つづ》った。

誤魔化《ごまか》しではない。

セルティは、純粋《じゅんすい》な本心を文字に綴り、新羅へと突きつける。

『私は、ずっとお前と一緒《いっしょ》だ』

「……」

『あれだけ人の心を見透《みす》かしたくせに、こんな事だけ文字にさせるな、恥《は》ずかしい』

「……セルティッ！」

感極《かんきわ》まったのか、勢い良く後部シートから背中を抱きしめてくる新羅に、セルティは慌《あわ》てて影を繰り出し、引き剝《は》がそうとした。

『このバカ！　調子に乗るな！　こんな街中《まちなか》でお前』

周囲を見回しながらそこまで文字を打った所で、セルティの指がピタリと止まる。

横を向いた瞬間《しゅんかん》に、見慣れた顔がそこにあったからだ。

「よう」

そこに居たのは、ニヤニヤと笑う一台の白バイ隊員《たいいん》。

「見せつけてくれるじゃねえか、化《ば》け物《もの》」

『あの、これは』

「幸せな所に悪いが……この通りが駐停車禁止《ちゅうていしゃ》って知った上でイチャついてたのか？」

次の瞬間《しゅんかん》、白バイに乗った葛原《くずはら》が笑《え》みを消し、それと同時に、四方《しほう》からエンジン音が響《ひび》き、無数の白バイがその姿《すがた》を現した。

それに気付いた新羅《しんら》が、恐る恐るセルティに尋《たず》ねる。

「あれ……セルティ、これ、どういう状況？」

『新羅』

「何？」

『死ぬなよ』

——え？

どういう事かと尋ねようとした瞬間、セルティは影を周囲に拡散《かくさん》し、急加速《かそく》で逃走《とうそう》を試みた。

ジェットコースターさながらの急加速に気絶《きぜつ》しかけた新羅を影で背に縛《しば》りつけたまま、彼女は、勢い良く己《おのれ》の身を躍《おど》らせる。

セルティ・ストゥルルソンは人間ではない。

俗《ぞく》に『デュラハン』と呼ばれる、スコットランドからアイルランドを居《きょ》とする妖精《ようせい》の一種であり——天命《てんめい》が近い者の住む邸宅《ていたく》に、その死期の訪れを告げて回る存在だ。
切り落とした己の首を脇《わき》に抱え、俗にコシュタ・バワーと呼ばれる首無《くびな》し馬に牽《ひ》かれた二輪《にりん》の馬車に乗り、死期が迫る者の家へと訪れる。うっかり戸口《とぐち》を開けようものならば、タライに満たされた血液を浴びせかけられる——そんな不吉《ふきつ》の使者《ししゃ》の代表として、バンシーと共に欧州《おうしゅう》の神話《しんわ》の中で語り継《つ》がれて来た。

しかし、それは昔の話だ。
現在は生きた都市伝説《でんせつ》として、そして一人の女性として、岸谷新羅《きしたにしんら》という男を愛する日常を送り続けている。

その日常が、永遠に続く事を願いながら——
都市伝説は、今日《きょう》も街を駆《か》け巡る。

♂♀

某月某日《ぼうげつぼうじつ》

一体、どれほどの時間が流れただろうか。

少年は長い暗闇《くらやみ》の夢から覚め、ぼんやりと目を開けた。

光が眩《まぶ》しく、視界《しかい》が定まらない。

ゆっくりと首を動かした所で、看護婦《かんごふ》が驚いている声が聞こえる。

——「竜ケ峰《りゅうがみね》さんが目を……」

——「今、御両親に連絡《れんらく》を……」

それに続いて、誰《だれ》かが自分の名前を呼んでいるような気がした。

——「帝人《みかど》！」——「帝人君！」

男と女、それぞれ懐《なつ》かしさを感じる声。

「……あ……うぁ……」

声を出そうとするが、舌《した》が上手《うま》く動かない。

更《さら》に長く時間をかけて、ようやくその声を出す事ができた。

「……まさおみ……？　……そのはら……さん？」

殆《ほとん》ど呻《うめ》き声にしか聞こえないような言葉。

それでも、相手はそれを聞き取ってくれたらしく、少年と少女は帝人の手を強く握り、ハッキリと告げた。

「おかえりなさい、帝人君」

「おかえり、帝人」


光でぼやけた視界の中、相手が微笑《ほほえ》みながらそう言っているのを感じ取り——

自分の身の状況を理解するよりも先に、帝人は意味も解《わか》らぬままボロボロと涙を零《こぼ》した。

いつまでも、いつまでも。

日常だろうと非《ひ》日常だろうと、二人の言葉の先に、自分の望む何かを感じながら。

少年は、ただ、涙を流し続けた。

♂♀

これは、歪《ゆが》んだ物語。
歪んだ恋の、物語。
都市伝説《でんせつ》の嘶《いなな》きをもって、
あるいは少年の涙をもって、

あるいは戻って来た日常をもって、
あるいは黒幕《くろまく》の消失《しょうしつ》をもって、
あるいは新しい物語の予感をもって——
歪《ゆが》んだ恋の物語が、今、幕《まく》を下ろす。

彼らの恋はもう、歪んでなどいないのだから。

C　A　S　T

竜ヶ峰帝人

紀田正臣

園原杏里

折原臨也

平和島静雄

セルティ・ストゥルルソン

岸谷新羅

門田京平

遊馬崎ウォーカー

狩沢絵理華

渡草三郎

張間美香

矢霧誠二

矢霧波江

黒沼青葉

六条千景

三ヶ島沙樹

ヴァローナ

写楽美影

鯨木かさね

デュラララ!!　完

あとがき

というわけで、『デュラララ!!』のダラーズと黄巾賊周りの話はこれにて完結となります。

思えば長い道のりでした。

本来の予定では、4巻からは3巻の2年後の話となり、帝人達は登場せず、まったく別の展開となる筈だったのですが――色々とありまして、三人の少年少女を軸にあれよあれよと13巻までの壮大な物語を紡ぐ結果となってしまいました。

竜ヶ峰帝人達の物語はここで一つの幕を閉じますが、幕の向こう側でも彼らが新しい縁を誰かと結び続ける事を祈って頂ければ幸いです。

ところで、あまり触れられていない黄根と写楽美影の過去については、実は昨年中に出す予定だったとある本があり、そこに描かれる予定だったのですが――様々な事情でまだ出版予定が立っていない形となりまして、今暫くお待ち頂ければと思います。

さて、気持ちを『デュラララ!!』から切り替え、次は『ヴぁんぷ!』か『バッカーノ1935』の続きかそれとも『5656弐』か『ヴぁんぷ!』か『針山さん』か新作か『ヴぁんぷ!』か……と考えながら、担当さんと打ち合わせをしました。
その結果――

私「じゃあ、次の予定ですが……」
編集さん「それなんですが、2014年4月でデュラララ!! 10周年なんですよ」
私「はい」
編集さん「10周年記念に合わせて、次は『デュラララ!!』にしましょう」
私「はい。……? ……えッ!? いやその、第1部完って感じで書き上げたばっかり……。というか、『ヴぁんぷ!』も10周年……」
編集さん「あくまで第一部完ですから、ここでファンの皆さんに『デュラララ!!は第二部になってまだまだ続くよ!』という事を強調して、10周年企画を盛り上げていきましょう!」
私「な、なるほど……そういう考え方もあるのか……」

というわけで、その、春頃に第二部である『デュラララ!! SH』が開始となります。

本来、4巻から始める予定だった物語――3巻の黄巾賊事件から『2年後』の池袋を描いた、池袋の日常冒険譚となりますので、しばしお付き合い頂ければ幸いです……!

SHが何の略かは、本編中やあと書きにてお伝えするという形で、一つよろしくお願いします。

また、それに合わせて、『デュラララ!!』10周年として、今年は色々な企画を皆さんに発表する事ができるといいなと思っておりますので、どうぞこの『デュラララ!!』イヤーをお楽しみ下さいませ!

まずはその一環として、「シルフ」さんと「電撃マオウ」さんで、それぞれ新しい『デュラララ!!』のコミカライズがスタートしております……！

藤屋いずこさんの手でPSPのゲームをコミカライズしていただいた『デュラララ!! 3way standoff -alley-』と、梅津葉子さんに描いて頂いた二頭身のチビキャラが動き回る『みにでゅら』の二作品です！

「Gファンタジー」で連載中の、茶鳥木明代さんに描いて頂く本編、『デュラララ!! 黄巾賊編』と合わせてお楽しみ下さいませ！

更に、ヤスダスズヒトさん原作の『夜桜四重奏《カルテット》』のアニメBDにおいて、『夜桜四重奏《カルテット》』と『デュラララ!!』のコラボ漫画が初回限定特典としてつくそうです！ 私はこういうコラボ企画大好きですので、完成を物凄く楽しみにしております！

更に更に、セガさんと電撃のコラボによる格闘ゲーム『電撃文庫 FIGHTING CLIMAX』にて、平和島静雄がプレイヤーキャラの一人として、セルティがサポートキャラとして選ばれました！ かなり尖った性能のキャラになっておりますので、どうぞ、プレイする機会があれば静雄を使って思う存分に暴れて頂ければと……！

そして、まだまだ私も把握しきれていない10周年企画が色々と用意されているとの事ですが——これ以上は春の『デュラララ!! SH』や電撃のイベントなどでお伝えさせて頂く事になると思いますので、その時までしばしお待ち下さいませ！

最後に、御礼関係となります、

第一部完となる今回まで非常にご迷惑をおかけしてしまった担当の和田《ばびお》さんを始め、ＡＭＷに印刷所の皆さん、本当に申し訳ありませんでした……！

10年近くもの間、この少し特殊な池袋の街にお付き合い頂き、本当にここまで読んで頂いた読者の皆さんには感謝の気持ちで一杯です。

同時に、イラストのヤスダスズヒトさんを始め、アニメや漫画、ゲームのスタッフの方々等――『デュラララ!!』という物語を共有し、その世界感をどこまでも広げて下さった皆さんにも本当にただひたすらに感謝です。

様々なキャラクターが入り交じる池袋を書き綴る中で、私自身も様々な人達との縁を結ぶ事ができ、それが私が作品から得た何よりも大きい収穫でした。

そして、昔からの友人知人、家族に支えられた事も本当にありがたく思っております。

繰り返しになりますが、ダラーズと罪歌と黄巾賊を取り巻く首無しライダーの物語、そして、三人の高校生を初めとする多くのキャラを今まで見守って下さった皆さん、本当にありがとうございました！

また、すぐにお会いできれば幸いです。

2013年12月　成田良悟

◉成田良悟著作リスト

「バッカーノ！ The Rolling Bootlegs」（電撃文庫）
「バッカーノ！1931鈍行編 The Grand Punk Railroad」（同）
「バッカーノ！1931特急編 The Grand Punk Railroad」（同）
「バッカーノ！1932 Drug & The Dominos」（同）
「バッカーノ！2001 The Children Of Bottle」（同）
「バッカーノ！1933〈上〉 THE SLASH ～クモリノチアメ～」（同）
「バッカーノ！1933〈下〉 THE SLASH ～チノアメハ、ハレ～」（同）
「バッカーノ！1934獄中編 Alice In Jails」（同）
「バッカーノ！1934娑婆編 Alice In Jails」（同）
「バッカーノ！1934完結編 Peter Pan In Chains」（同）
「バッカーノ！1705 The Ironic Light Orchestra」（同）

「バッカーノ！2002【A side】Bullet Garden」（同）
「バッカーノ！2002【B side】Blood Sabbath」（同）
「バッカーノ！1931臨時急行編 Another Junk Railroad」（同）
「バッカーノ！1710 Crack Flag」（同）
「バッカーノ！1932-Summer man in the killer」（同）
「バッカーノ！1711 Whitesmile」（同）
「バッカーノ！1935-A Deep Marble」（同）
「バッカーノ！1935-B Dr. Feelgreed」（同）
「バッカーノ！1931-Winter the time of the oasis」（同）
「バッカーノ！1935-C The Grateful Bet」（同）
「バウワウ！Two Dog Night」（同）
「Mew Mew！Crazy Cat's Night」（同）
「がるぐる！〈上〉Dancing Beast Night」（同）
「がるぐる！〈下〉Dancing Beast Night」（同）
「5656！Knights' Strange Night」（同）
「デュラララ!!」（同）
「デュラララ!!×2」（同）
「デュラララ!!×3」（同）

「デュラララ!!×4」(同)
「デュラララ!!×5」(同)
「デュラララ!!×6」(同)
「デュラララ!!×7」(同)
「デュラララ!!×8」(同)
「デュラララ!!×9」(同)
「デュラララ!!×10」(同)
「デュラララ!!×11」(同)
「デュラララ!!×12」(同)
「デュラララ!!×13」(同)
「ヴぁんぷ!」(同)
「ヴぁんぷ!II」(同)
「ヴぁんぷ!III」(同)
「ヴぁんぷ!IV」(同)
「ヴぁんぷ!V」(同)
「世界の中心、針山さん」(同)
「世界の中心、針山さん②」(同)
「世界の中心、針山さん③」(同)

本書に対するご意見、ご感想をお寄せください。

電撃文庫公式ホームページ 読者アンケートフォーム
http://dengekibunko.dengeki.com/
※メニューの「読者アンケート」よりお進みください。

ファンレターあて先
〒 102-8177　東京都千代田区富士見 2-13-3
電撃文庫編集部
「成田良悟」係
「ヤスダスズヒト」係

本書は書き下ろしです。

電撃文庫

デュラララ!!×13

成《なり》田《た》良《りょう》悟《ご》

2014年１月10日　初版発行
2024年11月15日　５版発行

発行者　山下直久
発行　株式会社KADOKAWA
〒102-8177　東京都千代田区富士見2-13-3
0570-002-301（ナビダイヤル）
装丁者　荻窪裕司（META＋MANIERA）
印刷　株式会社暁印刷
製本　株式会社暁印刷

●お問い合わせ
https://www.kadokawa.co.jp/（「お問い合わせ」へお進みください）
※内容によっては、お答えできない場合があります。
※サポートは日本国内のみとさせていただきます。
※ Japanese text only

※定価はカバーに表示してあります。

ISBN978-4-04-866217-8　C0193　Printed in Japan

電撃文庫　https://dengekibunko.jp/

電撃文庫創刊に際して

文庫は、我が国にとどまらず、世界の書籍の流れのなかで〝小さな巨人〟としての地位を築いてきた。古今東西の名著を、廉価で手に入りやすい形で提供してきたからこそ、人は文庫を自分の師として、また青春の想い出として、語りついできたのである。

その源を、文化的にはドイツのレクラム文庫に求めるにせよ、規模の上でイギリスのペンギンブックスに求めるにせよ、いま文庫は知識人の層の多様化に従って、ますますその意義を大きくしていると言ってよい。

文庫出版の意味するものは、激動の現代のみならず将来にわたって、大きくなることはあっても、小さくなることはないだろう。

「電撃文庫」は、そのように多様化した対象に応え、歴史に耐えうる作品を収録するのはもちろん、新しい世紀を迎えるにあたって、既成の枠をこえる新鮮で強烈なアイ・オープナーたりたい。

その特異さ故に、この存在は、かつて文庫がはじめて出版世界に登場したときと、同じ戸惑いを読書人に与えるかもしれない。

しかし、〈Changing Times,Changing Publishing〉時代は変わって、出版も変わる。時を重ねるなかで、精神の糧として、心の一隅を占めるものとして、次なる文化の担い手の若者たちに確かな評価を得られると信じて、ここに「電撃文庫」を出版する。

1993年6月10日
角川歴彦